罗宾计划

ルパンの消息

[日] 横山秀夫 著

王蕴洁 译

图书在版编目（CIP）数据

罗宾计划 /（日）横山秀夫著；王蕴洁译. -- 北京：北京联合出版公司，2025.1（2025.4重印）. --（九读·这本小说真好看）. -- ISBN 978-7-5596-8064-8

Ⅰ. I313.45

中国国家版本馆CIP数据核字第2024AD1285号

《RUPAN NO SHOSOKU》
© HIDEO YOKOYAMA 2009
All rights reserved.
Original Japanese edition published by Kobunsha Co., Ltd.
Publishing rights for Simplified Chinese character arranged with Kobunsha Co., Ltd. through KODANSHA BEIJING CULTURE LTD. Beijing.
Simplified Chinese translation copyright © 2025 Shanghai GoRead Culture Communication Co., Ltd.

北京市版权局著作权合同登记号　图字：01-2024-5355号

罗宾计划

作　　者：[日]横山秀夫
译　　者：王蕴洁
出 品 人：赵红仕
策划机构：九　读
责任编辑：杨　青
特约编辑：刘苑莹
装帧设计：刘　彬

北京联合出版公司出版
（北京市西城区德外大街83号楼9层　100088）
北京联合天畅文化传播公司发行
上海盛通时代印刷有限公司印刷　新华书店经销
字数246千字　889毫米×1240毫米　1/32　11印张
2025年1月第1版　2025年4月第2次印刷
ISBN 978-7-5596-8064-8
定价：59.00元

版权所有，侵权必究
未经书面许可，不得以任何方式转载、复制、翻印本书部分或全部内容。
本书若有质量问题，请与本公司图书销售中心联系调换。
电话：13052578932

目 录

第一章　线报　　　　001

第二章　罗宾计划　　025

第三章　行动　　　　083

第四章　凭吊之战　　139

第五章　追缉　　　　185

第六章　冰熔点　　　239

第七章　时间的巢窝　289

改稿后记　　　　　　341

第一章 线 报

1

平成二年（一九九〇年）十二月八日夜晚，地点在巢鸭——

"喂，这位大小姐，你去命案现场时，都怎么上厕所啊？"

年轻女记者悄悄从厕所回来时，身后传来穿越宴席的粗犷响亮的声音。

"啊！"

女记者做出符合期待的开朗反应，她顶着学生头的脑袋一转，那双眼尾下垂的可爱眼睛立刻找到了说出这种无礼言论的人。"哎哟，局长！"她瞪着坐在上座的后闲耕造，表情一半是生气，另一半是受到关注的喜悦。

后闲摇晃着烧瓶形状的庞大身躯，发出豪迈的笑声。已经酩酊大醉的他说话口无遮拦。他大动作地向嘟着嘴的女记者招招手，把她叫到身边，继续开玩笑："既然膀胱排空了，那就继续喝啊！"

被称为"大小姐"的国领香澄早就习以为常，丝毫不认输。她一口气喝完还剩下半杯的冷酒，立刻要求对方也得干杯。

"谁怕谁啊，换你喝了，这次轮到'性骚扰局长'去厕所。"

"关原[1]？你是说关原局长吗？为什么要提到其他警局的局长？"后闲严肃地问。

只能说他太无知。香澄拍着手站起来，口齿伶俐地反击说：

---

[1] 日文中，"性骚扰"音近于姓氏"关原"。

"你连性骚扰都不知道,竟然还可以当警局局长。性骚扰就是色老头调戏年轻女生的行为,眼前不就有一个绝佳的例子吗?"

到了这个地步,已经不知道是谁在调侃谁。

晚上十一点过后,年会渐入佳境。

辖区警局的干部和跑警政线的记者一起挤在并不算大的日式包厢内,包厢内挤得没有立锥之地。往年的年会到了这个时间,大家都会去第二家、第三家续摊,但今天傍晚,发生了一起案件——两名小学生从补习班下课回家时,被货车撞到,货车司机肇事后逃逸。大家做好了年会不得不取消的心理准备。不知道是否因为安排这场年会的会计课长的祈祷奏效,漏洞百出的紧急临检竟然顺利逮到逃逸的货车司机,案子迅速侦破。

虽然有点儿小波折,年会还是在延迟两个小时后顺利举办,而且因祸得福,完成一项工作后共同的爽快感,和潜在的同业意识让警局干部和记者一下拉近了距离,而且彼此就像说好似的,绝口不提人权、代用监狱[1]这些每次聚会时都会争执不休却永远无法达成共识的议题。到处可以看到勾肩搭背的浑圆背影左摇右晃,两个大男人拿起啤酒瓶当成麦克风,高唱男女对唱曲,还有人喝醉酒比腕力,比得满脸青筋暴出,或是聊自己的当年勇,相互点头,简直就像一场心灵相通的家族聚会。

一名完全没有喝酒的年轻刑警走过坐在末座、露出满意笑容的会计课长身后,沿着墙边悄悄走向上座。在场的所有人都喝得烂醉如泥,根本没有注意到他的存在。刑警手上那张被折得小小

---

[1] 已经被裁定拘留的嫌疑犯或被告人,原本应该由法务省管理的拘留所收容,但在日本却有一套特殊的系统,让他们继续被留置在警方的拘留场所。

的、还被汗水浸湿的纸条终于来到桌边的死角位置，然后在后闲的腿前被悄悄打开。

"嗯？怎么了？"

刑警没有回答，视线看向下方。后闲仍然沉浸在和香澄谈笑的余韵中，但还保有一丝清醒，顺着刑警的视线低下头。

——什么？

> 关于十五年前的女老师自杀案，
> 有可靠消息指出，他杀的嫌疑重大，
> 请尽速回警局。

便条上用潦草的字简单扼要说明了情况，后闲认为寥寥数字反而更凸显事态的严重性。

这个消息以相同的方式传达给坐在酒席各处负责办案的人员。在烟雾缭绕中，两三个恢复清醒的人员交换了眼神。

后闲最先开始行动。他在脑袋中计算了几分钟，巧妙地离开谈话的人群，然后带着冲锋陷阵的心情，走向有很多水渍的纸拉门，以免在场的记者起疑心。

——为什么偏偏是今晚？

后闲烦躁地叹口气，把酒宴的嘈杂留在身后。他向来认为"警方和媒体就像是车子的两个轮子"，只要双方恰如其分地发挥各自的功能。如果某一方的轮胎突然迅速转动，就会导致失衡，招致社会的混乱。警方的秘密主义反而会增加各家媒体争抢独家报道的行为，记者明知故犯的误报或是虚报的新闻越来越多。后闲之所以积极举办时下难得一见的分局和记者之间的聚餐，就是希望能够尽可能拉近和媒体记者的距离,利用文字和电波的力量,加强警方和民众的沟通。有时候他忍不住自嘲,如今,警界和媒体之间严重的勾结和对立的扭曲构造已经根深蒂固,自己未免太傻太天真,但是一想到高考组[1]那些人戴着和颜悦色的假面具,背地里把媒体当成工具的虚伪,就觉得必须由从巡查一路苦干到警视的自己推动这件事,产生一种近似使命感的心情。

只不过"车子的两个轮子"的理想仍必须看时间和场合。如果被记者嗅到重要的消息,抢先报道曝光,原本能侦破的案子也可能会毁在记者手上。即使事后被记者骂"说谎局长",该保密时还是要保密,该溜的时候就必须溜,遵守这些原则,也是身为一局之长的难言苦衷。

其他负责侦查工作的干部纷纷装年长,或说着"老人家差不多该闪人了,不然要变成灰姑娘",或假装去上厕所,一个接一个离开酒席,只剩下负责交通、犯罪防止和警备等并不直接参与杀人命案侦办工作的干部仍留在包厢内。从警方的角度来看,他们正在执行牵制记者、管制消息的任务。

今天参加年会的记者,除了年轻记者,也有被称为狠角色的资深记者,但因为和喝酒个个都是海量的警察拼酒,导致他们平日的敏锐直觉都一起沉入酒杯杯底,只有一名记者,也就是刚才的国领香澄,有点儿纳闷,"局长上厕所也未免太久了"。

局长的黑头车在寒风呼啸的餐厅后门小路上待命。

"喂,真的是他杀吗?"

---

1 指日本警察中通过较高层次考试进入警察队伍的人,通常具有更高的学历和晋升潜力。

后闲的肥屁股沉入座椅中,但左脚仍留在路上,低声问跟在他身后的瘦削身影。

"……好像是。"

刑事课长时泽刚模棱两可地回答,翻开写满潦草字迹的记事本。

"首先是十五年前的那起案子——女老师陈尸在任职的高中校舍旁,当时认为是失恋的打击导致她从屋顶跳楼,以自杀结案。但是——"

时泽充血的双眼看着记事本上的内容。他的脑袋很清醒,但可能酒精作祟,所以上半身左右摇晃,脚也有点儿站不稳。

"为什么会突然变成他杀?"

后闲迫不及待地催促他赶快说下去。

"一个小时前,警局接获消息,说那起案子是他杀,凶手是那名女老师教的三名男学生。"

"学生杀了老师吗?"

眼睛、鼻子和脸都很圆的后闲因惊讶而张大的嘴巴也变成圆形。

"对,在女老师死亡的深夜时段,那三名学生潜入学校,执行所谓的'罗宾计划'。这件事和女老师的死亡有关,是那三名学生把女老师从屋顶推下来,杀害了女老师——以上就是警局接获的消息。"

"你说是……罗宾计划?"

"线报中这么说。"

"听起来像在恶搞。"后闲一脸无奈,但立刻恢复严肃的神情,"然后呢?该不会发现了那三个人是凶手的证据?"

"这就不知道了。"

"应该不至于是假消息吧?"

"消息来源很可靠,因为警视厅说是很值得信赖的线报。"

"什么?"后闲皱起脸,"线报来源是警视厅?"

时泽同样皱起眉头,点点头。他和后闲的想法一样。

"可靠的大哥"很麻烦。如果是熟知辖区情况的辖区警局,因熟知情况而掌握线索,请求警视厅的支持,这种状况的问题并不大。在这种情况下做事会很顺利,而且警局能维持面子,但如果是警视厅提供情报,由警视厅主导办案就很伤脑筋。这是因为到时候辖区警局的人都会被当成跑腿。虽然都在相同的组织内,后闲无意争高下,但每次遇到这种情况,心情就很低落,甚至开始怀疑辖区警局存在的意义。

"但是——"后闲皱着眉头说,"既然警视厅这么说,就很有可能是真的。"

"也许吧。但是……"

时泽意味深长地停顿一下。

"但是什么?"

司机正打算关上后方车门,察觉到他们谈话的紧张气氛,于是停下手。

"——即使是他杀,追诉时效也只到明天为止。"

车子在深夜的街头疾驰,色彩鲜艳的霓虹灯变成几条细细的光带,迅速飞向后方。后闲有点儿闷,把手伸向车窗的开关。突然吹进来的冷空气让他清楚看到手表上的指针。

——追诉时效只剩下二十四小时吗?

后闲自认为在别人眼中，自己个性刚强，在下属面前也颇有威信，但他在交通领域打滚多年，缺乏刑事办案经验。说句心里话，刑事案件每每让他倍感压力，更何况是追诉时效只剩下一天的案件，如果可以，他很想拒绝接手。不难想象，届时会由警视厅能干的高手旁若无人地进驻警局指挥办案，但组织内的分工不同，到时候后闲就只能面无表情地应付记者。一旦办案有任何疏失，他就必须对着整排摄影机深深鞠躬道歉。

无论如何，明天将会是忙碌的一天。

——那就趁现在稍微休息一下……

后闲闭上眼睛，身体随着车子摇晃。留在餐会上的那些记者通红的脸一张又一张浮现在脑海，"大小姐"嘟起的嘴巴和下垂的眼尾好像拼图般在他脑海中交错，他暂时忘记案件，嘴角浮现笑容。

——这不能怪我。

愉悦心情带来的罪恶感稍微影响了睡魔的诱惑。

2

咚。

在烦躁心情下挥出的拳头打在厚实的墙上，微微震撼审讯室内紧张的空气。

"你们给我说清楚！"

喜多芳夫的怒气达到巅峰。

警察不由分说把他带来警局，但他完全不知道原因，毫无头绪。

喜多和两名刑警之间，有一张刚才被他踹倒的铁管椅。因为无论他大声咆哮，还是想要伸手抓他们，两名刑警都只是两手一摊，表现出极大的包容度，只字不提把他带来警局的理由。不，不仅如此，来到警局后，他们紧闭双唇，甚至不敢大声呼吸，简直像认为开口说话也是一种罪恶似的。他们唯一的任务，显然就是在比他们更高阶的审讯人员或负责人抵达前，负责监视喜多，就像看门狗一样守在审讯室门口。

"你们是死人吗！"

喜多咒骂完这句，突然有一种内心被掏空的虚脱感，而且同时感到头晕目眩。神经无法承受目前这种极度紧张的状态，发出抗议；其实就是身体基于自我防卫的本能，让他快昏倒了。

喜多几乎无法站立，在昏暗狭窄的视野中，摇摇晃晃地摸索着身后的墙壁。他好不容易摸到墙壁，用手支撑着，把身体靠在墙角，然后用手背敲着自己的额头。

——王八蛋！为什么会遇到这种事……

自己被带到警局刑事课，而且还进入审讯室。

他陷入混乱，但仅剩的清醒意识，让他一次又一次怪罪这个倒霉日子的开始。他肩膀颤抖着，用力喘息，搓着自己的上手臂，除了麻木，仍然可以清楚感受到刚才被刑警粗壮手臂紧勒所留下的感觉。

一开始的阵仗就显出情况非比寻常。

天色微亮的时候，两名刑警拍打着他居住的集合住宅的铁门。他记得隐约听到绘美哭闹"妈妈，我要尿尿"的声音。他继续昏昏沉沉睡去时，陪绘美去厕所的和代快步走回房间，摇晃他的身体。

"老公——你赶快起来，有人在敲门。"

"是不是门铃坏了？"喜多稀里糊涂地说。

"但现在可是大清早啊。"正如和代的回答，问题不在于有人敲门，而是敲门的时间。

清晨六点四十分——

他充满戒备地轻轻打开门锁，门一下子被人用力拉开，寒冷的空气吹过脚下。拉成直线的门链阻止了"暴徒"闯入家中，但下一刹那，穿着深棕色大衣的手臂伸进门缝，把印着金字的警察证件亮在喜多面前。

"我们是警察。你是喜多芳夫吗？"

两张精悍的脸一上一下堵住门缝，他们吐出的白气比脸更大。

"警察？有什么事吗？"

"有几个问题想请教一下，请你跟我们去一趟警局。"

他之前曾经在电视剧中听过这句话，所以一时没有真实感。

"要问我什么事？"喜多用搞笑的语气说道，"我可没做任何坏事。"

同时他立刻自我检视——自己是认真工作的汽车销售员，从来没有和客人发生过任何纠纷，没有挪用公款。虽然曾经年少轻狂，但都已经过去了，踏入社会后就认真工作，结婚、生子后，过着平凡的生活。对他来说，警察就像空气，他从来不曾意识到他们的存在。

但是，眼前的刑警不为所动。

"等到了局里就会跟你说明，请你赶快换衣服。"

"到底是什么事？请告诉我。"

"到警局再说。"

警察的声音完全没有起伏，简直就像计算机合成的声音。

喜多感到一丝害怕。虽然自己没有做任何坏事，但肯定出事了。警察知道些什么自己不知道的事。这种隐约的恐惧油然而生。

紧贴在他背后，听着他和警察对话的和代微微颤抖。绘美紧紧抱住和代的腿，她向来对父母的情绪变化很敏感。

"爸爸……"

喜多抱起绘美，在和代的耳边说："不必担心。"

"老公……"

"别担心，我没做任何坏事。"

"但是……"和代脸色发白，以害怕的眼神看着门缝中的刑警。

那两名刑警显然不达目的，誓不罢休。

——只能跟他们走一趟了。

铁定有什么误会。自己真的没做任何坏事。就这么办，跟他们走一趟，说清楚后马上回来就好。

和代无力地瘫坐在地上，他重复一次"别担心，我马上回来"。然后随意套上高领毛衣，推开玄关的门。这时，立刻有人用力拉他的手臂，毛衣的毛线几乎都被拉松了。他重心不稳，整个人冲出门外。

"跟我们走！"

目露凶光的年轻刑警轻吼一声，用粗壮的手臂钩住他，不由分说地勒紧手臂。

"好痛！你、你干吗……"

两名刑警交换了眼神。

"放开我！"

喜多扭动身体，想要甩开刑警的手臂，但刑警完全没有放手，另一个人一起加入，从两侧架住他，拉着他连滚带爬地走下集合住宅狭窄的楼梯。

"放开我！喂！放手……"

"不要鬼吼鬼叫。"

年轻刑警恶狠狠地骂道。

一辆吐着白烟的深蓝色轿车在停车场待命，喜多拼命挣扎，身体用力向后仰，看向三楼的窗户。

和代的身体用力探出栏杆，几乎快掉下来。

——和代。

他想要叫妻子的名字。他想大声呼喊妻子的名字，但是公寓其他几扇窗户透出的灯光，让他就此打住。有几户人家已经起床，如果邻居看到自己像罪大恶极的凶手一样被警察带走……他之前从和代口中听说过太多次，了解小区的八卦有多么可怕。

"呃呃……"

喜多发出呻吟，他的身体被塞进车内，缓缓四散的朝霞正准备吞噬昏暗地平线处的乌云。

3

男人眼神冷酷，就像在观察被蜘蛛网困住的昆虫。

警视厅搜查一课重案搜查第四股的寺尾贡隔着双面镜，观察喜多的一举一动。他有一张苍白到近乎病态的脸，凸出的额头很宽，坚挺的鼻子好像用尺画出的一条直线，瘦弱肩膀透露出他年少时的体弱多病，更加衬托出五官的冷酷，整个人给人一种拒人千里的印象。

他的两片薄唇终于吐出的话，冷酷得不亚于他的容貌。

"这个男人似乎头脑还算清楚。"

"是吗……"

在一旁纳闷地歪着脑袋的巨汉是辖区警局局长后闲。昨天晚上，和一帮记者喝酒到深夜，根本没有好好睡觉，原本就富态的脸浮肿得可怕，思考也有点儿迟钝。而且他多年来都在交通课，不太了解刑事案件的办案现场，因此完全不了解寺尾究竟根据哪一点认为喜多是"明理的人"。隔着双面镜看到的喜多身材瘦削，脸颊凹陷，整体给人一种尖锐的印象。单眼皮的小眼睛充满疑问和愤怒，紧闭的嘴唇满是警戒。后闲觉得他完全是一个很不配合的棘手对象。

"寺尾——真的拜托你，剩下的时间不多了。"

后闲说完，有点儿后悔说话时的卑微语气。对方比自己整整小了一轮以上，即使论警衔，警视和副警部仍相差两个等级；话说回来，警察组织在"培养专职人才"的口号下，培养出像后闲这种只了解交通状况而缺乏侦办刑事案件经验的干部，却似乎又同时轻视这些干部。后闲每次面对像寺尾这种类型的刑警时，就知道这并不是自己想太多。

和后闲一样，在第一线办案多年的刑事课长时泽，面对警视厅的人，也会感到强烈的自卑。他今天去了不知道是纵火还是乱丢烟蒂造成的原因不明的火灾现场，至今不见人影。他八成擅自认定那是纵火，试图把案子闹大。消防队同样希望是纵火，这样便和预防火灾意识无关，时泽一定利用这一点，继续赖在现场不愿回来。

——那家伙竟然临阵脱逃。

后闲不仅在内心把矛头对准外人寺尾，也没有放过自家的时泽，但他同时忍不住在意时间。寺尾一动不动地持续观察蜘蛛网内的情况，也许他正在思考审讯的方式。后闲完全不了解这方面的重点，只能在一旁干着急。

"寺尾——"后闲不得不拜托对方，在羞愧的同时开口，"可不可以开始了？"

"……"

"真的没时间了，分秒必争啊。"

"嗯，不知道结果如何……"

寺尾用这句装腔作势的话打发焦急的后闲，慢条斯理地走出双面镜房间。

朝阳终于照进刑事课的窗户。

刑事课的办公室内，有超过二十名刑警和内勤人员进入备战状态。虽然缺乏早晨的清新，但整个办公室笼罩在一片进入侦查工作时特有的适度紧张的气氛中。这些男人的脸上虽然带着熬夜的疲色，但眼神充满野心，每个人都想象着将凶手逮捕归案的那一幕，忙碌地投入工作。逆光让空气中的尘埃和他们的胡楂看起来格外明显，其中几个人发现寺尾准备开始审讯，纷纷抿紧嘴唇。

寺尾毫不犹豫地推开一号审讯室的门，被喜多认定是"死人"的两名刑警立刻立正敬礼。寺尾向审讯室角落瞥了一眼,双面镜的障碍移除,活生生出现在眼前的喜多好像突然恢复野性般咆哮起来。

"是你吗?!——是你把我抓来这里的吧!有事就赶快说!"

"别激动,我现在就来说明,可以请你先坐下吗?"

寺尾用不像是刑警的平静语气请喜多坐下,完全不见前一刻在隔壁时的冷酷态度,他的眼角甚至露出一丝笑意,原本看起来有点儿可怕的苍白面孔和凸出的额头,转而变成懦弱无能男人的特征。

搞不清楚状况的喜多继续咆哮着。

"我做了什么?喂,你倒是说话啊!你们这些人——"

正当他举起拳头时,审讯室的门打开一条缝,一名身穿制服的年轻女警走进来。她向寺尾鞠躬,静静地走到角落的桌子前,把手上的布袋放在桌子上,从里面拿出一沓纸和笔,轻轻坐下,把椅子拉向前。

张开嘴巴的喜多骂不出来了。他因为有女性走进审讯室而惊讶,更准确地说,是因为女警的美貌让他倒吸一口气。

女警的皮肤晶莹透亮,一双细长的眼睛很温柔,睫毛很长,樱桃小口宛若少女。小巧的鼻子和鼻翼充分衬托出她清秀的脸庞。女警可能察觉到喜多的视线,将双眼移向墙壁,盘起的头发下露出的耳朵微微变红。

她整个人似乎和充满肃杀气氛的审讯室格格不入。

"怎么样?要不要坐下来?"

喜多有点儿不知所措。无论是寺尾温和的态度,还是年轻貌美的女警安静的在场,都让一大早开始的火爆场面变得很不真实。

"继续僵持下去,根本没办法进行下一步。"

——的确,这样僵持下去……

女警几乎融化了喜多的愤怒,他需要相当一段时间,才能恢复原本的怒气值。

喜多缓慢地离开墙边,在椅子边沿坐下,把头转到一旁,悠然地抱起双臂。他用这一连串的动作充分表达自己的意志——虽然顺从对方的意见,但还是非常不甘。

寺尾满意地点点头,在对面坐下,从老旧的桌子上探出身体,双手交握。

两人隔着宽度八十厘米左右的桌子,之间出现一道微弱的电流。不,那是寺尾单方面发出的电流。

"不好意思,想请教你两件陈年往事,就是关于罗宾计划和岭舞子老师的命案。"

寺尾仍然带着微笑,但是喜多的脸色渐渐发白。

——太扯了。

喜多受到冲击。和刚才被用粗暴的方式带来这里所承受的冲击不同,这是一种内心好像被掏空的冲击。

罗宾计划——

那是十五年来持续封闭的记忆。不,是早就已经被埋葬的记忆,没想到时至今日重逢,而且是从今天早上第一次见到的刑警口中听到这个名称——

但是,喜多真正害怕的,是寺尾明确说出岭舞子的死是"命案"。

"那……那是自杀吧。"

"哦，你倒是知道得很清楚嘛。"

"你在说什么鬼话？不是你们警方断定她是自杀吗？当时报纸上都这么写。"

"报纸上报道的内容未必都是事实，真相并非如此。"

喜多正想反驳，但忽地瞪大双眼。

他的视网膜上出现了遗容。

那是岭舞子的遗容，而且那张脸迅速膨胀，扭曲散开，消失不见后，又再度成形，变成更鲜明的图像占据他整个视野。

死也无法瞑目的双眼，歪斜的嘴角有唾液形成的线，面如土色——

"没、没有……我没有什么好说的……"

"不，你有。"寺尾好像在催眠般呢喃，"你知道罗宾计划，也知道岭舞子被杀的事。我们确信，你知道所有的事。"

"确信……"

舞子的遗容再次闪现在他眼前。再怎么用力眨眼，都无法消除视网膜上的记忆。喜多已经无法故作平静，他的双脚剧烈颤抖。他用力按住膝盖，但手臂也跟着开始颤抖。

寺尾看到喜多强烈的反应，内心忍不住窃笑。

——搞不好他就是凶手。

4

喜多并没有说错，当时辖区警局断定岭舞子的情况是自杀，之后此事便没有人再提起，逐渐被人遗忘。

寺尾在凌晨来到辖区警局后，看着积满灰尘的零星资料。不知道该说是奇迹，还是有人刻意所为，十五年前的侦查报告没有遭到销毁，还留在仓库深处。

根据当时的侦查报告，昭和五十年（一九七五年）十二月十一日接近中午时分，岭舞子的尸体被发现。地点位于舞子任职的高中校舍旁，她仰躺在杜鹃花树丛内。和辖区警局侦查小组成员一起赶往现场的法医认为她是"坠楼身亡"——司法解剖的结果发现，直接死因是颈椎骨折和脑挫伤同时发生，除此以外，尸体背面整体都有撞伤的伤痕，以从衣服露出的手脚部分为中心，身上有无数树枝造成的擦伤。这些都只是坠楼身亡的补充资料。

不久，一双红色高跟鞋就被发现整齐地摆放在四层楼的校舍屋顶，其中一只鞋子中塞了一封字迹潦草、像是写给男友的遗书。"我很想杀了你，然后自己一死了之。"——遗书的内容都是这种情绪化的字眼。笔迹鉴定结果确定这是舞子写的字。

舞子从尸体被发现的前一天就开始旷工，信箱内有两天的报纸，再结合司法解剖的结果，分析舞子的死亡时间是在前一天，也就是十二月九日晚上到隔天十日清晨这段时间。舞子在校舍旁的杜鹃花树丛内躺了整整一天后，才终于被人发现。

舞子被男友抛弃后，深夜从校舍屋顶跳楼自杀——

所有人都这么认为。如果寺尾当时参与这个案子的侦办，一定会得出相同的结论。动机、手段和尸体的伤痕都完全符合自杀的要件，而且排成一条直线，完全没有任何矛盾之处。

没想到十五年后，案情发生意想不到的变化。昨天深夜，警视厅的干部收到一则线报，提供线报的人声称"是三名学生共谋杀害了女老师"，而且认定主犯是喜多芳夫。由于消息是警视厅干部提供的，因此被认为是"可信度很高的线报"，便以惊人的速度在樱田门大楼内传开。

只不过有件事很奇怪。虽然是指出凶手名字的第一级线报，但负责第一线的侦查人员并不知道提供线报者是谁，只知道接获线报的是警视厅干部中很接近高层的人物，这名高层在下令展开侦查时，并没有说出提供线报者的名字。

寺尾因此怒不可遏。

涉及政商界或是法律界的案件时，不时会遇到这种情况。这是超越善恶、超越司法领域的事。日本这个国家，是靠齿轮在枢纽发挥作用的，涉及高层的案件可能影响到那些齿轮的自我保护，因此这种情况可能是警察组织和各界攻防后磋商的结果。

但是，这次性质不一样，只是基于个人原因引发的命案，根本不可能有任何外部的杂音，而且一名普通教师狭小的生活圈内，不可能有什么位高权重的人士足以影响侦办工作。

重新调查十五年前的案件本身就已经很困难，又无法直接向提供线报的人查清情况，如此一来根本就没有胜算。提供线报的人不可能在昨天晚上才知道内幕，为什么在隐瞒多年后，特地在追诉时效终止前一天向警方提供线报？其中的理由是什么？这也是厘清整起案件不可或缺的要件，但万万没想到，身为自家人的警视厅高层竟然隐瞒了最重要的事。

——该死的高层。

但是，无论干部和提供线报者之间有什么关系，或是有什么难言之隐，如果线报本身的真实性没问题，那么事态就很严重。虽然有遗书，但并非自杀——这种情况下，只有一个结论。那就是有计划的谋杀，却被当成"失恋女人常见的自杀"，掩盖了真相。

必须立刻展开侦查。

这起命案的追诉时效只剩下一天。如果凶手是当天晚上十二点之前犯案，时效就已经终止。要在今天之内找出凶手谈何容易，但就算真的找出凶手，如果犯罪行为本身已经不在法律追诉的时效范围内，所有侦查工作就失去意义。当时的司法解剖在推断死亡时间的问题上有所缺失。虽然检查过残留在胃中的食物，完成了该做的项目，但因为无法确定成为起点的舞子用餐时间——不，一定是因为一开始就认定舞子是在失恋的痛苦中自杀——所以疏于做相关调查。总之，当时只是粗略推断死亡时间在"九日夜晚至十日清晨"，事到如今，根本无法细究，因此必须逮到凶手，让凶手招供，并同时证明凶手是在深夜十二点之后犯案，才能够执行逮捕令。侦查工作经常会白忙一场，这在该起案件中尤其不利。

无论如何，侦查工作已经展开。

昨晚十二点过后，后闲等辖区警局的干部在离开年会的宴席后，都回到了分局。凌晨两点时，紧急召集警局的所有警察。警视厅的搜查一课则派出重案侦查第四股，俗称"沟吕木小组"的十名精锐刑警加入。擅长区分运用冷酷和柔和两种不同态度的寺尾，是沟吕木小组中的第二把交椅，是公认的"招供"专家，他自己也如是想。

"你可以慢慢回想，毕竟是陈年往事了。"

寺尾对眼前的喜多说完这句话，悠然地抱着双臂。

——接下来才是难关。

劈头抛出具有决定性的关键词眼，然后给予对方充分的时间。这是寺尾遇到没有物证的案件时，经常使用的审讯手法。这次的关键词当然就是"罗宾计划"和"岭舞子命案"。

以用棉花慢慢勒紧脖子的方式展开审讯，然后就像古代藩主水户黄门[1]，每次都在关键时刻亮出标记德川家纹的印笼[2]表明身份那样，在紧要关头拿出珍藏在怀里的"最后王牌"。如果将这种审讯方式称为正攻法，今天的策略就是奇袭，或可称为震撼审讯法。一下子被说中要害的人无法弄清楚警方的盘算，精神很容易处于不稳定的状态。之后，狭小审讯室内的沉默，比疲劳轰炸的逼问更能够让嫌犯无力招架。一旦嫌犯无法承受沉默而开口，等于已经承认一半的罪，接下来只要针对供词中的矛盾之处，拆穿嫌犯的所有谎言，就水到渠成了。

虽然他颇有自信，但同样很清楚，一开始就亮出王牌的手法是危险的赌博。尤其这一次赌博的风险很大。目前并没有掌握提供线报者的情况，除了两个关键词，没有任何可以动摇喜多的材料，眼前也没有获得新材料的可能性。如果喜多看穿这个情况，全盘否认的话，寺尾就没招儿了。这有点儿像是买卖双方在商业交易时的心理战，关键在于谁能先摸到对方的底牌。

只不过和商业交易不同的是，今天是在区隔自由世界和监狱的围墙上展开这场心理战。

——还不行吗？

---

[1] 即德川光圀（1628—1701），日本江户时代的大名、学者、历史学家。由于曾任黄门官，因此人称水户黄门。

[2] 日本传统中用来装小物件的盒子，穿着和服时，会悬挂在和服腰带上。

寺尾不动声色，带着悠然的笑容等待着。

喜多仍然低着头。虽然终于不再发抖，但脸上仍然交错着不安和慌乱。他的表情极度黯然，简直仿佛笑容再也无法回到他的脸上。

警局的锅炉出了问题，因此有人送来煤油暖炉。

当啷。

暖炉的把手碰到炉体，发出金属撞击的声音。喜多抖了一下，身体向后退。

寺尾内心的另一张脸，露出阴险的笑容。

——奏效了。

这是伏笔的效果。

他下令下属用粗暴的方式把喜多带来警局，导致喜多对警察心生畏惧，寺尾猜想这种反作用差不多该出现了。迄今为止，曾经有很多嫌犯会对乍看之下很温和的寺尾产生错觉，误以为寺尾是能够理解他们的警察，于是就会死命抱紧，坦承一切。而且今天审讯室内还出现了万绿丛中一点红的女警，或许可以发挥催化剂的作用。

十分钟……十五分钟……

寺尾发挥耐心，等待猎物落入自己设下的陷阱。

啪沙啪沙。

两三只鸟从面朝北方的铁栅小窗前飞过，打破寂静。

喜多就像被鸟儿飞过的声音催促般，上半身微微前倾，然后轻轻动了微张的嘴唇。

"请问……你到底要我说什么，才愿意放我回家？"

——别傻了。

寺尾内心那张脸放声大笑起来。

喜多完全中计。他丝毫没有发现自己身处心理战，改变用字遣词，脸上甚至浮现对待客户和上司的谄媚表情。

这一刻便决定了双方在狭小审讯室内的立场。

"请你告诉我……我该说什么……"

"是啊——"

寺尾感受着好像所有内脏都飘起来的快感，身体再度前倾。

"那就先来聊聊罗宾计划。"

"但是——"喜多也探出苍白的脸，"我有言在先，老师并不是我杀的，我并没有杀任何人。"

"这样啊。"

"我说的是真的！请你相信我！我怎么可能杀人。"

"嗯，那就姑且当作是这样吧。"

寺尾冷冷地说道，再度抱着双臂。

——无论如何，要让他先开口交代。

姑且不论真伪，喜多否认自己杀人，只能从他的供词中寻找追究的材料。

"你就说说看吧。"

"……"

喜多深深叹气，身体好像跟着缩小。他抬头看向褪色的墙壁。

——高三那年秋天……不，可能是冬天。

年号从昭和变为平成，高中时代的记忆变得遥远，但即使当年的记忆笼罩在一片浓雾中，关于罗宾计划的记忆仍然格外清晰。毕业后，他曾经无数次回味当时的快感和战栗，而且整件事成为一个完整的故事。虽然舞子的死有许多模糊的疑问，但他觉得自己可以说出这些疑问的细节。

只不过他从来不曾向任何人提起。更何况在结婚、生子之后,他拒绝唤醒相关的记忆,他需要时间和决心,才能够说出当年的情况。

但是,没时间犹豫了。目前的立场不允许自己犹豫。在警局的审讯室内,刑警就坐在自己面前。

啪沙啪沙。窗外再次传来鸟儿飞过的声音。

"那是——"喜多仓促地开口,"该怎么说呢……其实只是一场游戏。"

原本正襟危坐的女警急忙低头看着桌面,书写时发出的声音重叠在喜多低沉的声音上。

第二章
罗宾计划

1

那天早晨很冷,天空好像随时快哭出来,但冬天的天空或许就是这种想哭却哭不出来的感觉。

喜多像往常一样,翘掉第一堂课,在巢鸭的"罗宾咖啡"内消磨慵懒的上午时光。他穿着黑色皮夹克配白色高领衣,虽然烫着一头很密很鬈的鬈发,但没有像一二年级时那样花时间整理,走型的飞机头让人完全感受不到斗志。他已经从打架中毕业了。

但是,从他的眼神看仍然是十足的坏坏子。他似乎正在思考,但即使在想事情,看起来也很愤世嫉俗。他几乎算是躺在满是香烟烧焦痕迹的沙发上,伸手去拿 HOPE 短支香烟的烟盒时,他开口——

"喂,让二。"

坐在窗边的龙见让二郎脱下鞋,背对着他,跪在对面的沙发上,窗外不知道是粉领族[1]还是女大学生经过,让二拼命向她们招手。这家伙很好色,只不过更怕冷,因此只能偷懒躲在咖啡店里把妹。

罗宾咖啡苔绿色招牌上的烟斗图案很醒目,店内是以黑色为基调的素雅装潢,虽然门面不大,但店很深。一进门就是吧台,后方有七张沙发座位,最后方的第七张桌子是他们的固定座位。咖啡店位于大马路和小路的转角处,白天有阳光从窗户照进来,

---

[1] 女性上班族。

店里很温暖，面向小路的窗户刚好适合龙见看美女。

喜多点燃 HOPE 短支香烟，又叫道："让二。"

但是，龙见把脸贴在窗户玻璃上，一下子把鼻子压扁，一下子歪嘴，拼命逗路上的女人发笑。喜多叫他好几次，他都没有听到。

"喂——让二郎，你听到没有！"

穿着近似迷彩服上衣的身体抖了一下，理着美国大兵头，棱角分明的脸转过来，嘴巴就像火男面具[1]般噘起来。

"不要叫我'让二郎'啦。"

"那不是你的本名吗？"

"不要加最后那个'郎'字，要说几次你才听得懂？"

龙见好像在撒娇般扭着身体说："不要啦，人家不要啦。"喜多看到他这副讨厌的样子，狠狠骂道："去死啦！"龙见在打工的履历表和驾校的报名表上写自己的名字时，都省略"郎"这个字，只写"龙见让二"。他无论发型、打扮还是喜欢的音乐都完全是崇拜美国大兵的最佳样本，觉得"龙见让二郎听起来像武士，超土的"。

龙见一脸凶相，恐怕连黑道电影的角色都会自叹不如，强壮的体格连大力士海格力斯见到他，恐怕也会想要逃走。一旦惹毛他，真的很可怕，但和朋友在一起时，他似乎很喜欢装傻，高二和高三时，他一直走这种路线。

只不过龙见并不是一开始就这么友善。三年前，入学典礼当

---

[1] 日本一种传统的面具，形似中年男性，造型古怪滑稽，常在一些地方性的传统祭典中使用。

天，喜多和龙见在走廊上遇到时就打过一架。龙见可能对自己很有自信，他嚼着口香糖，遇到飞机头、油头或是平头等看起来像是不良少年发型的新生，就上前找麻烦，然后教训对方一顿，最后碰上了同样在找人麻烦的喜多。

"喂喂喂！你这家伙，看什么看啊！"

话音未落，喜多的下巴就挨了扎扎实实的一拳。虽然论脾气暴躁，喜多并不会输，但海格力斯用尽全身力气挥出那一拳，强大的破坏力让他脑袋发麻，他被打得贴在墙上，完全无法反击。

只不过打架这种事令人难以预料，喜多在挨了那记重拳的同时下意识飞踢，刚好踢中龙见的心窝。龙见庞大的身体应声倒下，在走廊上打滚。

那天之后，两个人就成为"势均力敌的好交情"，在校内外逞凶斗狠，一直持续到高三的此刻。对喜多来说，他很幸运和这个家伙不打不相识，否则恐怕整个高中时代都得听命于他。

"叫我干吗，喜多郎？"龙见在沙发上坐好后问，"有什么好玩的事吗？"

"对。"喜多点点头，捻熄烟蒂后，压低声音说，"不是快期末考了吗？"

"嗯。"

"要不要去偷考题？"

龙见没有响应，只是一脸惊讶。

"你听不懂吗？我是说，要不要去偷期末考试的考题？"

"偷考题？要去哪里偷？"

"当然是学校啊，不然呢？"

龙见突然认真起来，下一刹那，他的爆笑声响彻整家咖啡店。

"哈哈哈！喜多郎，你白痴哦！哈哈哈哈哈哈！"

"笑屁啊！"喜多骂了一句，把白煮蛋的蛋壳丢过去。龙见指着喜多生气的脸，继续捧腹大笑。

当啷。门上的铃铛响了，橘宗一走进店内。

橘一头向后梳的头发没有抹油，翘起的头发好像触角一样伸长，糟蹋了那张五官端正的帅气脸蛋。身上那件深棕色的皮夹克已经成为他的标志，一年四季都穿着，简直和他瘦小的身体同化了。橘直直走向他们的固定座位，但中途在吧台前停下脚步，向后方的厨房张望。他根本不必特地向老板点餐，因为每天都点晨间咖啡特餐，但他似乎打算跟老板打声招呼。

"橘、橘，快过来！"

龙见说完这句话，就抱着肚子继续大笑，没办法好好说话，龙见的眯眯眼都笑出了眼泪。

橘面无表情地低头看着龙见问："让二郎，怎么了？"

笑声立刻停止。要对付龙见的聒噪，橘很清楚如何对症下药。

"又来了，又来了，我叫让二！"

龙见鼓起脸颊，然后又吐出一大口气，用好像棒球手套般的手搂住了橘的肩膀。

"你听我说，喜多郎刚才一本正经地问我，要不要去偷考卷。"

"啊？"橘声音里带着疑惑，看着喜多的脸。

喜多回看橘一眼，但立刻把头转到一旁，气鼓鼓地说："算了，我自己搞定。"然后整个人倒在沙发上。

"喜多郎，你是认真的吗？"橘低头看着他。

"……"

"你有胜算吗？"

"当然有啊，但我不想跟你们说了。"

"不要一大早就闹脾气。说来听听，我会认真听你讲。"

橘语气平静地说完，拍拍喜多的肩膀。

龙见发现橘并没有和他一起大笑，感到有点儿泄气，笑到一半的脸不知道该呈现什么样的表情。

橘没有继续说话，在对面的沙发上坐下后，拿出七星烟。他很斯文，沉着冷静。即使聊天冷场，他也能够泰然处之，让喜多和龙见望尘莫及。

喜多在橘无言的催促下，不甘不愿地开口。

"你真的想听吗？"

"对啊。"橘回答。

"那我就告诉你。"喜多压低声音，"我上次期中考试时作弊被抓到，不是被叫去教师办公室吗？刚好校长室的门开着，被我看得一清二楚。"

"你看到什么？"

"你们知道吗？校长室内有两个很大的保险箱，一个新，一个旧——隔天考试的考卷都放在新的保险箱里。"

"真的吗？"龙见用力眨着眼问。

"对啊，不光是这样，保险箱的钥匙放在校长办公桌最下面的抽屉里，虽然那个抽屉上了锁，但我知道那个抽屉的钥匙放在哪里，钥匙就随便丢在最上面的抽屉里。"

"真的吗？"橘的脑袋也靠过来。

"千真万确。教物理的竹沼交给副校长，然后是副校长放进去的。我那时刚好站在柱子后方，他们没有发现我。"

"哇噢！"龙见轻声欢呼，橘吞着口水。喜多看到他们兴奋的反应，越说越来劲。

"所以喽，只要在深夜溜进学校，就可以偷到考卷，而且我们学校还没有引进安保防盗系统，绝对可以得手，可以在前一天晚上就拿到隔天考试的考卷。"

"这不是全天下高中生的梦想吗？对吧？对吧？"

龙见握着橘的手，用力摇晃。龙见只要遇到开心的事，就会拼命和别人握手。他力气很大，身体不舒服的时候被他这样用力一握，会是莫大的痛苦，但橘被他握住手后，用力点了好几次头。

橘和喜多或是龙见不同，并不是整天喜欢和人打架的"叛逆学生"，但是，该动手的时候就会动手，而且大胆无情。虽然他说话时像学者，个性有点儿难搞，但是要进行这种结合智慧和暴力犯罪的大事时，他是不可或缺的绝佳参谋。当初并不是橘主动接近喜多和龙见，而是喜多和龙见看上橘精明的头脑和从外表看难以想象的胆量，主动拉拢他，如今他们三个人整天形影不离。

高一打架打腻了，高二时玩也玩腻了，最近这一阵子都没有任何刺激，所以今天难得聊得这么起劲。三个人在学校的成绩都惨不忍睹，事到如今，考试的分数对他们而言根本不重要，但是这个计划是要偷取校方严格保管的考卷，光是想象，就有种让人痛快的强大吸引力。

"好啊！一定要干这一票！"龙见伸出双手，摇晃着喜多和橘的手。

"嗯，要好好研拟计划。"橘说。

喜多轻轻挥起拳头说："好，那就这么决定。下个月行动，目标是期末考试。"

"嗯！"龙见握住他的拳头，突然皱起眉头说，"那个……成员呢？"

"那还用问吗？当然就是我们三个人啊。"

喜多轮流看着另外两个人的脸回答。

"我们三个人……"龙见露出愁容，"所以不找相马吗？"

橘沉思着，喜多看着他的侧脸，加强语气说："不找相马，就我们三个人。"

相马弘是和他们三个人一起玩麻将的牌友，但除了打麻将，几乎没什么来往。相马只偶尔到学校露脸，平时一大早就去麻将馆，和大学生一起打麻将。龙见和相马曾经搭档耍老千，关系还不错，也是因为这样，他才会提议找相马一起加入，但喜多觉得相马是高深莫测的怪人，完全不把他当成可以分享重大秘密的朋友。

"这次只有我们三个人。"喜多带着威胁瞪了龙见一眼，然后又小声问橘："这样没问题吧？"

"想出计划的人有权挑选成员。"

橘用委婉的方式表达同意，龙见正准备点头，但又临时改变主意摇头。

"但是他的成绩也超烂，可以给他一点甜头尝尝。"

"你真啰唆！"喜多一下子就火了，"既然这样，那你也退出！"

"干吗这样。"龙见一脸委屈。

"这种事,人越多越容易出状况,懂了吗?"

喜多生气地说完后,把脸转到一旁。喜多脾气暴躁,只要一言不合,每次都会大发雷霆,不想再继续聊下去。

"好、好啦……"龙见垂头丧气地说,"喜多郎,你别这么生气嘛。"

"还不是你惹我生气。"

橘轻轻一笑,似乎很无奈,然后递了香烟给喜多。

"喜多郎,不要这么生气。"

"我并没有动怒。"

喜多放低说话的音量,拿了一根烟。

橘也拿了一根,点火之后说:"我记得期末考是下个月六日。"

"对。"

"时间不多了,问题是要怎么溜进学校。"

橘似乎已经开始思考具体的策略。

"先不说这个,"龙见很快转换心情,兴奋地插嘴,"名字呢?要取什么名字?"

"什么名字?"喜多问。

"当然是这个计划的名字啊,既然是偷考卷,那就是T计划之类的,反正就是要取一个超帅的名字啊。"

另外两个人扑哧一笑。

"你这家伙还真讲究。橘,有没有什么好名字?"

"我想一想……那就借用这家店的名字,取名叫罗宾计划,怎么样?"

"啊,这个名字太妙了!"龙见兴奋地跳起来,"罗宾是怪盗,而且三亿先生也是大盗——"

三个人互看一眼后,转头看向后方。吧台下方发出窸窸窣窣的声音,戴着圆框黑色眼镜的苍白脸庞露了出来。

龙见压低声音说:

"大盗三亿先生出现了。"

他们口中的三亿先生就是罗宾咖啡的老板。因为他和七年前在府中发生的三亿元抢劫案的抢匪合成照片神似,于是他们便替他取了这个惊人的绰号,但其实不只这样而已。

三亿元抢劫案以简直可以媲美电影情节的犯罪手法轰动社会,抢匪假扮骑白色警用摩托车的警察,拦下装有四千六百人年终奖金的银行运钞车,说车上可能被人装了炸弹,然后钻进运钞车车底,引燃藏在身上的烟幕弹,大喊着:"危险!危险!"要求行员赶快逃离,然后就这么劫走运钞车。

分析这一连串的犯案手法,有很多地方都和咖啡店老板不谋而合。他以前热爱摩托车,是十足的"摩托车迷",年轻时当过一阵子警察,就是骑着白色警用摩托车的交警。对他来说,把旧摩托车改造成白色警用摩托车,假扮成警察,根本是雕虫小技。而且他曾经在经营不善的剧团演过一阵子戏,难怪可以演得煞有介事。

不仅如此,抢匪在袭击时,还提到"巢鸭"这个地名。他对行员说:"接到巢鸭警局的紧急通知,你们分行长的家中被人放置炸弹,发生爆炸,这辆车上也有炸弹。"这也是巢鸭一带的人至今仍然很关心这起抢劫案的原因,但不知道是巧合还是故意,老板在案子发生后,在巢鸭开了这家借用怪盗名字的"罗宾咖啡"。如果真的像报纸杂志大肆报道的那样,三亿元抢劫案是对社会和警方的挑战,是剧场型犯罪的先锋,老板就完全符合抢匪的所有要件。

而且并非只有喜多他们这么认为,警方曾经多次传唤老板。听说有一次好几名刑警围着他,恶狠狠地对他说:"绝对就是你,你赶快交代!"这更增添了老板身为男人的魅力,龙见更是深信"三亿先生太猛了,他绝对就是抢匪"。再者,老板还是喜多他们就读的那所高中第一届毕业生,正因如此,罗宾咖啡便成为他们这些不良学生可以安心聚集的地方。

三亿元抢劫案发生至今已经七年,听说追诉时效下个月就要终止,三亿先生受欢迎的程度正值巅峰。

"我们不能输给三亿先生,也要干一大票。"

三个人偷看正在抓头的老板,把头凑在一起小声说道。

2

警局四楼安静的会议室内,是刚成立的岭舞子命案侦查对策室。门口并没有像其他命案的搜查总部那样,特别挂上写有案件名称的布幕,只是极机密的指挥中心。

电话和无线对讲机等必要器材陆续搬进会议室,大家可以通过喇叭,听到喜多在审讯室内的供词内容。

打开开关后,立刻听到喜多那段有关"三亿先生"的供词。留着小胡子的男人马上推开数名刑警,像金刚力士那样一动不动地站在喇叭前方的位置。

他就是侦办这起案件的指挥官,重案搜查第四股的股长沟吕木义人。

他的外表看起来很年轻，完全不像四十六岁。结实的身上穿着高级西装，一头向后梳的头发中有些许白发，但都集中在刘海的一部分，就像年轻人刻意挑染，反而带有时尚感。他有两道浓眉和同样浓密的小胡子，一双黑眼珠很大的眼睛散发出积极有力的光芒。他整个人会让人联想到小说和连续剧中苏格兰场[1]的能干督察。

沟吕木站在喇叭前，严肃地竖耳细听，不时皱起眉头，然后低低沉吟。审讯室内的喜多的确提到了"罗宾咖啡"。

"那几个家伙以前聚集在内海的店里吗？"

内海一矢——

这是他想忘也忘不了的名字。十五年前，内海是三亿元大劫案头号嫌犯，他们曾经在审讯室内多次交锋。不光是三亿元劫案，所有未逮到凶手、案情陷入胶着的案件，侦办的刑警内心都会有一个自己认定的嫌犯。对沟吕木来说，那起案件的抢匪就是内海，在时效已经终止，又过了十五年的今天，这份坚信仍然没有动摇。

当时的记忆历历在目。

昭和五十年十二月九日夜晚，距离时效终止还有三个小时，沟吕木从罗宾咖啡把内海一矢带到警局，然后在他面前出示逮捕令，想要最后一搏。内海面不改色地问他："你有证据吗？"然后和沟吕木大眼瞪小眼，持续了很长时间。当时两个人都三十出头，沟吕木还很稚嫩，但内海一副云淡风轻的样子，丝毫没有感

---

[1] 英国伦敦警务处总部的代称。

到害怕。

最后并没有执行逮捕令,虽然沟吕木态度强硬地表示,即使内海持续否认,仍必须逮捕他。在侦办三亿元抢劫案过程中,警方曾经多次犯下抓错人或是审讯时无视人权之类的疏失,受到舆论的强烈抨击,因此高层最终选择吞下追诉时效终止的屈辱。

那时,沟吕木注视着内海的双眼,耳边响起凌晨十二点的报时。内海一听到报时声,立刻起身,对沟吕木说:"你不能怪我,总不能由我提出证据吧?"

沟吕木边回想内海当时的表情,边走下警局的阶梯。内海为什么会说那句话?有一名干部不悦地说:"他应该是因为被当成抢匪,想要泄愤。"其他刑警渐渐接受了这个说法。

但是,沟吕木并没有接受。

八成是——

内海在时效终止的那个刹那,无法克制内心对于七年来,终于逃过警方严格侦查的喜悦,他无法克制想要和别人分享喜悦的冲动,于是挑选沟吕木作为对象,和持续对自己的完美犯罪最感兴趣的刑警沟吕木分享这份喜悦——

这些都成为不说也罢的陈年往事。那天至今,已经过了十五年。

——不,等一下。

沟吕木停下脚步,低头看着手表。这只旧手表是父亲的遗物,但略有锈斑的日历窗仍然显示了正确的日期。

"9"——十二月九日。

沟吕木感受到一丝冲击。就是十五年前的那一天。自己去罗宾咖啡带走内海,但又只能看着内海走出审讯室的十二月九日。

然后，岭舞子命案到今晚十二点，整整十五年的时效就完成了……也就是说，喜多等三人在三亿元抢劫案完成时效时溜进学校，涉嫌杀害女老师——是这样吗？

沟吕木皱起眉头。

没错。当时自己冲进罗宾咖啡，要求内海主动到警局说明时，咖啡店后方的确有几个看起来像是高中生的年轻人。

"这样啊，原来是这样，就是那时候在店里的……"

内心的想法脱口而出。

他为了解决三亿元抢劫案冲进咖啡店，但在同一家店内，正在酝酿新的犯罪。岭舞子的学生正在罗宾咖啡内，他们在那里打发时间，准备伺机溜进学校。原来是这样。

——真是太奇妙了。

沟吕木感受到某种类似机缘的东西，他推开刑事课的门。

办公室内的嘈杂让沟吕木回到当下，自己可是警视厅的杰出人物。他不需要自我提醒也知道，三亿元抢劫案是过去的遗物，岭舞子命案才是现在进行时。

沟吕木伸手抓住从一号审讯室冲出来的年轻刑警。

"里面的情况怎么样？"

"嗯，正在讯问，很顺利。"

"命案的部分呢？"

"跟一开始一样，仍然坚持否认。"

"了解，辛苦了。"沟吕木推了年轻刑警的后背，然后又抓住他的肩膀小声地问："那位女警呢？"

年轻刑警不太明白，不知所措。

"就是交通课的大美人啊。"

"哦，是，她有认真写笔录……"

沟吕木用力点点头，这次用力推了年轻刑警的后背，年轻刑警整个人都往前冲。沟吕木大步走向内勤办公区，一个看起来像在歌舞伎中反串女角的男人从堆积如山的数据中抬起头，向沟吕木默默行礼。

大友稔——他和负责审讯的寺尾一样，是"沟吕木小组"的副组长。他个性朴实，沉默寡言，审讯方面的本领略微逊色，但他忠诚耿直，事务能力很强。这起案件中，由他担任内勤工作的总管。他从来不曾表现出想和寺尾一较高下的竞争心，只是默默着手自己的工作。

"大友——有没有找到龙见让二郎？"

沟吕木问，大友指着旁边的办公桌。内勤的巡查部长正用脖子夹着电话，用手捂住电话说："才刚查到他在川越的朋友家中，打麻将到天亮，现在正在睡觉。"然后将写了地址的便条递给沟吕木。

沟吕木高举便条，大声指示："喂，马上派几个人赶过去，把人带来！"然后保持着相同的动作问大友："橘宗一呢？"

"还没找到他的下落。"大友用一如往常的平静语气回答，"他不在老家，已经派了十名人手前往他常去的地方找人。"

"增加到二十人。"

"好——股长，龙见和橘都要带来这里吗？"

大友顾虑到记者。通常同一起案子有多名嫌犯时，会分散在邻近的警局审讯，以免引起记者注意。

"没关系，都带到这里，用电话联络对质太浪费时间，一不小心，时效可能就终止了。"

沟吕木笑着说话时，打量着办公室内的情况，突然"啊"的一声，将视线移回大友身上。大友已经低头翻着侦查人员的名字，开始挑选加派人手去寻找橘宗一。

"喂，大友。"

"是。"

"生了吗？"

"不，还没有。"

大友的老婆前天入院待产。因为是第一胎，预产期已经过了十天，用了催产药物仍然没有进展，所以最后决定剖宫产。大友晚婚，沟吕木猜想他一定很担心，但大友面不改色，没有再多说什么。

"打电话去医院关心一下。"沟吕木对大友说完，没有等他回答，就走向审讯室。一号审讯室亮着代表正在使用的红灯。

他突然觉得红灯变大、变得模糊起来。

——我这是怎么了？

沟吕木用双手拍打脸颊。他有一种错觉，认为内海就在审讯室内。

当年十二点报时时看到的那张脸和听到的那句话挥之不去。内海悠然离开的背影，和目送内海离去的自己，简直就像电影中的画面般清晰浮现在眼前。

——再也不想听到那个报时的声音了。

沟吕木双手放在嘴边大声说："大家加油，距离时效还有十七个小时！"

办公室内四处响起干劲十足的回应声。沟吕木大力点点头，这时，背后有人叫了一声"股长"。原来是负责刑事课和四楼对策室之间联络工作的新人刑警。

"什么事？"

"那个……"新人刑警一脸困窘，"警视厅的藤原刑事部长来了。"

"在楼上吗？"

"是的。"

"今天吹的是什么风啊，长官到处乱走，这样一来不是会被记者发现吗？"

他在新人刑警面前表现得很无奈，但心想刑事部长果然出现了。虽然搜查一课课长向他下了封口令，但他知道接获关于这起案件线报的就是藤原严。从课长说话的语气判断，线报来源和刑事部长的职位无关，而是出于藤原私人的关系。这件事匪夷所思，但并不是只有这件事令人不解。藤原还指名在这个警局任职的美女女警加入侦办工作。虽然沟吕木知道那名女警是藤原朋友的女儿，但是藤原身为警视厅的高阶干部，竟然插手第一线的侦查工作，可说是异常中的异常。课长只对沟吕木说："事情就是这样，那就拜托了。"然后一脸纳闷地歪着头。

——这一定也是所谓的机缘。

沟吕木隐约察觉，虽然未必是像自己和内海的关系，但藤原在侦查领域打滚多年，想必难免会遇到有点儿像是在内心留下伤痕的因缘。沟吕木认为正因为是这种想躲也躲不过的因缘，堂堂刑事部长藤原才会冒着被记者察觉的风险，亲自来到辖区警局。

藤原没有理会诚惶诚恐的警局人员，大剌剌地坐在侦查对策室的铁管椅上。满是皱纹和老人斑的通红面孔微微抬起，用力闭着眼睛，专心听着喇叭中喜多的供述。

"龙见和橘都很起劲,我们觉得也许真的可以偷到考卷,于是认真研拟了计划。"

喜多的供述已经进入第二阶段。

3

罗宾计划就这样展开了。

三个人每天都聚在罗宾咖啡,喝着咖啡,讨论如何执行计划。虽然是令人兴奋的计划,但是实际进行时,还是要面对很多需要解决的问题。

首先,要如何潜入学校?即使顺利进入学校,教师办公室是锁上的,办公室后方的校长室也一样,必须解决这三大难题,才能够顺利偷到考卷。只有进入校长室,喜多看到的有关保险箱的秘密才能发挥作用。

"只要能进教师办公室,应该就有办法进入校长室,因为副校长或是教务主任一定有钥匙。"橘说。

"既然这样,"龙见开口,"那我们就干脆不要等到晚上溜进学校,而是事先躲在教师办公室等到天亮,你们觉得怎么样?"

"会有很多老师在啊,"喜多托着腮,不屑地说,"到底要怎么躲起来?要躲去哪里?"

"这、这个嘛,比方说,可以用一块和墙壁颜色相同的布挂在那里,然后躲在后面……之类的。"

"你是忍者吗?"

"喜多郎,既然你这么说,那你来想办法啊。"龙见嘟起嘴,把杯子里的水倒进堆满烟蒂的烟灰缸。只听到"咻"的一声，烟灰缸发出难闻的臭味。

喜多把烟灰缸推到龙见面前说："我觉得最好的方法，就是白天时，预先破坏一楼窗户内侧的锁，然后从那里溜进校舍。"

"不行不行，海德会四处巡逻，看门窗有没有锁好。如果被他发现窗户的锁被破坏，我们所有的努力都泡汤了。"

"对哦，都忘了海德茂吉……"

喜多嘀咕着，咂咂嘴。

金古茂吉是学校聘用多年的化学老师，个子很矮，虽然并没有看过《化身博士》的插画，但他嘴歪眼斜，一头凌乱的白发，穿着皱巴巴白袍在学校内走来走去的样子，八成很像故事中的海德。他不仅长相丑陋，性格也很奇怪，他把妻子留在荻洼的家中，自己住在学校的警卫室，三百六十五天都在那里生活，不知道这种情况是否能称为分居。他白天时，在黑板上写一些连班上聪明学生都看不懂的密密麻麻的蚯蚓字，一到晚上，就嘀咕着"好期待，好期待"，露出可怕的笑容，像警卫一样，拿着手电筒在学校内巡逻。他是学校最资深的老师，校长无法轻易剥夺茂吉的这种兴趣，只能持续低头，向一再要求赶快引进安保系统的教育委员会道歉。

说起来，正因为茂吉妨碍校方引进安保系统，才会有这次的罗宾计划，但是到了执行的阶段，熟知校内情况而且一丝不苟的茂吉就成为最大的障碍。龙见说得没错，一旦破坏窗户的锁，茂吉很快就会发现，恐怕会在窗户下方监视一整晚。

"我觉得，"龙见说，"还是只能躲在校舍的某个地方等到天黑，你们说呢？"

"某个地方是什么地方？"喜多烦躁地问，然后看向沉默不语的橘，似乎觉得和龙见说话是浪费时间。

橘点点头后开口。

"不如这样——四楼地理教室后方不是数据室吗？我们可以躲在那里等到深夜，海德应该不会去那里巡逻，万一他真的打开地理教室的门，我们就躲在地图或是模型后方。"

"有道理，那里应该可以……"喜多点点头。龙见对自己的意见被部分采纳感到很高兴，摇着另外两个人的手大叫着："好啊！好啊！就这么决定了！"

龙见的话音刚落，在吧台内洗杯子的老板故意咳嗽起来。

六只眼睛同时看过去。

一个身材高挑的女人——音乐老师日高鲇美走进咖啡店。

"惨了。"龙见立刻捻熄香烟。喜多哑哑嘴。橘一脸不悦，闭上眼睛，倒在沙发上。

搭地铁的话，罗宾咖啡和学校相距一站，学校老师很少会来这里察看，但是继上个月之后，鲇美已经是第二次走进这家咖啡店。她上次刚好走进这家店喝咖啡，遇到他们三个，但今天的状况不一样，显然是一副值班老师到热闹场所逮人的态度，而且锁定他们三个，特地来这家店巡逻。老板似乎记得鲇美的脸，向他们发出警示信号，但仍然晚了一步。

"你们！"鲇美高声道，"你们逃课在这里干什么！还抽烟，赶快回学校！"

她刺耳的声音响彻整家店，坐在吧台前的上班族缩起脑袋，好像挨骂的是他。

鲇美虽然五官轮廓不深，但还算是美女。她身材瘦削，和性感无缘,但皮肤白皙,修长的四肢不输给模特儿,这天她穿的米色风衣,衬托出她的优势。只不过她刚从音乐大学毕业,不懂人情世故,更明确地说,就是太一板一眼,这种个性导致她在学校很不受欢迎。每次遇到学生捣蛋,为了避免学生不把她放在眼里,她就会歇斯底里地破口大骂,结果反而导致学生更疏远她,演变成恶性循环。

"说话啊!"

三个人都决定不理她。不,龙见不一样,他似乎憋不住,想要回嘴。

"你们听不到吗?不是快期末考了吗?"

"所以我们正在讨论要怎么应付考试啊。"

龙见开了这个敏感的玩笑,喜多瞪他一眼,龙见吐吐舌头。

"下一堂是什么课?"

鲇美问道,喜多和龙见互看一眼,觉得这根本是白痴问题。龙见摊开双手说:"不知道。"

"真受不了!"

鲇美的眼睛盯着橘。音乐是选修课,三个人中,只有橘选修音乐,喜多和龙见选修的是美术,只不过从来没有去上过课。

橘闭着眼睛没有吭气。喜多抖着脚,抬眼瞪着鲇美,龙见则思考着接下来要怎么调侃她。

"你们真的是……"

鲇美无奈地抬头看着天花板,但其实她面对学校出名的不良学生,不知道接下来该说什么。

龙见逮到机会,说道:"那个……如果老师不介意,要不要也坐下来喝杯咖啡?"

"你说什么?"

鲇美的脸涨得通红。

"我可以陪你到晚上,反正我很闲。"

"龙见同学,你这个人……"

喜多踢向龙见的小腿,但是海格力斯龙见毫不在意。他有一半是真心邀请,无论是粉领族还是女大学生,他向来对比他年纪大的女生很有兴趣。

"我、我、我,鲇美老师,我之前就很喜欢你。"

龙见眨眨眼睛,然后几乎把脸贴到地上,做出偷窥裙底风光的动作。鲇美后退一两步,她的脸蛋和颈部全都红了,身体颤抖着。

"我不管你们了!"

鲇美说完,转身走出咖啡店。龙见用带着一丝遗憾的眼神看着她的背影,但随即觉得无所谓,发出嘻嘻嘻的下流笑声。这个家伙无论做任何事,都完全不考虑后果。

"你有病啊!"喜多咬牙切齿地说,这次狠狠踹向龙见的小腿。

"好痛,很痛欸!"

"既然你还正常,就表现出正常人的样子。鲇美上个星期不是才逮到G班的女生打工,结果要求那个女生闭门思过吗?"

"但是……"

"我叫你别惹那种歇斯底里的女人。如果被停学,就别谈什么期末考了。"

喜多在数落龙见的同时,也很在意橘的神情。他仍然和刚才鲇美在这里时一样,抱着双臂,用力闭着眼睛。

——又开始了。

橘有时候会像贝壳一样紧紧闭上嘴巴,完全不吭气。目前就是这种状态,但未必每次都是因为心情不好,这更让人不知如何是好。他会在别人快忘记他的存在时突然叹着气说什么"天底下没有比阿波罗登月看到月球表面时更失望的事了,感觉已经没有任何事值得期待"。喜多和龙见把他这种状况取名为"惆怅病",遇到这种状况就不理会他。更何况根本不知道他进入这种状态的原因,当然没办法逗他开心。

但是这一天显然是因为鲇美突然出现,引发他的惆怅病。不知道是太生气,还是鲇美的出现,带来某种让他进入深层冥想的效果,总之,将近一个小时后,橘才终于重新开口说话。

橘这天离开惆怅状况后,说了句"如果这个世界上除了男人和女人外,还有另外两三种人,应该会很有趣"。喜多和龙见都只是简单响应"是啊"。

总之,这一天他们逃课、泡咖啡店和抽烟,总共违反了三项校规,并没有被学校发现。

虽然喜多不停地说"那家伙怎么可能放过我们?"但是过了三四天,校方都没有找他们去问话,龙见乐观地认为"她可能认为我们已经没救了,她上次遇到我们的时候,不是也没有找我们麻烦吗?"喜多认为可能是这样,也就不再把这件事放在心上。

4

十一月进入最后一周,班上那些准备参加大学考试的同学表情开始变得不一样。喜多他们几个人虽然就读并非义务教育的高中，却主动放弃这个权利，他们觉得其他同学的拼搏精神很可爱，但也对这种充满无视和沉默的气氛感到浑身不舒服。

喜多离开让他很不自在的教室，半躺在罗宾咖啡的固定座位，抽着HOPE短支香烟。在学校时经常产生疏离感并不是现在才有的事，他很快就把这件事抛在脑后，但之前热烈讨论的罗宾计划相关准备工作不尽如人意，只能借由抽烟发泄内心的焦虑。

"是不是有什么好事发生？"

老板静静地送上咖啡时问道。他竟然把麻料围裙丢进洗衣机清洗，结果围裙毫不意外地缩水了。老板虽然三十好几，但还是单身。

"我看起来像吗？"

喜多不悦地回答。

"是啊。"老板说完，拿下圆眼镜，擦拭着镜片，轻轻一笑，"生气是好事。"

"啊？"

"到了我这个年纪，无论遇到任何事，都不会再生气了。"

"是吗？"

"是啊。"老板重新戴上眼镜，拿起奶精壶，说："真羡慕啊。"就转身离开。

"老板？"喜多露齿一笑，叫住他。

"嗯？"

"但是之前刑警找你麻烦时，你应该很火大吧？"

老板茫然地看向墙壁，摇摇头说："不会啊。"

"但他们不是会动手吗？"

"最近好像很少有这种事,大家都变斯文了,哪里都一样,真没劲……"

老板说到最后一句时,好像在自言自语,然后用力拉一拉缩水的围裙。

"是哦。"喜多有些失望。

"今天怎么了?"老板歪着头纳闷,"让二早上来露过脸,都没有看到橘。"

"嗯,今天是音乐课,照理说他应该会逃课……"

才说到橘,橘就快步冲进咖啡店。虽说是冲进来,但毕竟是橘,不会像龙见那样大呼小叫,只是一路小跑过来,瞥了一眼走进吧台的老板,在喜多的耳朵旁小声说:"查到了,校长室的钥匙放在副校长的抽屉里,上面挂着'12'的牌子。"

"真的吗?"

橘把食指放在嘴唇上点点头。

"太好了。"喜多兴奋到脸红,"罗宾计划,搞定。"

"嗯,至少可以说向前迈进一大步。"

这一个星期以来,三个人整天忙着侦察教师办公室内部,但并没有太大收获,正在干着急。他们就读的那所高中的校舍分为西栋和东栋,隔着篮球场平行而建,两栋校舍之间有一条走廊。教师办公室在西栋二楼深处,喜多他们三年级的教室都集中在东栋二楼和四楼。两栋校舍之间有二十米的距离,只要用望远镜,就可以清楚看到办公室从窗边到中间的所有情况。校方认为"问题学生要分散指导",他们因此被分在不同班级,于是三个人分别威胁坐在窗边的学生,和他们换座位,躲在窗帘后轮流侦察。

"那我们从头到尾整理一下。"喜多兴奋地说。"好啊。"橘也探出身体。龙见中午过后,就和相马搭档在麻将馆打麻将,他们认为两个人先讨论比较快,于是把头凑在一起。

目前的计划如下——

首先,其中一人在放学后,躲进东栋四楼地理教室后方的资料室。喜多他们的学校有夜间部,可以混在夜间部的学生中,在八点多时溜进资料室。

负责潜伏的人等海德茂吉深夜巡逻结束,确认他睡觉之后再去一楼,打开面向后院的东栋窗户锁,让在窗外等待的其他两个人进入校舍。然后三个人经由走廊前往西栋,悄悄溜进被茂吉当作自己家的警卫室,从钥匙箱内偷出教师办公室的钥匙。

"问题就在这里。"橘打断喜多,"溜进警卫室会不会太危险了?"

"那该怎么办?"喜多不满地反问,"难道要去打一把备用钥匙吗?这不是更加大费周章吗?"

钥匙箱有上锁,茂吉随时把钥匙带在身上,但可能由于经常有老师借用,因此只有教师办公室的钥匙,挂在钥匙箱旁边的钩子上。

只要能够进入教师办公室,之后就简单了。橘已经用望远镜观察清楚,可以用副校长抽屉里的"12"号钥匙进入校长室,再从校长办公桌最上面的抽屉拿出底层抽屉的钥匙,打开底层抽屉,两座保险箱的钥匙就放在里面,其中有一把就是装着考卷的新保险箱钥匙。

偷完考卷后逃走也很简单。把校长室和教师办公室锁好后,跑回刚才进来的窗户,趁着夜色逃离学校。虽然逃走时用的窗户的内侧锁无法锁好，成为唯一留下的痕迹，但茂吉不可能早晨起床后，就去检查全校所有的窗户有没有锁好。早上七点，运动队的人就会去学校晨训，茂吉似乎为了配合他们的时间勉强起床。虽然茂吉早就年过六十岁，但并不喜欢早起。

喜多认为计划很完美，但橘迟迟没有点头。

"我还是觉得太危险，海德就睡在钥匙箱的正下方。"

"那又怎么样？那种年老体衰的老头子不会醒啦。"

"不，警卫室很小，拉门会发出嘎嗒嘎嗒的声音。"

"橘，你在害怕吗？"

喜多一如往常地生气，橘也一如往常地冷静以对。

"喜多郎，我很感谢你。你邀我加入这么有趣的计划，我很希望可以成功，就只是这样而已。"

"嗯……"

"我们再好好想一想。"

"好啦。虽然我没意见，但有其他好方法吗？"

橘暂时没理会闹脾气的喜多，独自陷入思考。他把火柴盒放在桌子上，一下子横放，一下子竖起来，在桌子上把玩着。

"橘……"

不擅长辩论，又无法忍受沉默的喜多话还没说完，橘就已开口。

"你觉得这个方法怎么样？"橘用指尖灵巧地戳着火柴盒一角，火柴盒立刻垂直竖起，"从三楼窗户垂下绳梯，然后沿着绳梯，从二楼的教师办公室窗户进去。"

喜多目瞪口呆。

绳梯？

你以为在演电影吗？——喜多差一点这么说，但看到橘认真的表情，终于把这句话吞下去。

"喜多郎，你觉得怎么样？"

"但、但是教师办公室的窗户不也锁着吗？"

"这就是重点。"橘得意地一笑，"教师办公室靠窗的位置不是放着好几座很高的置物柜吗？窗锁的位置刚好就在置物柜后方，那里本来就是'不打开的窗户'，只要事先弄坏其中一个窗锁就好了。"

"弄坏？什么时候弄坏？老师不是整天都在办公室吗？"

"星期一全校朝会的时候，所有人都会去体育馆，教师办公室根本没人。我之前刚好在朝会的时候去过。"

喜多听到这里，大大吐了一口气。

虽然听起来很大胆，但这其实是很稳当的方法。的确不会有人发现置物柜后方的窗锁遭到破坏，正如橘所说，反正被置物柜挡住，原本就很难确认窗户有没有锁住。

使用绳梯也是妙计。虽然可以用木梯从下方进入校舍，但置物柜那一侧窗户下方刚好是中庭的正中央，下方是校长引以为傲的杜鹃花树丛，所以很难架上木梯，而且要带木梯到学校或是把木梯藏起来，都不是容易的事；反之，倒是学校内到处都有称为"避难梯"的绳梯。

橘静静地等待喜多的回答。

"好，就用这个方式。"

喜多爽快答应，橘用手指啪地弹了一下刚才用来当作校舍的火柴盒。

5

两个人暂时分道而行，各自去打工。喜多在周刊杂志装订厂打工，橘在内幸町清扫大楼。两个人都已经做了很久。

喜多领到周薪，骑着RD 350一路飙到罗宾咖啡时，已经晚上九点多了。

咖啡店门口并没有其他摩托车。

——让二那个家伙，还在打牌吗？

他咂着嘴走进店里，看到深棕色的背影正在杂志架前拿杂志。橘也有一辆DAX 50，但最近几乎都没骑。

"你也刚到吗？"喜多把刚装订好的杂志丢给橘。

"哦，谢谢。"

"让二好像还没打完？"

"对啊。"橘心不在焉地回答，翻开周刊杂志性感美女彩页。

"刚才有打电话来。"吧台传来说话声，老板拉着缩水的围裙，伸长脖子对他们说。

"让二吗？"喜多问。

"嗯，他说快结束了，请你们等他一下。"

"他在'温柔园'吧？"

"好像是。"

"那我们要不要去找他？"橘问。

"好啊，但先让我喝杯咖啡。装订厂的灰尘很大。"

橘似乎也这么想，于是他们喝着咖啡，和老板聊了半小时左右,刚领到打工费的喜多付了咖啡钱后,他们一起走出店里。这是他们之间的规矩。

龙见现在正在和相马一起打麻将。

——要不要让相马也一起加入罗宾计划?

虽然称不上是心境发生变化,但喜多白天感受到的一丝疏离感让他产生这种想法。相马在学校一定同样属于遭到排斥的那一方。在落叶不断被车子碾过的路口等红灯时,喜多说了这句心软的话。橘原本就认为,只要想出这个计划的喜多同意,他对找相马加入没有意见。

"温柔园"这栋细长的四层楼大楼原本是保龄球馆,目前一楼是柏青哥店[1],二楼是台球厅,三楼是游乐场,四楼是麻将馆,具备所有玩乐的要素。虽然主要顾客群体是附近大学的学生,但喜多他们也很喜欢来这里。

龙见的 MACH 500 神气地停在店旁的自行车停车场,两个人轮流轻踹一脚,走去地下楼层的轻食区吃了咖喱后,搭电梯来到四楼。

宽敞的空间内摆放着将近四十张麻将桌,场面很壮观。

他们沿着麻将桌的空隙往里走,在缭绕的烟雾中,看到了龙见。相马也在同张麻将桌上,其他两个人以前没见过,八成是龙见负责装乖,对那两名大学生说:"我们少两个牌友,可以和我们一起打吗?"邀他们一起打牌。

龙见一脸兴奋,喋喋不休地说着话。这就是玄机所在。

龙见和相马联手诈赌,用聊天的方式告诉对方自己手上的牌

---

[1] 日本街头一种带有赌博性质的游戏机店,主要经营名为"柏青哥"的弹珠游戏。

和听的牌。这种诈赌的方式称为"通风报信",这方面的消息都来自相马。目前他们两个人使用的打暗号方式,都是相马在大家一带的麻将馆向职业赌徒讨教而来的,再用自己的方式修改之后传授给搭档。

"明明还在兴头上嘛。"喜多不悦地说。

"手气一定很好。"橘说。

"这个家伙,真好意思让我们等这么久——"

喜多既生气,又想要恶作剧,于是悄悄绕到龙见背后大声地说:"死王八蛋,手气怎样啊?!"

龙见吓坏了,差一点儿从椅子上跌下来。这也难怪,因为在他们出千的暗号中,只要说了"死"开头的词,就代表被人发现出老千,是"快逃"的暗号。龙见听到喜多熟悉的声音说出这个关键词眼,当然吓得屁滚尿流。

相马为他的暗号取名为"卓越诗",借用若山牧水[1]的诗句,以"翻山越岭几许山与河"这九个字为基础,分别用这九个字代表一到九的数字。"翻"就是"1","山"就是"2","越"就是"3","岭"就是"4",以此类推,然后在每句话的开头使用相同发音的字,然后在语尾用"哟""吧""啦"加以变化,分别代表万字、索子和筒子,把自己手上的牌,或是自己想要什么牌传给搭档。除此以外,还有其他关键词,比方说如果第一个字的音是"其",意思就是"在筹码上做小动作",如果音是"米",就是"换牌"的意思。要把这些暗号很自然地融入闲聊,然后听取对方的暗号并执行,需要高度的专注力和默契,更何况是在全靠

---

[1] 日本和歌作家。长于写景,对后世日本诗歌影响深远。

瞬间判断力的牌桌上。

龙见刚才便是在这种紧张的状态中,猛然听到喜多那句"死王八蛋,手气怎样啊?!"

他满脸涨得通红,瞪了喜多一眼。

"你、你们来干吗?"

"快打完了吗?"

"现在才东风圈而已!"

龙见不悦地回答后,把脸转回牌桌,只不过节奏完全被打乱,完全说不出暗号。大学生立刻和了满贯,龙见气得用膝盖把牌桌抬高十厘米。

喜多知道自己有点儿玩过头,露出苦笑,结果龙见又放炮,喜多无奈之下,走到大学生身后,接连用暗号告诉龙见大学生手上的牌。龙见立刻回过神。这个世界上,知道对方底牌的比赛当然百战百胜。

"和了、和了!不好意思,这是跳满[1]!"

即使龙见和牌,相马仍然不动声色,淡淡地继续打牌。他把头发梳成三七分,戴着银框眼镜,给人一种纤弱、神经质的感觉,但也许是由于驾轻就熟,所以气定神闲,看起来比牌桌上另外两个外地的大学生更成熟。相马当然是因为喜欢打麻将,才会整天泡在麻将馆,但据说也有经济的因素。之前曾经听龙见说,他的家境贫穷,非但没有钱出来玩,三餐的饭钱和学费都必须靠打麻将赚取。他在学校请班上功课好的学生代他点名签到,搞定出勤率,但好几个老师应该早就知道,他在点名簿上应该有一整

---

[1] 日本麻将计分的算法名称。

排缺勤的记号。他每天在这种地方上"校外课",但顺利升上了高二、高三,没准儿他真的很聪明。

喜多当初不同意相马加入罗宾计划,就是因为觉得相马太神秘,或者说和他之间有某种隔阂,总之,他身上有太多无法了解的部分。

靠着出千,龙见的筹码越来越多,喜多和橘相互使了一个眼色,觉得他们还不会那么快打完,正准备离去时,突然闻到一股刺鼻的臭味,一个娇小的身体跑过他们中间。

——咦?

那是一个小女孩。喜多还来不及惊讶,小女孩就做出令人意外的举动。她抓住握着牌的相马的右手,拉着他的袖子。相马推开小女孩,继续把牌打到桌子中央,但表情十分慌乱。

"哥哥,我肚子饿了……"

小女孩蚊鸣般的声音,顿时带走赌桌上紧张的空气。

相马的太阳穴青筋暴出。

"不是叫你不要来这里吗!"

相马低吼一声,粗暴地推向小女孩的肚子。小女孩躲过他的手,继续紧抓着相马。所有视线都集中过来,附近几桌的人也纷纷停下手。

"哥哥……我肚子……"

"别吵我,滚回去!"

不知道橘之前是否曾遇到过这种场面,喜多第一次遇到,大惊失色。

小女孩差不多小学一二年级,裙子很皱,衬衫很脏,虽然穿着帆布鞋,但没穿袜子。头发凌乱,很多地方都打了结。她的五官轮廓很深，嘴巴小巧，长相很可爱，但她的脸上完全没有这个年纪孩童应有的神情。

喜多突然感到一阵眩晕。当年妈妈牵着妹妹初子的手离开时，初子也是这样的表情——

他跪下来，注视着小女孩，但小女孩并没有看他。小女孩紧抱着绘本，绘本封面上画了一只小熊在吃三明治。

喜多把手放在小女孩肩上。

"你怎么了？"

橘和龙见吓了一跳，转头看着喜多。他们以前从来没有听过喜多用这么温柔的声音说话。

"哥哥说，他现在很忙，"喜多用同样温柔的声音说道，"我们带你去吃东西好不好？"

相马立刻起身。

"王八蛋，你少插手！"

相马大吼一声，一转身，双手用力推开喜多。

周围发出惊叫声，远方的视线全都集中过来。刚才的突袭太出人意料，喜多一时无法理解，茫然地坐在单薄的地毯上，抬头看着相马。相马似乎被自己的举动吓到，没有继续动手，全身颤抖地愣在原地。他的表情不像是愤怒，而是快要落泪。

"喜多郎，别这样。"

橘压低声音挡在他们两个人之间，用力抓住喜多的右臂。如果喜多还手，两个人一定会大打出手。喜多被人抢先动手时会变得特别火爆。

但是，喜多没有动作，也没有发怒的迹象。他完全没有丝毫斗志。

"喜多郎……"橘一时语塞，只说，"你先站起来。"

龙见刚才也从背后按住相马的肩膀，此刻只是尴尬地放下手，不知所措地插进口袋。

打斗在转眼间落幕，周围的人既失望，又松了口气。

相马终于回过神似的用力摇摇头，从口袋里拿出一张皱巴巴的千元纸钞，粗暴地塞在妹妹手里。

"自己去买东西吃。"

相马回到麻将桌旁，若无其事地继续打麻将。那两名大学生被相马吓到了，继续配合打麻将。龙见用担心的眼神偷瞄喜多和相马，然后一脸乖巧地摸牌。

橘轻轻叹息，拉着喜多的手臂说："喜多郎，我们走吧。"喜多缓缓起身，拍拍长裤上的灰尘，然后又看向刚才那个小女孩。

小女孩目不转睛地注视着相马的后背，退后两三步，很快被麻将桌挡住身影，一下子又从桌子的空隙中露出小脸，用没有感情的双眼看着相马。小女孩的身影时隐时现，最后终于走到门口，消失不见了。

"喜多，没想到你忍住没有动手。"

搭电梯下楼时，橘对喜多说。

喜多吐了一口口水，看着楼层显示从"2"变成"1"。

因为这件事，他没再提起找相马一起加入罗宾计划。不知道相马是否认为自己出了丑，那天之后，他就没有再去"温柔园"。橘和龙见之后都不敢在喜多面前提起相马的事，过了一阵子，龙见不小心说漏嘴，说相马在老家大冢的麻将馆打牌。

6

十二月的脚步近了。气温骤降，天空也整天阴沉着脸。

即将迎接期末考的周一早晨，三个人悄悄聚集在学校的屋顶。他们打算根据橘的提议，趁着全校师生都去参加朝会时溜进教师办公室，破坏置物柜后方的窗锁。

他们爬上屋顶的水塔，趴在水塔上往下看，发现学生正沿着校舍旁的"友谊小径"走向体育馆。

"简直就像蚂蚁行军耶。"

龙见开心地说着，做出准备吐口水的样子，喜多打了他的头。

队伍很快就变得稀落，大部分学生都已经走进体育馆，听到铁门嘎啦嘎啦砰地关闭，接着，从体育馆的采光窗传来惊人的洪亮声音。那是校长三寺的声音，劈头就开始一成不变的说教，要求学生遵守校规，逢人要打招呼。

"他的声音还是这么吵。"喜多无奈地说。龙见轻松地回应："这就是所谓的笨蛋只有嗓门大。"

校长一向以自己的大嗓门为傲，不用麦克风，声音就可以传遍整座体育馆。据说他在读高中、大学时，都是小有名气的器械体操选手，即使现在，仍然不时和学生比体力。今天早上同样在说教之后，吹嘘他擅长的健全身体论，而且越说越来劲。

两三个迟到的老师走进体育馆内，"友谊小径"上已经不见人影。

"好，走吧。"喜多起身。

"嗯。""好哩。"另外两个人也跟着回应。

他们迅速地走下水塔的铁梯，经过屋顶的门，蹑手蹑脚走下楼梯。喜多负责把风，按照原先的计划，在中途和另外两个人分开，跑去东栋三楼的教室，躲在窗帘后方定睛观察前方二十米的西栋二楼教师办公室。

办公室内完全没人，所有老师应该都在体育馆内。

龙见和橘很快就出现在二楼的走廊上，他们弯着腰，动作生硬地走向办公室，然后同时看向喜多的方向。喜多毫不犹豫地把右手伸向侧面，发出"突击"的暗号。橘用力点点头，小跑着经过办公室的门，直奔置物柜的方向。橘负责破坏窗户的窗锁。龙见留在办公室门口，拼命缩起庞大的身躯，观察周围的动静。

主动要求负责这项工作的橘毫不犹豫地从怀里拿出特大号扳手，把手臂伸进置物柜和窗户之间微小的缝隙，拼命敲打窗锁。也许是因为手臂伸入的角度有问题，他无法顺利使力，连续敲了好几次。虽然橘应该很认真，但喜多从远处观察时，觉得他好像在慢条斯理地挥手。

——怎么了？动作快啊！

喜多在内心催促着，这时突然发现紧急状况。一个身穿运动服的男人出现在视野角落。那是教师办公室正上方的三楼走廊。事发突然，喜多刚才没看到，但男人似乎从附近的教室走出来，耸着肩，像恐龙般缓慢走路的结实身影不是别人，正是体育老师坂东健一。

——惨了！

喜多不知所措。如果坂东穿越三楼的走廊，下楼走去教师办公室,橘和龙见就会成为瓮中之鳖。教师办公室位于西栋二楼最后方,只有一个出入口。

坂东很粗暴,而且很敏锐。喜多很想立刻向另外两个人发出"撤退"的暗号,可坂东和喜多都在三楼,虽然中间隔着一个篮球场,但如果做出引人注意的举动被坂东发现,就偷鸡不成蚀把米了。不,是不是故意被坂东发现,吸引坂东来这里更好?

喜多犹豫不决,愣在原地。这时,坂东终于经过喜多的正前方。龙见和坂东擦身而过,虽然两个人隔着一个楼层,但喜多觉得已经异常接近。坂东果然走向楼梯的方向,他到底打算下楼还是上楼?

坂东的身体沉入楼梯。他要下楼。

喜多掀开窗帘,从窗户探出身体,双手高举过头顶,做出"撤退"的暗号。龙见立刻反应过来,他转头看向橘的方向,拼命说着什么。坂东的身影从楼梯上消失。一旦他走完楼梯就完蛋了。龙见想逃走,但橘拿着扳手的手仍然没有停下。

——不要磨蹭了!快逃!

橘终于从缝隙中抽出手来。来不及了。他们来不及跑了。橘和龙见连滚带爬地冲出办公室。喜多的脑海中浮现出坂东撞见他们的景象。那是最不乐见的景象——

但是,两个人逃出办公室后,并没有在走廊上奔跑,而是逃进办公室右侧的小房间。那里是龙见曾经试图偷窥的女老师更衣室。

完美应变!零点几秒之后,坂东出现在二楼走廊上,大步经过更衣室前,走进教师办公室,关上了门。砰——

成功躲过。

喜多看到另外两个人顺利逃走后，带着兴奋的心情，三步并作两步冲上楼梯，爬上屋顶水塔的铁梯。另外两个人已经抢先一步在那里，躺成大字喘着粗气。

喜多同样上气不接下气，他的声音有点儿沙哑。

"橘——窗锁呢？"

橘往口袋里摸了一下，拿出形状像耳朵的金属配件。那正是窗锁的残骸。

"耶！"喜多跳起来，对着天空挥拳。

"不要再做这个动作了。"

龙见不想再看到"撤退"的暗号，尖声大叫，用不知道从哪里学来的动作，在胸前比着十字架。三个人互看一眼，放声大笑，发着香烟说"庆祝一下，庆祝一下"，把烟深深吸进肺里。

"但是刚才真的超危险。"

喜多正想着要怎么把刚才千钧一发的危机好好传达给另外两个人，但是他在两张笑脸背后看到一张意想不到的脸，立刻说不出话。

那是理着平头，皮肤黝黑的可怕面孔——坂东。

"端正坐好！"

屋顶上响起粗暴的声音。

三个人刚跪坐好，坂东的手就用力甩过来。他毫不留情地打了他们四五记耳光，橘的嘴唇破裂，龙见流下鼻血，但坂东并没有停手。

喜多在挨打的同时，很后悔自己的大意。坂东离开朝会，在各个教室寻找是否有学生没有去参加朝会，水塔这里当然也是巡逻点之一。他们三个人之前就在这里被坂东逮到过不止两三次，回到这个"重点地区"休息，简直就像在主动要求坂东来动手打人。

"谢谢老师！"

龙见擅自宣布体罚结束，但没想到还有"饭后甜点"。

"给我咬紧牙关！"

坂东称为点心的最后一记不是甩耳光，而是硬得像石头的拳头。橘的鼻梁被打中，整个人飞出去。接着是喜多——我可能会死在他手下。坂东的杀气让喜多的脑海闪过这个念头。拳头打中喜多的颧骨，龙见则是下巴中拳，假牙也被打掉。

教育委员会和家长会完全不知道学校有这样一个简直就像魔鬼士官长的暴力老师，由于他专门对欠揍的学生动手，因此事情一直没有曝光。

坂东虽然可怕，但他都会当场制裁解决，完全不会留下任何后遗症。这天他请三个人吃完最后一记"饭后甜点"后，就完全放下前一刻的怒意，露出粉红色牙龈笑着说："你们还在抽这种廉价烟。"虽然喜多很担心他会发现橘藏在怀里的扳手和窗锁，但坂东则是一脸满足的样子，加上他原本就粗枝大叶，因此完全没想过要检查学生身上的东西。

"我能够理解你们的心情，考大学和你们无关，学校又不好玩。我以前也不学好，闯了不少祸。"

坂东又开始猛提当年勇。他们三个人每次挨完坂东的揍之后，就要听坂东回忆高中时代和别人大打出手的往事。那是他在小酒馆把五个黑道混混打得满地找牙的英勇事迹，龙见已经可以从头到尾完整背下整个故事。

龙见不时附和，听他说完之后，面露悲痛，提出每次必问的问题:"老师,爱上你的那个酒店小姐后来怎么样了?"

"她说不想给我造成困扰,然后就不告而别。希望她现在可以过着幸福的生活……"

坂东的故事终于说完。每次不说到这种程度,他就不肯善罢甘休。

龙见趁叹着气的坂东不留神,向另外两个人使眼色。他似乎想到了什么好玩的事。

"老师,先别管小酒馆的事。"

"什么叫先别管?"坂东瞪着他。

"啊,我不是这个意思,我是说,老师很了不起。"

"了不起?"

"对啊,你现在仍然惦记着那个酒店小姐,很少有这么有情有义的人。"

"嗯,我也觉得自己这种性格很吃亏。"

坂东完全落入龙见的圈套。

"但是,老师,你差不多该为自己着想了。你还年轻,该寻找新的恋情啊。"

喜多和橘在内心偷笑。

但坂东认真地点着头。

"也许你说得对。"

"所以呢?"龙见拼命忍着笑,"老师有没有喜欢的对象?"

"那当然……当然有喜欢的女人。"

"我来猜猜看。"龙见双眼发亮。

"喂喂喂,别乱来。"

"教音乐的鲇美老师——猜对了吗?"

"龙见，别胡闹，不要开大人的玩笑。"

"原来猜错了啊……"龙见故意这么说，然后又故意装出思考的样子，接着还故意拍了一下手，"我知道了！是教英语的肉弹[1]老师！"

坂东黝黑的脸顿时泛起红晕，整张脸都变成绛紫色。

"肉弹老师"指的是教英文的岭舞子，她那呼之欲出的美胸是这个绰号的由来，而且她刚好教英语语法，"grammar（语法）"和"glamour（魅力）"的发音相似，简直就是为她量身打造的绰号。舞子的五官属于艳丽型，再加上化妆的关系，眼睛看起来很大，鼻子很挺，整体感觉很不错。她年纪将近三十岁，头发染成栗色，无论怎么看，都比实际年纪小五岁。她喜欢穿迷你裙和领口开得很低的衬衫，而且满不在乎地穿着这身衣服做"下午三点的体操"，不仅是学生，就连坂东和其他年轻老师看舞子的眼神都充满热情。

重点是，龙见之所以提到舞子，并不是随便乱猜。

喜多在两个月前，曾经看到坂东和舞子一起在池袋逛街。说逛街太抬举坂东了，当时的状况完全就是舞子精神奕奕地享受逛街的乐趣，坂东双手拎着购物袋，战战兢兢地跟在舞子身后，完全不见平时的傲慢。

从坂东目前的反应，不难猜到他很迷恋舞子。

"老师、老师，那对方呢？"

龙见握着坂东的手摇晃着。

坂东完全没有动怒，只是幽幽地说："舞子老师可能已经有

---

[1] 原文为"glamour"的日语音译，这里表示岭舞子是体态丰腴而有魅力的女人。

喜欢的人了……"

——被拒绝了吗？

三个人互看一眼，有点儿同情坂东，完全忘了前一刻才被他痛揍一顿。

7

咻咻——

审讯室煤油暖炉上，水壶里的水已烧开。

喜多惊讶地看了一眼，立刻收回视线，很快总结屋顶上的事。

"情况就是这样——虽然被坂东老师揍得很惨，但他并没有发现我们弄坏窗锁的事，接下来就静待执行罗宾计划的那一天了。"

负责传令的年轻刑警又拎着另一只水壶走进来，刚才忙碌地做笔录的女警也停下笔。

寺尾看向喜多的胸口，默默地用铅笔的笔尾咚咚敲着桌子。他借由这个动作，努力不让在内心渐渐扩散的失望写在脸上。

失望的原因有两个。

首先，罗宾计划至少并不是"杀害岭舞子计划"。喜多不假思索地交代了那么复杂的计划，应该可以相信罗宾计划只是为了偷考卷的供词。

另一个失望，或者说是令寺尾有点儿焦虑的是，从喜多的话中完全感受不到他们三个人想要杀舞子的动机。

在喜多的供词中，岭舞子只是以性感女教师的身份出现。从刚才的供词中不难发现，反而是音乐老师日高鲇美和他们三个人更有交集，至于舞子，则是和暗恋她的体育老师坂东有更多的交集。

——不。

从开始审讯时喜多慌乱的态度来看，不难发现他知道舞子死于他杀。虽然报纸上报道是自杀，但他知道真相，这意味着喜多不是凶手，就是共犯或目击者。虽然岭舞子命案和罗宾计划看似无关，但一定有某种交集。

——看来得让他再多说一些。

寺尾用另一种方式表达内心的想法。

"谁说你可以停下来？"

审讯室内响起冰冷的声音。

"呃……"喜多的反应有点儿迟钝。

"谁说你可以停下来休息？"

喜多缩起身体。他似乎在对面座位看到了意味着完全燃烧的苍白火焰。

那张脸上已经没有一丝笑容。寺尾完全没有预告，按照自己的计划，转换成冷酷的一面。

"继续说明岭舞子的事。"

寺尾命令道。这句话立刻缩短舞子和他们三个人之间的距离。

"你没听到吗？"

"不、不……"

"你最后一次看到岭舞子是什么时候？"

"最后……"

喜多有点儿不知所措。

这到底是指舞子生前,还是已经变成尸体的舞子?

他仅存的防御本能发挥作用。他打破尴尬的沉默,说出了舞子生前的情况。

8

后天就要期末考了。这一天,三个人都穿上会发出红紫光泽的金属绿色的丝瓜领西装,去了赤坂的迪斯科舞厅。

"我们来预祝罗宾计划成功。"

每次玩乐,都是龙见出主意。

那是一家历史悠久,经常有外国人和艺人出入的知名迪斯科舞厅,但在门口收门票的黑衣人眼睛长在头顶上,脸臭得要命。他似乎看他们三个人被坂东打肿的脸很不爽,一直打量他们三个人,最后还撂下一句:"如果你们敢捣乱,就会马上请你们离开。"然后才不甘不愿地放他们进场。

时间还早,舞厅内还没什么人。

三个人沿着螺旋梯来到三楼,在包厢座坐下。舞厅内的桌子和包厢座围成Π字形,二楼和三楼都可以看到舞池内跳舞的人。他们特地挑选没什么人的三楼座位,打算最后确认罗宾计划的细节。

没想到龙见一走进舞厅,脚底就开始发痒,根本没办法好好坐在椅子上。听到他喜爱的 *The Hustle* 的旋律,他终于忍不住起身。

"我去跳一下，帮我点一杯金菲士。"

"我们不是要谈事情吗？"

"哎哟，你不要故意为难我嘛。我去玩玩，马上就回来。"

"真的要马上回来哦。"

"好、好，我知道啦，那我走喽。"

龙见用奇怪的动作敬礼后，蹦跳着冲下楼梯，灵活地摇晃着庞大的身躯，加入摇摆的行列。

"至少一个小时起跳。"橘轻声一笑。

"我知道。"喜多也笑了。

饮料和零食送了上来，两个人确认好计划的细节。当讨论结束，喜多也打算下楼去跳舞时，橘凝重地开口。号称是全亚洲最佳的音响几乎震破喜多的鼓膜，他把脸凑到橘面前问："什么？"

"你们之后还见过面吗？"

"你问的是哪个女人？"喜多露出贼笑，但橘仍然很严肃。

"你妈和你妹。你们之后有见过她们吗？"

喜多笑容冻结。

"不想聊就算了。"橘立刻在脸前摇着手说。

"你为什么突然问这种事？"喜多抬眼看着橘。

"不是啦……就是上次麻将馆冲突时，我忽然想到的。"

"麻将馆？"

"你不是和相马起冲突吗？"

"哦哦，你是说那件事。"喜多一脸无趣，抽出 HOPE 短支香烟，用桌上的蜡烛点火。"所以呢？"

"你当时看起来和平时不太一样。"

"你是说没有还手吗?"

"这是其一,"橘喝着威士忌可乐,"你不是很关心相马的妹妹吗?"

"……"

"你是因为觉得在她面前把她哥哥打得落花流水很难看,所以才没有动手吗?"

"才不是。"

"我看起来是这样。"

喜多停顿一下后才回答"真的假的",然后捻熄香烟。

喜多中学三年级时,父母离婚了。他认为离婚的原因在于母亲,母亲觉得生活贫困,两个孩子不乖,亲戚、邻居没有一个是好人,这些全都是父亲的错,然后整天数落个性懦弱、沉默寡言的父亲,但仍然无法发泄内心的怨气。

喜多选择和落魄的父亲一起生活,小学一年级的初子很黏妈妈,于是妈妈就带着她离开了。在工厂上班的父亲变得比以前更加沉默,简直就像行尸走肉。喜多好几次想探听母亲和妹妹的消息,但不敢提起,他觉得,那样会摧毁无法借酒浇愁或是用玩乐逃避现实的父亲内心最脆弱的部分。

之后,他从来没有和母亲或妹妹见过面。她们母女最后离开的那一天下着雨,不知道牵着母亲的手离开的初子是否了解情况,她像人偶般毫无表情地对喜多说:"哥哥,你要每天来玩哦。"

喜多喝了一口威士忌可乐,然后用烦躁的眼神看着杯子。

"相马的妹妹不是很邋遢吗?我太惊讶了。"

"是哦……"

"也就完全不想动手了。"

"失去战意吗?"

"是啊。话说回来,相马会动手是情有可原,我猜他大概很想说,你们这些家伙知道个屁!"

橘默默点点头。

两人都没有说话。大声到几乎可以杀人的音响敲向鼓膜,喜多把花生丢进嘴里,但没有咬就吐在地上。

他觉得好像闻到了当时的臭味——

好像是中学快毕业的时候,他第一次喝酒、呕吐。他抓着巷子内的电线杆,浑身都是呕吐物,那股臭味又让他再次反胃呕吐。他吐了又吐,没完没了,痛苦得很想逃离,推开扶着他的朋友放声大叫起来。

"王八蛋!那种女人去死啦!"

他大叫着,开始又哭又笑。内心深处因家人离散而痛心,觉得心好像破了一个大洞,他懊恼不已。喜多摇摇晃晃,身体重重地撞向墙壁,殴打朋友,然后又用身体撞墙,倒在路上。他满身是血地吼叫,即使只剩下他一个人,他仍然不停地骂着"王八蛋、王八蛋"。

这是他唯一一次为家里的事喝酒、呕吐。

再怎么逞强,终究只是软弱的人——

如果是现在,他会心灰意冷地放手,只是那时候年纪还太小,无法理解的烦躁让他把内心的空虚打造成煞有介事的虚张声势,导致他走向叛逆。

龙见的情况可能差不多。他在上小学前,父亲就死了,他的母亲在偏僻的地方开设一家小餐馆,勉强维持生计,听说还不止一次传出和客人的绯闻。母亲每天都深夜才回家,龙见从小就每天晚上哭着上床睡觉,他异常的开朗事实上也并非天性。

和他们两个人相比,橘在无可挑剔的家庭环境中长大。他的父亲在区公所上班,母亲是钢琴老师,生活无虞。

但是,喜多不觉得有人会去比较这种事。要如何画出一条线,区分怎样是幸福,怎样是不幸?

家境富裕,在父母双全的家庭中长大的橘的言行举止,有时候看起来更像是淌着鲜血的撕裂伤口,或是黑暗的深渊,是比喜多和龙见的叛逆更活生生、更痛切的现实,那是难以救赎的无尽深渊,像是一种激进、毫不手软的自我破坏欲望。他如果只是对不幸产生那种孩子气的向往,那之后仍然可以回去继续当"少爷",但橘的身上并没有玩票的性质。

每次想到这里,喜多就会对橘产生一丝恐惧。在恐惧的同时,内心深处对于橘并没有背负着不幸,却仍然彻底地叛逆,产生一种分不清是怀疑还是嫉妒的扭曲情感。

"橘——你毕业之后有什么打算?"

喜多带着阴郁的心情开口。

"什么怎么办?"橘歪着头问。

"你打算考大学吗?"

"怎么可能?"橘笑道,"现在没办法考上任何一所大学吧。"

"可以重考啊。"

"我可没这个打算。"

"你父母不可能就这么由着你吧?"

最后还是说了这句话。喜多内心充满自我厌恶。

"谁管他们啊。"橘拿出七星烟,点上火,"他们早就放弃我了。"

正常家庭中的不良少年几乎都会说这句话。喜多再次产生扭曲的感情。

"那你有什么打算？要去找工作吗？"

"没有。"橘摇摇头，"我想继续做目前清扫大楼的工作。"

"什么？"喜多哑然无言，"你要一直打工吗？"

"对啊。"橘爽快地点点头，然后反问他："那你呢？"

"我吗？"喜多板起脸，"我还没有决定。"

"我觉得你可以考虑读大学。"

喜多怀疑自己听错了。

"你说什么？"

这句话太出乎意料，没想到竟然从橘口中听到这句话，他很火大。

"什么意思？为什么我要读大学？"

"只是这么觉得。"

"你这个半吊子的坏坏子不要说这种莫名其妙的话！"喜多扬起尖下巴，"那你自己去读大学不就好了吗？反正你本来就是有钱人家的少爷！"

橘没有吭气，突然露出落寞的笑容，视线逃向一楼的舞池。

喜多也默默看向舞池。虽然内心的怒气还没有平息，但原本就是自己挑起这个话题的。

龙见跳完一首又一首，欲罢不能，舞池内渐渐挤满人，龙见似乎凭着一身充满黑人动感的舞技，掌握舞池内的主导权。

不幸的是，真正的黑人和另一个白人一起进入舞池，表演劲爆的舞蹈，从他们的打扮来看，很可能是从横须贺来的美国士兵。人都很现实，转眼间，舞池中的人都以那两个人为中心，龙见就像触礁的船被卷入漩涡。

不出五分钟，龙见就垂头丧气地回到三楼的包厢座。

"真是太贱了，他们国家可是 Soul Dance 的发源地啊。"

龙见一回来就诉苦，然后看着另外两个人。

"你们怎么了？两个人都露出一张苦瓜脸。"

"没事啊，"橘拍着空位，"你先坐下，夜晚还很漫长。"

"是啊是啊，他们等一下就会离开了。"

喜多附和道。他知道自己刚才说得太过火，想利用龙见缓和气氛。

龙见似乎很不甘心自己的舞池明星地位被人抢走，他站在原地，用袖口擦着额头的汗水，气鼓鼓地瞪着舞池。

"废话少说，先坐下来。"喜多焦急地踹向龙见的脚，龙见大叫："啊啊！"

"你也太夸张了。"

"不是啦！"龙见脸色大变，指着舞池，"你们看，你们看那里！"

喜多和橘都低头看向舞池。

成为龙见眼中钉的那两名美国士兵正在拉坐在一楼桌子旁的两个女人。

"太恶劣了。"喜多咂着嘴，橘不悦地点点头。

"啊啊，你们仔细看清楚！"龙见跺着脚，"你们看，那个女人是我们学校的肉弹！"

"什么？"喜多瞪大眼睛，"对欸，真的是肉弹！"

"好像是她。"橘探出身体。

"啊啊！另一个不是教音乐的鲇美吗？"

075

"鲇美怎么会来这里?"喜多瞪大眼睛,但随即目露凶光,"喂,她们不是不愿意吗?"

"真是吃了熊心豹子胆,竟然敢动我们学校的女人!"

只有这种时候,他们才会发挥所谓的爱校精神。即使是平时讨厌的同学,一旦被其他学校的人欺负,他们也会毫不犹豫地挺身报仇。就算是老师,仍算是"我们学校的女人"。

"得给他们一点教训!"喜多叫道,三个人就像溜滑梯一样滑下螺旋梯,跳进舞池。

没错,那两个女人就是舞子和鲇美。

"No!No!I say……不要!赶快住手!"

舞子拼命想要甩开紧抓着她不放的黑人的手,平时流利的英语完全派不上用场。鲇美吓得不敢发出声音,被金发的白人抓住手腕,拼命摇着头,几乎快哭出来了。两个二十岁左右的美军士兵一看就知道已经喝醉,动作很粗暴。他们发出奇怪的尖叫声,更加用力拉扯,鲇美终于被拉起来,倒进满是手毛的手臂中。

"不、不要!"

在撕裂空气的尖叫声中,橘竟然冲在最前面。

"Hey!You!"

话音刚落,他就冲到抱着鲇美的金发男身旁,一个飞踢,以绝佳角度踹向毫无防备的金发男侧腹。

"啊哦!"

金发男发出呻吟,松开鲇美。

"你死定了!"

落后几步的喜多也不甘示弱,用尽全身的力气,朝重心不稳的金发男脸上挥出右拳。橘又用手肘挥过去,喜多飞踢一脚。两人合作无间，转眼就把金发男打倒在地。

龙见更是英勇无比。

他利落地挡在舞子和黑人之间，笑着双手夹住黑人的脖子，然后缓缓地抬起膝盖踹向对方。接着又踹了第二、第三下，抓住对方的胸口和裤裆，骂了一声："Fuck You！"把黑人扛起来，丢向水泥墙壁。黑人士兵完全无力招架，脑袋重重撞到地面，将近两米的身体躺在地上。

"喊，真是弱鸡。"龙见用指尖戳着黑人的肚子说。

一群黑衣人跑过来。刚才进来时，叮咛他们"不要闹事"的那个收门票的家伙也在，但所有人都害怕海格力斯龙见，没有多吭声，就慌忙抬着两名美国士兵离开。

舞子从远远围观的人群中冲出来，然后快速跑来，抱住龙见的脖子说："太感谢了！"

"啊，没事，小事一桩。"

"不，龙见同学，你超猛的，太棒了！"

"身为学生，我只是做了该做的事。"

龙见表现出一副好青年的样子，但视线看向舞子的乳沟。

"我请客，真的要好好谢谢你们。来，来这里、这里。"

舞子抓着龙见的手，拉着他走向她们的座位。

"喜多同学、橘同学，你们也一起来。"舞子频频向他们招手，"点你们喜欢吃的，全都由我请客。"

舞子极其兴奋。鲜红的羊毛洋装裹着她凹凸有致的身体，而且她跷着二郎腿，原本就很短的裙摆缩了上去，穿着紫色丝袜的大腿有一大半都裸露在外。她平时在学校时，就不会维持老师的形象，此刻完全就是招蜂引蝶的女人，而且和其他桌的女人相比，她显然更有姿色，难怪刚才那两个美国士兵会盯上她，认为是一夜风流的理想对象。

舞子紧挨着龙见，用牙签插着苹果喂他吃。

"来，张开嘴巴。"

"啊、啊……好吃。"

"岭老师！"喜多趁机胡闹说，"龙见一年级的时候就暗恋老师，每天晚上都看着老师的照片打手枪。"

"是吗？"舞子兴奋地叫了起来。

"真、真的啊。"龙见机灵地垂下眼，露出落寞的眼神，一脸诚恳，"我、我、我一直都喜欢老师。"

这句话有一半是真心话。只要是年长的女人，龙见都来者不拒。

"那今天晚上，就让你三年的暗恋开花结果。"舞子发出性感的声音，龙见条件反射地按住自己的裤裆，整桌人都哈哈大笑。

只有一旁的鲇美可怜兮兮。

她可能是被舞子硬拉来这里的，脸上化着比平时更浓的妆，衣着暴露，然后被最不想看到的三人组撞见。如果只是这样就罢了，没想到刚才这三人组还从暴徒手中救了她，实在太难堪了，身为教师的尊严荡然无存。眼前这三个人出入迪斯科舞厅明显违反校规，但她不能指责，只能僵坐在那里，等待噩梦过去——她的表情完全道出内心这种想法。

"鲇美，你也要谢谢他们啊。"

舞子完全不在意这种事。鲇美似乎很害怕听到这句话，绷紧脸，低下头。

"哎哟，你怎么了吗？"舞子没有放过她，"橘同学刚才太帅了,大叫一声'Hey!You!'——但是发音有点儿不太准,是不是上我的课时不够专心?"

龙见和喜多看到舞子这么放得开,就跟着一起胡闹,鲇美低着头,只是偶尔点头附和。橘不知道什么时候又陷入"惆怅病",坐在桌子角落不发一语,像个紧闭的贝壳。完全搞不懂橘的精神状态。

舞厅内响起 *Mary Jane* 这首妖媚歌曲的前奏时,店内的灯光暗了下来,进入贴面舞的时间。

"老师,拜托了。"

龙见迫不及待地起身,手又摸向裤裆。

"不要再叫我老师了,又不是在学校上课……嗯,对了,你可以叫我小舞。"

舞子似乎醉得不轻,语无伦次。

"OK!Let's go,舞子。"

"啊,竟然直接叫我的名字。"

舞子调皮地笑着,靠着龙见的手臂起身。龙见立刻伸手搂住她的柳腰,对喜多咬耳朵说:"今晚可能有戏唱了!"然后消失在昏暗的舞池内。

喜多顿时觉得很无趣。因为目前桌旁只剩下惆怅病的橘,和紧紧闭着眼睛的鲇美,简直就像在守灵。

"鲇美老师。"喜多抖着脚问,"老师,你也跳舞吧。"

鲇美睁开眼睛,但没有看喜多,摇摇头。

"但是你会来这里,不就是来找男人的吗?"

刚才打败美军士兵的兴奋余韵和第二杯威士忌可乐,让喜多也大胆起来。

"没、没有这回事,你乱说话,可别怪我不客气!"

"在这种地方,就别摆出一副老师的态度了。"喜多不耐烦地说,"你们和我们哪里不一样?你倒是说说看啊。"

"你们是学生,你们的工作就是读书,不是吗?"

"这种话去对小学生说吧。"

"但是,你们就是学生啊。学生就是学生。"

鲇美似乎搞不清楚自己到底在说什么。

"难道学生的工作就是读书,老师的工作就是玩乐吗?"

"并不是,我、我是……"

泪水在鲇美的眼中打转。

"啊,干、干吗哭啊?"

鲇美双手捂脸。这下真的变成守灵夜了。

喜多重重叹气,把嘴上叼的香烟凑到蜡烛火前,大口吸着,抬起头。

"鲇美老师——你有没有男朋友?"

"……"

鲇美的肩膀微微颤抖。

"听我认真说一句,你还是赶快找个好男人结婚比较好,你不适合当老师。"

喜多觉得自己是好心才这么说。不仅不良学生不把她放在眼里,就连好学生也不理她,她既没有和学生对着干的本事,也没有耍狠的能耐,是喜多眼中世上最悲惨的人。

鲇美继续小声啜泣。虽然这一桌的气氛有点儿诡异,但贴面舞时间达到最高潮。这时,昏暗中听到高跟鞋嗒嗒嗒地走回来。

是舞子,但没看到她的舞伴。

"鲇美，我们走！"

舞子怒气冲冲，和刚才判若两人。鲇美大吃一惊，但立刻起身，把握这个逃走的机会。

不一会儿，龙见抓着头，战战兢兢地回来。舞子没看龙见一眼，而是更用力地踩着高跟鞋走向门口。鲇美小跑着追上去。

喜多大吃一惊，戳戳龙见的肩膀问："肉弹那家伙是怎么了？"

"谁知道啊，"龙见也一脸不明状况，"明明气氛超好，就突然……"

"突然怎么了？"

"她身体一直贴过来，我当然就摸她屁股揉她的奶。"

喜多整个人向后仰。龙见为什么完全不考虑后果？

"你不要这种表情，她也一脸很爽的样子。"

"既然这样，她为什么会那么生气？"

"因为我想亲她……"

"亲她？"

"对啊。你不觉得比起摸奶，这根本没什么吗？没想到才刚碰到她的嘴唇，就啪的一声。"

"啪的一声？喂，她甩了你耳光吗？"

"对啊，啪的一巴掌打过来。"

龙见表演他被甩巴掌的场面，还强调"啪"的一声。

"哈哈哈哈！"

原本陷入惆怅病的橘突然大笑。

"有、有这么好笑吗？"

龙见没想到这件事可以逗人发笑，更得意地一次又一次地啪、啪、啪，左摇右晃着身体。

"是不是你口臭太严重?"

"一定是你的胡楂像针一样刺到她了。"

喜多和橘七嘴八舌地评论,捧腹大笑。

"没想到前天被坂东甩耳光,今晚又被肉弹赏巴掌,我的脸都快变形了。"

"没关系啦,反正你也有爽到。"

"没错没错,她的奶真大——啊~不要啦。"

龙见揉着自己的胸部,扭着腰。喜多和橘忍不住踢他。

走出舞厅,蒙蒙细雨朦胧整条街。龙见像狗一样抖着身体,但随即大声赶走寒冷。

"锵锵!罗宾计划,明天行动!"

第三章
行　动

1

喜多的供词从迪斯科舞厅的风波转移到罗宾计划执行日之际，龙见让二郎被带进另一间审讯室。

龙见在位于川越的朋友家熬夜打麻将，然后在朋友家睡觉时，警察上门逮人，只不过龙见并没有像喜多那样顺从地被警察带走，再加上没睡饱被叫醒，有起床气，他用力挥拳打向一名刑警，打落刑警的门牙，还扯下另一名刑警衬衫的三颗纽扣。最后，龙见作为犯了伤害罪和妨碍执行公务的现行犯遭到逮捕，被铐上手铐带到警局。

——这下子可伤脑筋了。

所有办案人员看到龙见手上的手铐简直就像快被他挣脱了，都忍不住这么想。

幸好这种预料没有成真。因为龙见一走进审讯室，就不再理会身边两名刑警，注意力转移到站在窗边，稍微有点儿年纪的刑警身上。

"咦……德哥？果然是你！这不是德哥吗？"

龙见轻松地甩开两名身材强壮的刑警，跑了过去，用力握住刑警的双手摇晃着。他和十五年前一样，遇到高兴的事，就会和别人握手。

"德哥，原来你还活着！"

"不要随便送我上西天。"

辖区警局的德丸三雄嗤之以鼻。

龙见在高中时代，曾经偷唱片被警卫抓到，就像刚才一样一路抵抗着被送到警局。当时，德丸自己掏钱赔偿了唱片行的损失，数落龙见几句后就放了他。他并不是对龙见特别好，而是他遇到初犯的少年，都会用这种方式处理，但龙见原本认定警察和学校都是一丘之貉，因此对德丸感激不已，认为他是"大好人"。而且龙见这个人虽然不学好，但是算得上有情有义的人，于是之后一有空就经常来警局向德丸请安。

毕业之后，他仍不时拎着糕饼礼盒来找德丸，但久而久之还是疏远了。这次是相隔十年后的重逢，当时在少年股的德丸曾经被调去其他警局，去年才终于回到这个警局，被分配到刑事课。沟吕木知道这些来龙去脉，因此故意不找重案股的下属，而是请辖区刑警负责审讯龙见。

"你看起来还是这么容易激动。"

德丸说完，眯起眼睛看着带龙见进来的刑警脸上的伤。

"当然激动啊，他们又没说是什么案子，就硬要把我带走，根本就是恶劣警察的样板。"

德丸指示满脸怅然的刑警离开，请龙见坐下。

"对了，听说你目前在干土地开发？曾经想要赶走老人，就放火烧他们的房子，结果被新宿警局找去？"

"德哥，你不要乱开玩笑！那可不是我，我的工作是赶走那些混混。这个世界上有很多坏人，那些家伙根本不打算住，却霸占那些破房子，想等地价上涨。"

龙见开始批评别人，完全忘记自己的德行。

"先不说这些，"德丸把椅子向前一拉，"今天不是要和你聊这个。你还记得罗宾计划吗？"

"罗宾计划……"龙见略作思索，立刻发出不悦的惊叫，"啊啊，你是问那个？就是我们高中时干的——咦？怎么？终于败露了吗？"

"完全败露了，同时还发现岭舞子是被人杀害。"

"被杀？"龙见瞪大眼睛，"不是吧？我记得她是自杀。"

"你不要再装糊涂了。岭舞子是被人所杀，这件事你应该很清楚。"

"什么意思啊，"龙见露出好战的眼神看着德丸，"你们怀疑是我干的吗？"

四楼的侦查对策室设置好第二个喇叭，可以听到德丸和龙见的说话内容。

沟吕木一只耳朵听着审讯室内的情况，脑袋里思考着另一件事。

那就是审讯内海一矢的事。是否该要求内海以岭舞子命案关系人的身份，主动来警局说明呢？

舞子被杀的那天晚上，喜多等三人就在内海经营的罗宾咖啡。不，不仅是那天晚上而已，他们整天都泡在罗宾咖啡内，在后方座位讨论计划。既然这样，就有了正当理由，至少问内海是否知道他们三个人的计划，就足以成为找他来这里的理由。但是——

理由并不是表面上这么单纯。

沟吕木在意的是，自己想见的是身系三亿元案件的内海，这个想法比其他念头更为强烈。身为指挥官的自己内心隐藏着这种杂念，太对不起不眠不休地侦办舞子案件的侦查员，因此反而迟迟无法按照办案的正常程序,下令"审讯内海"。

——我见到他时,该对他说什么?

正当他自问这个问题时,震耳欲聋的怒吼声让喇叭的黑色音响布抖动起来。

"开什么玩笑!我可没有杀人!就算是德哥你,如果胡乱栽赃——"

龙见好像机枪一样大骂德丸,压倒性的音量完全盖过另一只喇叭的声音,那只喇叭不时低低传来满是沮丧的消沉话声。那是喜多的声音。

——一个人在搞土地开发……另一个人是上班族吗?

沟吕木不禁叹息。

两个声音离得很远,那两种截然不同,无法成为和声的音质,代表着两种完全不同的生活方式。喜多走入家庭,龙见延续高中时代的胡作非为,投入纠纷不断的土地开发。不,并不是选择生活方式这么重大的事,这仅仅是时间持续流逝造成的结果而已,和当事人想要选择怎样的生活方式无关。在某个时间点蓦然回首,就发现已经走上不同的路,就只是这种程度的事而已。

德丸好说歹说,安抚龙见的情绪,开始向他打听橘的下落。

"橘吗——哦,那家伙完蛋了。他已经变成游民,有人曾经在上野还是浅草看到他,听说他整个人都废了,看到他的家伙向他打招呼,但他的眼神像死鱼一样,完全没有吭气。"

"游民吗……最近好像都这么叫他们,但是,橘为什么会变成这样?"

"我不知道。反正我在毕业之后,就几乎没有和喜多郎或是橘见面。喜多郎那家伙去上补习班,来年终于挤进三流大学,根本没办法和他玩在一起……至于橘，我觉得他是想太多了，他以前就很爱钻牛角尖，他毕业之后没有找新的出路，一直在清扫大楼，但是之后的情况我不知道，因为我们完全没再来往。"

沟吕木缓缓离开喇叭旁，没来由地心情沉重。

橘也走上不同的路，而且走到边缘……

三个人在同一条路上相遇，曾经看着相同的事物，经历相同的事，一度像命运共同体般，拥有同一段时间。然而，如今甚至找不到当年的影子，如果不是像这次一样，因为当时的机缘，同时被警方找来，那么他们曾经走过的青涩岁月，永远都不会再见天日。

沟吕木和内海的关系有相似之处。

他们在三亿元抢劫案这条路上偶然产生交集，如今完全不知道对方的消息。去年退休的前辈刑警曾经深有感慨地说，刑警和无法顺利逮捕归案的嫌犯之间，就像是多年没有联络的老朋友。也许是这样，有时候会充满怀念地想起那张脸，但当意识到失去联络已有那么长时间，便会不寒而栗，胸口会产生一丝痛苦。

哐当。

不锈钢烟灰缸从桌子掉到地上，就像即将停止转动的陀螺般在地上用力摇摆，发出低鸣声。"不好意思。"年轻刑警慌忙捡起烟灰缸，沟吕木看到他脸上的疲惫。

沟吕木突如其来地产生一种想法。

——不对。

和朋友不一样。刑警和嫌犯不可能成为朋友。没有落网的嫌犯在之后漫长的时间内并不会缅怀过去，而是会在荒野寻找下一个猎物，而且会真的找到一两个猎物下手，甚至会有更多猎物受害，只因为当初无法顺利将他们逮捕归案——

"去找内海一矢。"

沟吕木终于开口。

正在捡烟蒂的年轻刑警没有听清楚他说的话，其他侦查员都在各自的岗位上，埋头在各自的工作中。

但是，有一个人回应了。

"要找内海来这里吗？"

那个人就是悄悄来到对策室的藤原刑警部长。虽然他闭上眼睛，看起来在睡觉，但不时抽搐的脸颊显示出他内心的紧张。

"对，要把他找来。"沟吕木回答。

"这样也好。"藤原说完，便再度陷入沉默。

没错，并不是只有沟吕木耿耿于怀。三亿元大劫案在警察史上留下屈辱污点。"最后的嫌犯"内海一矢的名字，应该已经成为大脑皱褶的一部分，至今仍然深深留在藤原的意识深处。

听到沟吕木再次下令审讯内海，周围立刻出现好几张兴奋的脸。

"就是三亿元案的内海吧？"

"对——但他这次只是岭舞子一案的关系人，千万不要搞错这一点。"

沟吕木用轻松的语气说道，但他的右手不停地摸着小胡子。这是他情绪激动时的习惯动作。

刑警对他的胡子很感兴趣。在纪律严格的警察组织内，代表组织形象的警视厅中坚干部想蓄胡，需要有相当的胆量，或者说一种反骨精神。虽然只是口号，但警方向来标榜"受市民爱戴的警察"，因此多位高层三番五次问他"有没有考虑把胡子刮掉"，其实那就是命令。很多人因为高层暗示攸关升迁而乖乖服从，但沟吕木每次都说"没胡子的话我的脸很吓人"，把高层的意见当耳边风，坚持不刮胡子。这件事让手下的刑警深感痛快，而且认为沟吕木凭着办案能力保住胡子，对成为他办案能力象征的胡子充满敬意。

更何况每次沟吕木摸胡子，就代表侦查工作将大规模展开。奉命带内海来警局到案说明的刑警个个摩拳擦掌。

"快去。"

沟吕木随着对下属发出的这声命令，放下自己对内海的执着，终于对岭舞子命案全面宣战。

"调大喜多的音量。"

喜多的声音被龙见的声音淹没，几乎听不到他供述的内容。

"我们在迪斯科混了很久，又去游乐场玩到天亮，大家都睡死了……直到中午之前才醒过来。然后大口大口喝水，让自己清醒，振奋精神，说今晚终于要展开行动了——"

2

十二月五日——

这是执行罗宾计划的日子。

明天是期末考试的第一天，中间隔了星期天，总共有四天。三个人决定要偷十二个学科的所有考卷。在喜多他们就读的高中，考卷会提前一天在校内的印刷室印好，然后在校长室的保险箱内保管一晚。罗宾计划就是瞄准这个时间差，但第二天之后的考卷,都会在考试前一天才印好,因此无法只执行一次,包括今天晚上在内,总共要潜入学校四次。

中午过后,三个人一起来到学校,先后溜出教室,来到罗宾咖啡集合。他们的固定座位周围立刻弥漫着紧张感。

"终于要行动了。"橘开口道。

"是啊。"喜多点点头。

"真的有办法偷到吗?"

龙见有些胆怯,但喜多瞪着他问"怕了吗",龙见发出奇怪的声音,摇摇头。

"对了,喜多郎,"橘说,"我们来决定第一天先遣部队的人。"

"好啊,要怎么决定?"

"鬼脚签[1],鬼脚签。"龙见兴奋地说,从笔记本上撕下一张纸,用铅笔开始画很长的纵线。

"先遣部队"就是预先躲在学校的人,必须混在夜间部的学生中进入校舍,然后躲进四楼地理教室后方的数据室,在那里躲藏五个多小时。虽说是部队,但其实只有一个人。这是因为躲藏地点的资料室很小,最多只能躲一个人。

龙见大费周章地画好鬼脚签,要求他们"各画一条线",但喜多和橘都不理他,分别挑选了右边和正中央的线。

"锵锵锵锵!"

龙见用嘴巴哼着走音的贝多芬《第五交响曲》,翻开原本折起的部分,粗大的手指沿着线往下走。

"恭喜橘同学中奖!"龙见大声叫道,还不忘补枪说,"就说

---

[1] 又称画鬼脚,在日本是一种抽签类的游戏,常用以分配角色或事务。

你该画一条线嘛。"

橘咂着嘴说："太荣幸了。"然后轻轻一笑。

"靠你喽！"喜多拍拍橘的肩膀，"如果先遣部队搞砸，后备部队就没戏唱了。"

他们事先做好周密的调查。海德茂吉会在晚上十点和凌晨十二点在校内巡逻，确认每一个角落。巡逻一次大约一个小时，考虑到他差不多三十分钟后入睡，所以后备部队，也就是喜多和龙见两个人在凌晨一点半前往学校。

他们在温柔园的柏青哥店打发时间，然后在地下楼层的轻食区吃了香料手抓饭，又再度回到罗宾咖啡，那时差不多八点过些。

"那我就先出发了。"

橘开始行动，喜多和龙见紧张得绷紧身体——罗宾计划就此拉开序幕。他们多么迫不及待这一刻的到来。然而，负责在第一天担任先遣部队的橘一派轻松，简直就像只是要去打工。他就是这样的人。

"拜托了。"喜多说。"千万别睡着。"龙见难得正经八百。

"后会有期。"

橘说完这句好像事先预备的台词，离开咖啡店。

留在罗宾咖啡的另外两个人坐立难安。喜多虽然拿着周刊杂志，但视线一直停在同一行，完全不知道自己在看什么。龙见在吧台前和老板聊着之前在迪斯科发生的事，但没有像平时一样动作夸张，也没有发出低俗的笑声，不时放空，老板好几次都催促他赶快说下去。

——不知道橘有没有顺利溜进去。

时钟的针迟迟没有前进，正当喜多的烦躁达到巅峰时，和喜多同班的太田惠郁走进了罗宾咖啡。

"晚安。"

"哎呀，是惠郁啊，真难得啊。"龙见大声说道。

"让二，原来你也在。"

"我不可以在这里吗？"

"没有说不可以啦……"

惠郁的目标是低头看着杂志的喜多。

去年圣诞节，他们三个人想赚点零用钱举办派对，惠郁在派对中算是比较引人注目的存在。她身材很好，而且可能化妆经验丰富，妆容脱俗。眼睛下方的泪痣充分衬托出一双大眼睛，脸蛋可爱，舞技不错，在余兴节目中，她获选为派对皇后。

派对结束后，喜多带着惠郁去了汽车旅馆。

他的确觉得惠郁很漂亮，之前就曾经在罗宾咖啡和她聊过几次，她身上那种危险的香气很诱人。再加上那天派对的门票大卖，他心情大好，多喝了几杯。即使和龙见、橘三个人平分，他也赚了一万元，觉得上汽车旅馆只是小钱，于是趁着酒兴，硬是拉着惠郁去汽车旅馆。

听说惠郁在外面玩得很凶，没想到她在床上仍很羞涩顺从，这种意外让喜多特别爽，而且惠郁的身体让他感到格外安心，他当时忍不住想，应该更早和她在一起。

那段日子，他们贪恋彼此的身体。但是不知道惠郁内心渐渐产生了怎样的感受，导致她发生变化，总之，不到一个月，惠郁就变得很黏人、爱嫉妒。

她一刻都不想离开喜多，无论喜多去哪里，她都要求跟在身旁。喜多说要打工,无法和她见面,她就去向父母要钱,叫他辞掉工作。只要有女人靠近喜多,她就把对方臭骂一顿,最后甚至试图要求喜多和龙见、橘保持距离。

喜多忍无可忍,终于甩了她。没想到三年级时竟然和她分在同班,每天都会遇到。也许是因为喜多从来不和她说话,之前的相处也让她心累,因此她也避着喜多。后来听说B班吉他社的帅哥追她,他们好像开始交往,喜多觉得松了一口气,但多少有点儿不爽。

没想到,惠郁竟突然跑来罗宾咖啡。

"喜多郎,你最近还好吗?"

惠郁用开朗的声音打招呼,好像他们之间不曾有过任何不愉快。

"不要一副我们很熟的样子。"

喜多仍然低着头,烦躁地吐出一口烟。

"那好吧,喜多同学,你今晚有空吗?"

"干吗?"

"我在想,今晚要不要一起读书。"惠郁很大方地说,"明天不是要开始考试了吗?"

"你是要找他打炮吗?"

龙见插嘴问,喜多把点火的烟丢过去。

"不关你的事,我在和喜多郎说话。"惠郁瞪着龙见,喜多则瞪着惠郁咆哮:"不是叫你不要装熟吗?"

"但是……"惠郁的声音变得沉重。

"要找人读书,你去找那个泡面头的吉他男就好啊。"

"我们已经分手了。"惠郁豁出去,"而且我原本就不喜欢他。"

"那就回来吃回头草吗?你在搞笑吗?"

惠郁不发一语,似乎被戳到痛处,但又好像在表示,还不是怪你不理我。

"更何况我今天晚上已经有约了,根本没时间读书。"

"但是……"惠郁担心地抬起头,"你这样有办法毕业吗?你的成绩很烂,也没有去学校上课……"

喜多把周刊杂志甩在地上。

"那又怎么样?轮不到你操心。"

"可是——"惠郁一口气说,"听说只要这次期末考的成绩过关,或许可以毕业。"

一阵短暂的沉默。

"……谁说的?"

喜多小声问。

"……"

"谁说的啊?"

"……我舅舅。"惠郁的声音小到几乎快听不到了。

"哼!"喜多倒在沙发上,"这么说,那些传闻是真的喽。"

喜多说完后开始笑,摇摇手,似乎不想再说下去。

但惠郁仍然不肯罢休,继续说服他一起读书,还说最好要毕业。喜多假装睡着,她骂了一句"笨蛋!"然后就走出咖啡店。

"惠郁和以前不一样了。"龙见看着惠郁走出去的那道门,"她初中时无忧无虑,又很可爱。"

龙见以前和惠郁读同一所中学,而且曾经暗恋她。龙见之前说过什么是因为被惠郁甩了,才开启他喜欢年长女人的新世界这种莫名其妙的话。

"啊，比起这个，"龙见拍了一下手，"那个传闻果然是真的！"

"对啊。"

之前龙见说，惠郁好像是大嗓门三寺校长的外甥女。惠郁家的帮佣经常去龙见母亲的小餐馆，是她跟龙见母亲提起的。

"难怪啊。"

龙见频频点着头。他的意思是，惠郁在中学时的成绩只有"中下"，就因为是校长的外甥女，上高中之后，成绩才突然变好。惠郁整天去迪斯科、听演唱会、逛街买东西，但成绩都很好，而且已经推选进入大学，别人当然会怀疑是因为校长的关系，成绩才会有这么大的进步。

"对了对了，说到这件事，我想起来了，"龙见探出身体，"就是那个帮佣的大婶去我妈的店里时说的——其实校长并不是她的舅舅，而是她的亲生父亲。听说他们家很乱，但如果是这样，不是超扯的吗？根本不必搞什么罗宾计划，就可以直接知道考试的答案了。毕竟他们是父女啊，喜多郎，你觉得呢？"

这虽然是很大的八卦，但喜多根本不想讨论惠郁的事，觉得龙见一直说这件事很吵。

——妈的！

喜多觉得罗宾计划第一天就出师不利，对惠郁心血来潮跑来罗宾咖啡相当不爽。

3

喜多和龙见凌晨一点多才终于离开罗宾咖啡。龙见很贴心，看到喜多因惠郁出现而郁闷，就带他去即将打烊的柏青哥店。只不过在那里输光了身上所有的钱，又回到咖啡店，喝了两三杯咖啡后，罗宾咖啡差不多打烊了。

"三亿先生，那就明天见喽。"

龙见开朗地向忍着哈欠洗杯子的老板打招呼。

"谢谢惠顾——小心点啊。"

喜多和龙见听到他那句"小心点啊"，露出苦笑。走出店外，冷风刺骨。

虽然走路到学校差不多二十分钟，但他们还是来到国道拦出租车。他们的夹克和长裤口袋里有手电筒、皮革手套和折叠刀等整套工具，如果被警察拦下来临检，根本无法解释。不，就算能顺利应付临检，如果因此耽误时间，筹备一个月的计划就泡汤了。虽然在柏青哥店输钱是失算，但他们向老板借了出租车钱。

他们在西巢鸭下车，龙见问喜多："几点了？"说话时已经开始压低声音。

"一点十七分。"

"时间刚刚好啊。"

两人分工合作，背靠背打量四周，然后若无其事地转过洗衣店所在的街角，走进小路中，接着便加快脚步，经过墓地旁，绕到学校后门。周围都是民宅，但时间已经很晚，家家户户都已熄灯，小路上没有人。

看到操场后方的校舍轮廓时，他们联想到之前在电影中看到的巨大要塞。

两个人交换眼神。龙见点点头，助跑几步，跳上铁门。为了避免发出声音，他的脚完全没有碰到铁门，只靠双臂向上爬，然后腹部一收，就跳进铁门内侧。喜多虽然没有龙见那么大的力气，但也利落地跳到操场上，追上几乎融入黑暗中的倒三角形背影。

他们沿着围墙内侧走了一段路，来到东栋的后方。前方就是面朝家政课教室前走廊的"潜入口"的窗户。两个人都紧张起来。

"几点？"龙见问。

"二十八分……"

距离会合时间还有两分钟。校舍的灯全都关上。海德茂吉住的警卫室在西栋一楼，刚好是教师办公室的正下方。警卫室里一片漆黑。一切都按计划进行。他们两个人守在潜入口的窗户下方，等待橘的出现。

但是橘迟迟没有出现。已经过了会合的时间，仍然不见橘的身影。

——橘这家伙，在磨蹭什么啊。

在黑暗中等待，会觉得时间特别长。漫长的时间让喜多发现原本封印在心中的胆怯。现在该不会大难即将临头……

离会合时间已经过了五分钟。手表上的秒针渐渐侵蚀照理说无懈可击的计划。

"喜、喜多郎……"

龙见胆怯地开口。

"吵死了，闭嘴。"

"他该不会被发现了……"

"怎么可能。"

虽然喜多嘴上这么说，但他似乎在黑暗的前方看到了橘被老师扭送去少年课的身影。

——橘,拜托了。

正当他在心里这么祈求时,头顶上传来轻微的咔嗒声。喜多缩起身体,龙见趴在地上。

窗户玻璃上出现一个黑影。

嘎啦嘎啦嘎啦。窗户打开,接着听到细微的低语。

"无聊死了。"

这是橘开口说的第一句话。

喜多和龙见重重吐出一口气,橘扬起令他们惊讶的笑容。他独自在漆黑的小房间内守了五个多小时。"无聊死了"应该是他发自内心的话,而且他应该也很不安。

喜多拍拍橘的后背,慰问他辛苦了,但是立刻恢复严肃,小声问:"海德呢?"

"别担心,他已经睡了。"

橘让他们进入校舍后,又嘎啦嘎啦关上窗户。喜多和龙见立刻脱下鞋子,塞进了夹克的口袋,拿出原本放在口袋里的皮手套戴上。如此一来,就可以避免脚步声和留下指纹。

"Let's go……"龙见努力搞笑,但他的声音沙哑。

学校内彻底寂静无声,白天热闹的景象简直就像遥远的过往,让人不由得产生一种错觉,仿佛黑夜吞噬了所有的喧闹,吃得精光,完全消化。走廊、墙壁和门既没有距离感,也没有质感,只有消火栓的红色灯光,像是支配黑暗的不明生物的眼睛和心脏。风吹在窗户上发出声音时,他们发现彼此的脸完全没有血色。虽然是寒冬季节,但汗水渗过袜子,在走廊、楼梯,然后又是走廊上留下圆形脚趾湿湿的痕迹。

来到西栋三楼走廊前,没有人说话。正下方就是教师办公室。

"快。"

"好。"

"走快点。"

"嗯。"

龙见打开走廊的窗户,把头探出窗外,确认破坏窗锁的位置。喜多和橘走进附近的教室,从用红字写着"避难梯"的木箱中拉出绳梯,扛着来到窗边。喜多把绳梯的前端慢慢往下放,橘把绳子的另一端紧紧绑在窗框上。和他们之前进行想象训练时一样,大约需要八十秒的时间——

完成。三个人轻轻点点头。

终于要下楼了。

虽然所有的步骤都很完美,但是实际执行时,还是忍不住冒冷汗。

龙见负责执行取名为"史蒂夫·麦奎因[1]组"的降落任务。虽然已经破坏窗锁,但置物柜后方的窗户平时都关着,恐怕无法轻易打开。只有力大无比的龙见,才有办法在晃动的梯子上单手打开窗户。

"那我就出发了。"龙见站在窗框上。

"小心点。"喜多小声叮咛。橘也提醒他:"慢慢来。"

龙见跨过窗框,手抓住梯子,静静地往下爬,就在这时——

嘎嗒嗒嗒嗒嗒。

---

[1] 美国好莱坞硬汉派影星。

下方传来令人绝望的声音。龙见的体重导致绳梯下半部分用力摇晃,梯子板不停打在灰泥墙上。

喜多和橘,还有悬在半空中的龙见全都停住。

但是,就只是这样而已。碰撞的声音被吸入黑暗,之后又是一片令耳朵发痛的寂静笼罩周围。

龙见无助地愣在那里,橘催促他:"没事了,下去吧。"

龙见继续往下爬,心惊肉跳地往下走三阶、四阶……六阶后,他的左手松开绳子,伸向窗户。梯子用力摇晃,龙见的手一下子碰到窗户,一下子又远离窗户。梯子一下子横向晃动,一下子纵向摇晃,最后甚至扭来扭去。

"喂,你没事吧?"

喜多忍不住问,但龙见没有回答,随即听到下方传来滚轮滑动的声音。站在楼上的两个人缩紧身体,而楼下的龙见呢?他在黑暗中不停地比着胜利的手势。

——窗户打开了!

喜多和橘雀跃不已。

龙见庞大的身躯渐渐消失在建筑物内,另外两个人看到他完全消失后,慌忙把绳梯拉上来,塞回教室的木箱中,争先恐后地冲下楼梯,穿越走廊,来到教师办公室门外。

龙见一直在等待他们的脚步声,他转动门把,打开门,一脸快憋不住大笑的表情。

"简直是轻而易举。"

"真有两下子。"橘和他握手,喜多也称赞他:"不愧是麦奎因。"然后在他满是肌肉的肚子上轻轻捶了一拳。

解决最大的难关后,三个人都深信罗宾计划必定成功。

教师办公室很深,后方有三个房间,从左到右分别是国文准备室、英文准备室和他们要前往的校长室。

三个人慢慢走过去,虽然深信可以成功,但仍然极度紧张。因为他们担心会惊动睡在正下方的海德茂吉,一方面不知道在这么寂静的情况下,楼下是否会听到脚步声,另一方面,也并不知道茂吉是否真的睡着了,以及是否睡得很熟。面对看不见的敌人,不安持续膨胀;微弱的月光格外令人在意。教师办公室左侧的窗户对面是运动社团的活动室,从那里可以清楚看到他们三个人的行动。这个时间,社团活动室不会有人,虽然明知道不会有人,但问题是,他们目前就在照理说也不该有人的教师办公室。

他们不约而同地弯下腰、蹲下,最后甚至匍匐前进。

他们曾经无数次被叫到教师办公室训话,照理说对这里的环境了如指掌,只不过目前是深夜,而且是匍匐前进,和平时不一样的视野导致办公室内的样子变得完全不同。破旧的拖鞋和泄了气的足球被随意丢在办公桌下方,五年前的教师进修资料散落在地上,坐垫从蒙着灰尘的椅子上滑下来,微微打开一条缝的抽屉中,丢着发出霉味的毛巾。当他们看到地上有踩熄的烟蒂痕迹时,紧张的心情终于缓和了些。

"老师也跟动物没两样。"橘冷酷地一笑。龙见开玩笑地回应:"尤其是坂东。"

爬在最前面的喜多终于来到副校长的办公桌旁。他跪着绕到办公桌前,轻轻打开中间的抽屉。

"有吗?"龙见沙哑的声音问。

喜多转过头,把银色的钥匙放在两张凑在一起的紧张脸庞前,好像催眠般左右摇晃着。绑在钥匙上的塑料牌上写着号码

"12"。那正是校长室的钥匙。

"哇噢。"

"嘘！"

在喜多的带领下，他们趴在校长室的门上。

"我要打开喽。"

钥匙插进锁孔，门打开了。三个人鱼贯滚进漆黑的校长室。静止的空气开始跳动，厚实地毯的触感传入大脑。

喜多觉得似乎进入了另一个世界。终于来到这里，终于闯入学校这个要塞的最深处。

喜多拿出手电筒，打开开关。墙上出现光圈。窗户前拉着厚窗帘，不必担心外面的人会看到。

喜多移动光环，看到巨大的灰色保险箱。里面应该装着明天的考卷。虽说是保险箱，但其实只是比置物柜更坚固一点，也没有密码锁。

灰色保险箱的右侧是小一号的深绿色保险箱。这个保险箱是标准款，但相当老旧，只能勉强看到"第一届学生捐赠"的白色文字，把手附近的油漆剥落，有些地方出现了像月球表面火山口的圆形锈斑。他继续移动灯光，看到放着优胜奖杯和奖章一类物件的矮柜、高大的书架和豪华的皮革沙发，最后照到了气派的办公桌。那是校长的办公桌。

保险箱的钥匙就在抽屉里——

三个人同时吸气，又同时吐出来。他们保持同样的呼吸节奏走向办公桌，三个人凑在一起，打开最上面的抽屉。找到了。看起来像是一截细铝管的粗糙钥匙映入眼帘。喜多扬起得意的笑容，把钥匙插进最下方抽屉的钥匙孔。在同一瞬间，听到了咕噜的吞口水声和咔嗒的声音。是龙见吞了口水。转动钥匙。喜多把抽屉一拉，只见两把钥匙就随意丢在抽屉里。龙见再次咕噜一声吞着口水。

其中一把钥匙发出淡淡的银光，另一把是发黑的黄铜钥匙，完全没有光泽。于是喜多毫不犹豫地抓起银色钥匙，三个人转身回到新保险箱前。

以前有过情绪这么激动的时刻吗？

给学生分等级，让学生感到无力，让家长叹息，让老师趾高气扬的考试怪物，就在眼前的保险箱内。

龙见拉着喜多的袖子说：

"喜多郎，还是你来开。你可是罗宾计划的总指挥。"

"对啊，喜多郎，你来开。"

"啊啊，那我就来揭幕喽。"

喜多对着钥匙吹口气，插进钥匙孔后一转。那种感觉令人酥麻。

门打开了。

嘎啦、嘎啦。

轻薄廉价的金属声和他们原本的想象大相径庭，但这完全不重要。下一刹那，他们被油墨味呛到的同时，纷纷发出"哇！"的感叹。

保险箱内塞满一沓沓考卷。

"找到了！找到了！是英文和古文！"龙见叫道，"你们看，还有物理！"喜多像龙见平时那样，摇晃着另外两个人的手。"嘘！"橘提醒他们，但他不像平常那样冷静，从放在地上的手电筒反射的微弱灯光中，可以看到他涨红的脸上满是喜悦。

保险箱内用隔板隔成三层，由上而下，分别贴着"一年级""二年级""三年级"的标签。考卷又按照各个学科、各个班级分开，明天将由老师直接拿去教室。

三个人争先恐后地抽出考卷。这时，龙见惊叫一声。

"没有现代国文。"

"咦？"喜多歪着头。

保险箱内的确没有现代国文的考卷。

明天要考四个科目。第一堂课是英文，然后是古文和物理，最后一堂是现代国文——

问题是没有现代国文的考卷。

"会不会在旧的保险箱里？"橘一如往常地说，"你们看，和上面一二年级相比，放三年级考卷的空间不是比较小吗？"

橘的猜测完全正确。他们拿出黄铜钥匙打开旧保险箱，发现上方有一块隔板，现代国文的考卷就放在隔板上。隔板下方是空的，显然是把新保险箱内放不下的考卷放进旧保险箱了。

"这下子就完美了。"

"好，那就开始作业。"

喜多从怀里拿出笔记本，他们分头开始抄考卷。罗宾计划终于进入佳境。

没想到这个时候，他们遇到了意想不到的难题。首先，光线太暗。因为不可能打开校长室的灯照亮室内，只能靠手电筒的灯光，但是手电筒的橘色灯光极不适合辨识印在考卷纸上密密麻麻的字，而且，无论现代国文、英文和古文，题目都很长。挑选英文的龙见完全看不懂题目，还没抄完一题，就哀求橘和他交换。喜多抄物理考题也陷入苦战，有很多图形、数字和英文字

105

母，抄写很耗时间。即便是极其单纯的抄写，仍需要有一定程度的知识。

他们遇到意想不到的难关，内心干着急，但作业进度很慢。

"现在几点了？"龙见带着哭腔问。

"两点二十分。"橘用没有感情的声音回答。

"惨了。"喜多的声音透露出内心的焦急。

"唉！"龙见把圆珠笔一丢，"要不要干脆带回家？"

"你说什么？"喜多问。

"把考卷带回家不是轻松多了吗？"

"你脑袋有问题吗？"

"不，"橘思索后制止喜多，"如果有多余的考卷，这个方法也许真的比较好。"

"有多余的吗？"

"应该……"

原来如此。他们数了一下，发现每班每个学科的考卷都比学生人数多五六份。原来老师都会多印几份以防万一。仔细一想，就觉得这样很合理。

"欸、欸，无论考卷还是答题卷都有多余的。"

龙见在说话的同时，准备把考卷塞进怀里。

"但是，"喜多说，"老师会不会知道多印了几张考卷？"

"你觉得我们学校的那些老师中，会有这么聪明的人吗？"橘嘲讽道。龙见拉着喜多的手臂说："就是嘛。"

喜多很快同意了。他和其他两个人一样，很想赶快逃离学校。

"既然这样，"橘说，"那就把答题卷也各带三张回去。"

"为什么？"

"可以趁半夜写完，明天带来学校。在考试之前藏在课桌，等考完试后，调包交出去就好。"

"对哦——简直太完美了。"

喜多在心中赞叹。状况恶化时，不，越是状况恶化，橘的脑袋就越灵光。回到家再解题的确是一项大工程，他完全没有自信能够记住答案，然后在考试时顺利写出来。更何况明天一定会睡眠不足，如果在考试时打瞌睡——不，龙见有超过百分之九十的概率会发生这种事。

他们各科都拿了一张考卷和三张答题卷放进怀里。

结束了。他们三个人同时用眼神这么说，然后同时行动。

走出校长室锁上门，确认锁好之后，把钥匙放回副校长的办公桌，然后又匍匐爬出教师办公室，按上喇叭锁的按钮关门，再次确认门已经锁好。接着迅速穿越走廊，走下楼梯，从一楼潜入口的窗户溜出校舍，在操场角落排成一行走到铁门前，接连越过铁门逃到校门外，看了手表。

两点四十二分——

他们克制着想要奔跑的心情，若无其事地沿着来时的路走回去。来到大马路上，街道已经沉睡。他们看到一辆一半车身停在人行道上的出租车，敲敲车窗后，把椅子放倒打瞌睡的司机猛然起身。不知道是他已经睡饱了，还是训练有素，总之司机亲切地招呼着，请他们上车。

出租车驶过亮着红灯的派出所前，来到到处都是出租车的国道上。

"那把国士无双和得太漂亮了。"龙见突然说。

"但只有那一把而已啊。"橘接了话。

——对，没错。

"最后的倍满[1]就很吃力。"

喜多也加入聊天。龙见和橘都心满意足地点着头。

"学生真好。"司机笑着说，"每天晚上打麻将就可以过日子。"

这句话成为他们三个人等待已久、作战结束的钟声。罗宾计划成功了。

4

早晨嘈杂的声音和空气传进审讯室。

上午八点零五分——

远处传来小孩子高亢的嬉闹尖叫声，可能是排队上学的学生。原本专心谈论十五年前往事的喜多转头看向窗户。

"计划很成功——"寺尾说道，拉回他的注意力，"然后呢？"

喜多面露疲态，但并没有改变顺从的态度，开口回答说："我们一起搭出租车回到我家，喝了啤酒。"

"考卷呢？"

"虽然看着教科书答题，但实在太困了——龙见的体力比较好，于是就交给他处理，我和橘就去睡了。"

"交给他处理？"

---

[1] 日本麻将用语，表示所得点数是满贯的两倍。

"就叫他把答题卷填满。反正罗宾计划的重点并不是想要考好成绩。"

"原来如此……然后呢？隔天考试的情况怎么样？"

"我们把龙见写好的答题卷带去教室，收考卷时调包。"

"成功了吗？"

"对，没有被发现。老师应该也不可能想到，竟然有学生在考试前就已经有答题卷了。"

喜多露出一丝笑容。相隔多年，罗宾计划成功时带来的强烈喜悦再次涌上心头，让他暂时忘记了自己身处铁窗内的困境。

寺尾也在内心感叹。无论是周详计划，还是利落执行，都让职业罪犯甘拜下风。但是正题呢？目前仍然找不到他们杀害岭舞子的理由，完全嗅不到任何"刑事犯罪"的味道。虽然目前只能从喜多的记忆中找线索，但光是听他单方面的供述，真的有办法逼近案件的核心吗？根本没有人能够保证。

寺尾很快就对这起他身为审讯官却不允许有任何职业算计的案子失去兴趣，但他当然无意放走已经到手的猎物，只是他内心的交战，让喜多有了片刻喘息的机会。

"不必再谈当年勇了。"

"啊？"

"谈谈岭舞子的尸体。"

喜多沮丧地低下头。

"你不是看到了吗？"

"……"

"你只要敢说一句谎话就完蛋了。"

"……"

负责传令的刑警打破僵局。

"主任……"

传令的刑警从门缝中探头进来，示意寺尾去审讯室外，但寺尾叫他进来。

"有什么事？"

"这……"传令刑警瞥了喜多一眼，然后用手遮着嘴巴，对寺尾咬耳朵，以免被喜多听到。

"龙见那边供称——岭舞子的尸体移动了。"

"移动？"寺尾问话时，视线仍盯着喜多，"什么意思？"

传令刑警小声续道：

"尸体是在校舍旁被人发现的，但是……"

"但是？"

"但是龙见刚才不小心说漏嘴，舞子的尸体原本在其他地方。"

"是在哪里？"

"他还没说，但似乎喜多和橘也都看到了尸体。"

"知道了，辛苦了。"

传令刑警离开后，寺尾再度注视喜多——喜多看到两名刑警交头接耳，脸上浮现了新的不安。寺尾分析着他的心理状态，但内心充满愤怒。传令刑警带来的报告，显示龙见供述的内容多于喜多，也就是说，德丸的审讯进度已经超越寺尾。

——辖区的无能刑警做事太没分寸。

绝对不能让辖区警局的人超越。在警视厅多年，对辖区警局产生的强烈蔑视，彻底带走寺尾内心身为审讯官的算计谋划，以及和嫌犯展开心理战的"余裕"。

他缓缓开口。

"你是在哪里看到岭舞子的尸体的?"

喜多大吃一惊,视线飘忽起来。

"你不是看到了吗?"

"……"

喜多痛苦地缩起下巴,手摸着喉咙,吞着口水。寺尾把茶杯推到他面前。

"请问……"

"什么事?"

"我可以打电话回家吗?"喜多战战兢兢地问,"我太太应该很担心,而且也要打电话去公司,说我会晚到……"

熟悉的学校钟声随风飘来。

寺尾点点头。

"你太太叫什么名字?"

"她叫和代。"

寺尾转头指示靠在门口的年轻刑警说:"喂,你打电话给和代太太——告诉她,等她先生说明清楚所有的事,就可以回去了,请她不必担心。"

喜多用祈求的眼神看着年轻刑警走出审讯室,当年轻刑警离开后,他重重叹息,看向寺尾。

交代清楚所有的事——刚才寺尾这么说。

喜多这一次终于彻底死心,然后开口。

"第二天、第三天我们都顺利偷到考卷,但是在最后一晚,却看到了尸体。"

5

十二月九日晚上。天空下着雨。

明天是期末考试的最后一天，罗宾计划也进入最后阶段。

今天轮到喜多躲在四楼资料室当"先遣部队"。第一天是橘，第二天和第三天连续两天都由刚好没有打工的龙见先去学校，因此这晚是喜多第一次担任先遣部队。

晚上八点，喜多的小保温壶内装着浓咖啡，他带着探险的心情混进学校，但是橘和龙见说得没错，这是一份极其无聊的苦差事。

无论看多少次手表，分针都完全不动。数据室是只有一平方米大、令人窒息的空间，而且还有浓浓的霉味，地板冷得像冰块。即使搓身体、小跑步，身体还是越来越冷，屁股和脚底都开始发痛。

——不然干脆去校园走一走。

由于太冷太无聊，以及连夜大胆成功犯案的余裕，让喜多产生了这样的想法。海德茂吉在十点半左右第一次巡逻，离目前还有两个小时。

尿意让喜多决定行动。他蹑手蹑脚走出资料室，在地理教室内的水槽解放完之后，摸黑在地理教室内前进，来到窗边，胆战心惊地看向窗外。

下雪了。

天空中飘起雪花。

——难怪这么冷。

喜多重新围好围巾,把皮夹克的拉链拉到胸口。

只有夜间照明的操场上,夜间部的学生不顾下雪和寒冷,正在打橄榄球,发出欢呼声。由于夜间部有不少年长的学生,因此喜多无法分辨谁是学生谁是老师。他茫然地看了一会儿那些人打球,很快就腻了,又冒出想要去探险打发时间的念头,于是他下了楼。喜多的教室就在三楼。

他缓缓推开教室的门,忽然间,脑袋中立刻响起警报。窗户外有淡淡的亮光。有灯光的操场位于校舍后方,虽无法照到这里,但教室外很明亮。

喜多弯下腰,走到窗边,躲在窗帘后方看向窗外,终于看到光线的来源。对面隔着篮球场的西栋二楼,教师办公室灯火通明,而且有人走动。

——竟然还有人在那里。

喜多再次小心翼翼地伸长原本缩起的脖子,之前侦察时,他就经常从三楼观察斜下方的二楼。

他看到女人的腿。红色高跟鞋。

——是肉弹。

女人在办公室深处,角度不佳,看不到上半身,但只要看那个下半身,正确地说,是紧裹着身体的粉色裙子,和性感的腿部曲线,外加鲜红色的高跟鞋,就知道是教英文的岭舞子。

——她一个人站在那里干吗?

但喜多很快就知道,舞子并不是一个人。

有另一双白色鞋子靠近舞子的脚,但是那个人在办公室更深处,喜多只能看到白色的鞋子和脚踝。

那双鞋子的鞋跟很低，但可以看到脚踝，确定是女人。

——那是……

喜多的脑海闪过鲇美的名字，想起她们两个人之前一起去迪斯科舞厅，但他并没有把握。学校有很多女老师，而且也无法确定鲇美那一天是否穿着白鞋。那个人没有穿袜子，但脚踝很细，不知道是否因为和舞子站在一起的关系，感觉那双腿的主人还没有发育成熟。喜多想到也可能是学生。虽然在考试期间，学校规定学生不可以去教师办公室，但舞子这个人很可能趁其他老师已经下班回家，要求学生"来办公室帮忙一下"。

——到底是老师……还是学生？

喜多很想看清楚，努力降低视线的位置，瞪大眼睛，想知道白色鞋子的主人到底是谁，但因为距离太远，而且天空飘着雪花，让视野变得模糊，一直看不清。他很想去二楼，从正前方看清楚。但当他移开视线时，看到前方有晃动的灯光。

那是教师办公室左侧二十米左右处的楼梯。灯光缓缓走上二楼，走到二楼后左转。

——惨了。

一定是海德茂吉。茂吉拿着手电筒，走在通往喜多所在的东栋走廊上。

喜多跳起来，冲出教室，三步并作两步走上楼梯，穿越地理教室，逃进满是霉味的资料室。他抱着膝盖，屏住呼吸，所有的注意力都集中在耳朵上。

没有动静。寂静支配着整个校舍。没有发生任何事。

五分钟、十分钟过去，仍然没有听到茂吉的脚步声。不一会儿，晚上九点多了，仍然没有听到动静。

——原来并不是巡逻。

虽然他得到结论,但喜多已经失去兴致,不想再去外面乱晃了。虽然是目前的处境所迫,但没想到茂吉这个干瘦老头,会对自己构成这么大的威胁。

他喝着咖啡,努力让心情平静,然后靠在一捆旧地图上闭上眼睛。

他的眼前浮现教师办公室的残像。

肉弹在办公室做什么?另一个女人……到底是鲇美,还是其他女老师,还是学生?问题是为什么在这么晚的时间——

他想着想着,睡魔上身。连续多天都深夜行动,咖啡无济于事,而且刚才慌忙跑回来,身体因此变得暖和,让喜多更快进入梦乡。

喜多没有意识到自己睡着了。当他惊醒时,马上知道自己身在何处,这是因为虽然放松浅眠,但意识深处仍然保持清醒。

他听到了声音。

声音……音乐……不,是歌声。有人在唱歌。是男人的声音。歌声越来越近。

"这就是传说中的……"喜多嘀咕。

他想起另外两个人告诉他的事。茂吉在巡逻时会唱歌。龙见大笑着说:"他竟然唱八代亚纪的歌欸。"

喜多看看手表,刚好十点半。

另外两个人还告诉他,茂吉十点开始巡逻,十点半经过数据室。

——还真准时。

115

喜多缩着身体，躲在资料室的杂物后方。

歌声越来越近。虽然走音，但喜多听出来是糖果合唱团的当红歌曲《小男生》。

——都一大把年纪了。

喜多在内心嘲笑茂吉，但似乎看到他的另一面。原本以为茂吉的兴趣就是在黑板上写蚯蚓字和深夜巡逻，现在才想起茂吉住的警卫室内，有一台像军队无线通信机一样的手提音响。

茂吉越唱越投入，声音越来越大。

"～他就是、他就是可爱的～小男生～"

啪当。

茂吉走进地理教室。喜多躲藏的资料室就在地理教室的角落。脚步声越来越近，手电筒的光线从门缝中照进来两三次。

"～虽然孤寂清高又狂妄，虽然好讨厌，但是我偏偏喜欢～"

茂吉粗暴地转动门把，发出嘎嚓嘎嚓的声音，接着刺眼的巨大光亮照遍室内，但只有刹那而已，接着听到砰的关门声，恢复原本的黑暗。

歌声渐渐远去。

喜多吐出一口气，发出"呼"的声音，然后伸直手脚。

——被他吓得都少活几年了。

接下来只要撑过半夜十二点半的巡逻就好。后备部队的橘和龙见会在一点半来学校。喜多恢复镇定后，走出资料室，去外面呼吸新鲜空气。夜间照明关闭，操场上一片漆黑。他走去后方的窗前，教师办公室的灯已经关上。舞子和另一个女人应该都已离开。雪也快停了。

最后，直到凌晨两点半，喜多才去接应后备部队，大幅延迟了原本的会合时间。

"喜多郎，怎么这么晚？"龙见紧张地探头进来，橘很严肃地凑过来问："出什么事了吗？"

"真是被打败了。"喜多咬牙切齿地说，"海德那家伙竟然没有来巡逻第二次，一点之后，我去楼下看看，发现警卫室还亮着灯。"

"然后呢？"龙见很担忧。

"十五分钟前，灯才终于关掉，可能上床睡觉了。"

"死老头，竟然偷懒不巡逻。"

龙见立刻开心地说，但橘仍然很紧张。

时间紧迫，三个人立刻展开行动。明天是期末考试的最后一天，只剩下汉文和公民道德两科，他们打算赶快偷完考卷就回家睡觉。

三个人按照熟悉的步骤突破难关，才二十分钟左右，就溜进校长室，刷新最短时间纪录。走在最前面的橘拿出保险箱的钥匙，直直走向那个旧保险箱，动作熟练地插入钥匙，用力一转。

门打开了，喜多立刻用手电筒照向保险箱。

"啊啊！"三个人同时惊叫。

眼前的景象让他们难以置信。

女人——一个女人塞在保险箱内。

唑唑唑……

女人的身体失去门片支撑后动了，倒向跪在那里的橘。

"呜哇啊啊啊！"橘尖叫起来。

"啊！"

龙见也大叫一声，手脚在地上挣扎，然后推开喜多的身体，连滚带爬地冲出校长室。被推倒在地的喜多瘫坐在地上，一句话都说不出口。

女人面如土色，微微睁开的双眼混浊，无力张开的嘴巴周围有好几条口水的痕迹。喜多浑身颤抖，但视线好像被吸住般，就是无法从女人身上移开。

橘拼命挣扎，终于推开女人的身体。女人的身体无力地弯曲，脑袋用力撞到地上，白皙的手伸向一旁。

粉色洋装、红色高跟鞋、栗色头发、高挺的鼻子——

"是肉弹……"

喜多惊讶地说。

"她、她死了……"

橘的声音沙哑，糊成一片。

他们互看一眼，从彼此表情中可以看到巨大的恐惧。

"靠，怎么会有这种事！"

校长室外传来龙见惊慌失措的声音。他从门缝中探头进来，用力向他们招手："快走！"

"橘，快、快逃。"

喜多在说话的同时，慌慌张张地起身。

但是，橘没有动弹。

"喂，橘。"

"好……"

橘好像自言自语般嘀咕着，猛然起身。他用力吸气，然后又跪下来，把头转到一旁，双手放在舞子的腋下。

喜多瞪大眼睛。

"橘、橘,你……"

"还是恢复原状比较好。"

"但是……"

"罗宾计划的原则,不是要让一切保持原状吗?"

橘说完这句话,抱起舞子。舞子没有血色的脸撞到橘的肩膀,无力地动了几下。

——这家伙太可怕了……

喜多对眼前这个男人产生一种和看到尸体时截然不同的恐惧。

橘发出闷哼,拼命把舞子的身体塞进保险箱。这时,一个牛皮纸信封从舞子的衣服里掉下来。橘没有发现,只是把舞子还在箱外的腿折起推入箱中,另一只手抓住保险箱的门,如同在封印恶魔般用力关上保险箱。喜多听到这个声音后回过神,指着地上的信封,但橘似乎没打算再打开保险箱,他捡起信封后,塞进夹克口袋。

橘自始至终都很冷静。他把保险箱的钥匙放回校长办公桌的抽屉,用钥匙锁好抽屉,然后打量四周。

"死就死,别管这么多了啦!"龙见悲痛地叫着。

"喂!"喜多催促。

橘点点头说:"走吧。"

就在这时。

嘎啦嘎啦嘎啦。

教师办公室响起好像打雷般的声音。

三个人就像在躲子弹般立刻趴倒在地,脑袋判断"那是打开窗户的声音",但是方向感被黑暗吞噬,完全不知道是哪扇窗户打开，在他们视野范围内的窗前没有看到人影。

——是谁？

喜多屏住呼吸趴在地上，听到外面传来重物落地的声音。由于他们在黑暗中绷紧神经，所以这次听得出声音从哪里传来——是办公室后方的国文准备室，不，是隔壁的英文准备室。因为声音真的很近。

嗒嗒嗒嗒。

接着是有人逃走的脚步声。有人从二楼窗户跳下去，然后逃走。

三个人互看一眼，同时下定决心，走向英文准备室。

杂乱的小房间内，正前方的窗户敞开着。三个人争先恐后从窗户探出身体向外看，看向脚步声远去的方向，似乎有个背影，但只是瞥到一眼，背影很快就消失在漆黑的黑暗中。

"有没有看到？"橘问。

"完全没有。"龙见摇摇头。

"是谁……到底是谁？"喜多问。

远处传来锵锵的金属震动声，那是越过正门，逃出学校的声音。事到如今，已经无法确认对方的身份了。

"是那个家伙把肉弹……吗？"

喜多颤抖地问。

说出口之后，他们才发现一件事——尸体绝不可能自己走进保险箱，是有人杀了舞子后，把她塞进箱中——

"不知道。"橘说。

"别管这么多了，我们快逃吧。"

明明不是好事，龙见仍用力摇晃着他们的手臂。

喜多和橘马上点头。

逃走的黑影可能就是杀害舞子的凶手。也许就是这样没错，但三个人偷考卷也是犯罪行为。逃走的人跳下二楼发出的声响可能会惊动茂吉，万一尸体因此被发现怎么办？到时候他们三个人会被怀疑是凶手，所以无论如何都要赶快逃走，一刻都不能停留——

喜多关上英文准备室的窗户，听到关好窗户的声音后，三个人飞奔而出。他们摸索着，避开办公桌，但是在即将离开教师办公室时，橘重心不稳跌倒了。

已经跑到走廊上的另外两个人拼命招手，橘摇摇晃晃跟上来，但是很快停下脚步，把手伸进内侧的门把。

——他还记得锁门。

喜多打从内心佩服橘的冷静，然后追赶跑在前面的龙见。

明天早上，舞子的尸体就会被人发现，不知道会变成什么样？喜多努力让双腿不要互绊，狂奔过深夜的走廊。

龙见在潜入口的窗户前跺着脚等他们，喜多跨过窗框，橘随后连滚带爬地跟上。

罗宾计划的最后一天，三个人空着手离开学校。搭上出租车时，谁都没有聊麻将的事。

凌晨三点多，开始下起雨。

6

岭舞子的尸体在保险箱内，躲在教师办公室的人跳窗逃走——

喜多的供词太令人震惊。即便舞子有办法自己进入保险箱，也不可能自己上锁。目前侦办这起案子的所有人都明确认识到，这是一起杀人案件。

审讯室内的寺尾当然在追查"凶手"。

"你有没有看到逃走的那个人？"

"不，只瞥到背影，但很快就消失在黑暗中。"

"是男人还是女人？"

"咦？那人不是从二楼窗户跳下去了吗，所以我没想过可能是女人……但实际状况怎样就不知道了。"

"身高呢？"

"完全不清楚，总之，只是一眨眼的工夫……"

寺尾放弃不必要的追究，同意喜多去洗手间。寺尾目送喜多的背影，缓缓拿出了烟。

这样的发展太出人意料。

舞子被杀后，曾经被放进保险箱，然后又被搬到校舍旁的树丛。凶手准备好舞子的遗书，伪装成她跳楼自杀——如果把目前所知的情况简单地联结起来，大致是这样的情况。

但是，还有一大堆疑问。

舞子是在哪里、什么时候遭到杀害的？为什么惨遭毒手？凶手用什么方式拿到有舞子笔迹的"遗书"？最重要的就是——当时验尸报告的一致性，内容并没有矛盾之处。

法医断定舞子的直接死因是颈椎骨折和脑挫伤，也就是用力撞击头部后，导致颈部折断，除此以外，还有全身的撞伤痕迹。如果认为颈椎骨折和脑挫伤是凶手杀害舞子的手段，又该如何思考全身撞伤呢？要在尸体身上留下无数撞伤的痕迹，让法医得出

"是从四楼屋顶坠落"的结论,并不是一件容易的事。

难道是对准头部和颈部攻击,杀死她后先藏在保险箱内,再搬到屋顶上,丢到树丛中——是这样的顺序吗?

——不对。

死后造成的伤无法产生活体反应,但这尸体上有活体反应。法医的意见认为,身上的撞伤痕迹是在颈椎骨折和脑挫伤造成死亡之前,或是同时造成的;因此,在舞子死亡后,隔了一段时间才推她下楼的推论无法成立。

——如果不是推落时造成的伤痕,那是在什么情况下造成的?

寺尾突然想起以前曾经听过某些案件在初步侦查时出现的重大失误。法医误认为被害人被凶手踩踏几十下而死,其实死因是被大货车碾毙。在案件发生后整整一个月,都朝错误的方向侦查,最后是因为凶手自首,才终于发现侦查的失误。

难道舞子也被凶手踩了无数次吗?或是被钝器殴打致死吗?果真如此的话,凶手内心显然有强烈的怨恨。如果凶手在用这种方式杀了舞子之后,又设法在舞子的身上留下像是跳楼自杀造成的伤痕,显然是试图完成完美犯罪的高度智能型罪犯,而且在展开侦查时,必须意识到是相当棘手的凶手。

想到这里,寺尾又回到最单纯的疑问。

为什么要把舞子的尸体塞进保险箱内?

首先必须解开这个谜团。不,解开这个谜团是找出所有答案的快捷方式。换句话说,及早发现快捷方式的入口,是身为真正侦破"岭舞子命案"的刑警,在笔录角落留下自己名字的必要条件。

审讯室的门打开,喜多一副罪人的态度战战兢兢地走向座位。早上被喜多骂作"死人"的两名刑警故意"砰"一声用力关上门，再度形成密室，给他施加心理压力。

寺尾暂时抛开不确定的案件架构，开始确认几项事实。

"你看向教师办公室，看到岭舞子的脚或者下半身时，时间大约在几点？"

喜多思索一下后回答："大约八点半。"

"你在那里观察了一阵子吧？"

"对，在看到海德茂吉、躲回到资料室之前，我差不多看了十分钟。"

"所以说，舞子老师在八点四十分左右还活着，确定是岭舞子吗？"

"应该是。"

"你们是几点在保险箱里发现尸体的？"

"凌晨两点半……不，五十分左右。"

"所以，舞子是在晚上八点四十分到凌晨两点五十分的六个小时内被人杀害吗？"

寺尾征求喜多确认，喜多停顿片刻后摇头。

"并不是。"

寺尾内心一震，但他用淡定的语调问道："什么意思？"

"因为……"喜多语气改变，仿佛很努力地回想，"龙见和橘……我记得他们说在凌晨一点左右，从罗宾咖啡打电话到肉弹住的公寓，肉弹接了电话……"

"你是说，岭舞子在家吗？"

"听龙见说，她接电话的声音，听起来睡得很迷糊。"

——舞子一度回了家？

寺尾的思考陷入混乱,大脑立刻重新修正整起案件的架构。

舞子在晚上八点四十分还在教师办公室,凌晨一点在家里接电话,两点五十分死在保险箱内。然后在天亮之前,被丢弃在树丛中——这就是修正后的架构。

但是,新加入的"一度回家"这个情报破坏了整个架构。这件事的确符合喜多说的"茂吉十点半巡逻之后,教师办公室的灯已经关掉"的供词,但是,从案件连续性的观点来看,"一度回家"就破坏了整起案件的节奏。

舞子在教师办公室留到很晚,最后在校长室的保险箱被人发现,因此寺尾原本认为命案现场应该是在学校内。但是舞子曾经一度回家,而且已经上床睡觉,就让整个情况变得很复杂。如果命案现场在学校,就代表舞子必须再度外出。不知道她是被人约出门,还是主动外出,无论如何,都很匪夷所思。寺尾凭着多年的审讯经验了解到,女人一旦洗完澡,上床睡觉后,除非有天大的事,否则不可能轻易外出。而且对一个女老师来说,很少有需要在半夜十二点之后外出的事。

也就是说,即使考虑到舞子平素放荡不羁,但暂时回家一事仍严重破坏了案件的连续性,成为"格格不入"的线索。

寺尾思考中断,改问其他问题。

"你刚才不是说,有一个信封从老师的衣服里掉出来吗?信封里是什么?"

喜多压低声音说:

"那是……试题的答案。"

"试题的答案?你是说解答吗?"

"没错,我们三个人回到家后一看,都大吃一惊……信封里有一张纸，上面写着隔天汉文和公民道德考试题目的答案。"

"一张纸上写了两份考卷的答案……"

寺尾的脑海中无法想出任何合理的解释，他觉得眼前的喜多变得很遥远。

——这根本不像在审讯，而是变成聊天了。

喜多已经完全坦白，有问必答，但是问到的所有情况都很快走进死胡同，无法排列在同一个平面上。这情况令寺尾很焦急，他感觉到这是一起超乎想象的高难度案件，不知道自己是否能够从这些支离破碎的情报中，不多不少，恰到好处地取出必要的线索，然后将这些线索串联起来，描绘出案件的全貌？

不安在寺尾的内心扩散，这股不安是由另一间审讯室内，一脸呆相的辖区警局刑警德丸的实力带来的。

与此同时，负责传令的年轻刑警跑向龙见的审讯室。虽然寺尾内心产生疙瘩，但侦查工作仍然按照往常的方式进行，审讯室之间持续互通有无。

德丸听到传令刑警咬耳朵提供的内容后频频点头，然后缓缓看向龙见。

"听说你在案发当天晚上，曾经打电话去老师家里？"

"哦哦，你是从哪里听说这么重要的事？"

龙见喝完送来的可乐之后心情大好，似乎对审讯乐在其中。

"你有打吗？"

"有打有打，我打了电话过去——我说啊，德哥，我会一五一十都告诉你，用不着这么激动。"

"少废话，快说清楚。"

"好啦，好啦。"

龙见滔滔不绝地说出当时的情况。

罗宾计划第三天晚上发生的事，成为那天晚上打电话的契机。连续多日的成功，让他们三个人变得大胆，偷完考卷之后，基于好奇的心情，他们翻了校长办公桌的抽屉。在一些公文数据下方，有一本厚厚的皮革记事本。他们在翻阅时，发现电话簿内有一个电话号码旁写了"MM"的缩写。由于其他姓名都是一般写法，因此龙见兴奋地说："搞不好是校长在外面的女人。"于是就由橘抄下电话号码。

"我们很好奇，MM到底是谁。"龙见不停地说，"最先想到的就是岭舞子。"

"她的名字缩写的确是MM。"德丸点点头。

"对啊，而且那女人那么性感，就算和校长有一腿也没什么好奇怪的，更何况之前就听说校长家里的男女关系很复杂。"

"那你们查到了吗？"

"我们手上没有老师的电话簿，没办法直接对比，于是隔天晚上，我们干脆拨电话过去确认。"

"是你拨打的电话吗？"

"对，我用罗宾咖啡的粉红色投币公用电话打的。"

"几点的时候？"

"嗯，第一次是在喜多郎离开罗宾去学校之后……应该是八点左右，但是没人接，肉弹一个人住，那时候没有人接电话。"

"后来你又打了吗？"

"对啊对啊，我先和橘暂时去忙各自的事，十一点左右又在罗宾见面，那时是我们准备出发去学校当后备部队，要离开咖啡店之前,也就是不到凌晨一点的时候。"

"她在家吗?"德丸的声音有点儿紧张。

"在啊在啊,电话中传来有点儿睡迷糊的声音回答'我是岭',我只'喂'了一声,她马上就知道是我,她说:'龙见同学,是不是你?'我吓得马上挂上电话,那次真的超危险。"

龙见差点笑了,但又突然变得不悦,意味深长地说道:"真是太扯了。"然后偷瞄德丸一眼。

"什么太扯了?"

"没事,这件事就这样。"

——他显然有所隐瞒。

德丸直觉地这么认为。

舞子凌晨一点多时在家里。

校长用舞子的姓名缩写,记下她的电话号码。

这两件事都是重大收获,但龙见再度露出坏小子的嘴脸,想偷德丸的烟,龙见一定还知道其他重要的事。不祥预感袭向德丸的同时,他思考着下一步审讯的切入点。

7

随着喜多和龙见的供词一口气进入核心部分,四楼侦查对策室开始忙碌起来。为了避免记者嗅到风声,刑事课几乎所有侦查员都被召集到四楼,总共三十人,全都挤在一起工作。

刚才坐在喇叭前的藤原刑事部长已经离开。另一起还在暗中调查的诈领保险金连续杀人案也进入了最后阶段,藤原要和检察厅讨论是否要逮捕嫌犯。

藤原离开前,对指挥侦查工作的沟吕木说:

"请务必抓到凶手。"

沟吕木有点儿不知所措。藤原并不是说"无论如何都要抓到凶手",而是说"请务必抓到凶手"。藤原被视为"侦查之鬼",令人生畏,第一线办案人员至今仍然很敬畏他,以前从来没有听他说过这种话。

沟吕木持续发号施令,就是为了"抓到凶手"。

首先,他派数名侦查员确认当时担任校长的三寺修的下落,同时调查这个人。三寺为什么用"MM"的姓名缩写记录岭舞子的电话号码?无论如何,都必须查明这件事。如果像龙见猜测的那样,三寺果真和舞子有婚外情,三寺的角色就会从普通关系人一下子升格为嫌犯。

但是,三寺毕竟是曾经当过高中校长、有社会地位的人,无法只靠一个做土地开发的混混提供的"MM"这条线索,就随便把他抓到警局问话。如果是最近发生的事,他就会派侦查人员去汽车旅馆展开地毯式搜索,找出他们婚外情的证据,但毕竟是十五年前的事,喜多和龙见必须在供词中再提供一项,不,要两项有力的补充材料,才能够名正言顺地把三寺带来警局。

沟吕木暂时搁置三寺的事,切换思考方向。分析个别的线索固然很重要,但是身为侦查工作的指挥官,最重要的任务就是从不同的切入点思考每一起案件。换句话说,关键在于能够大范围而且从俯瞰的角度分析案件。

沟吕木认为目前的首要工作,就是重新检视尸体的状况和鉴定工作,从物证的角度检验喜多和龙见单方面的供词,把有助于让他们说出决定性供词的有效材料送进审讯室。

但是，他的期待完全落空。当时的侦查报告比他想象的更加糟糕。

"无法确定死亡时间是致命伤。"

沟吕木拍拍报告上的灰尘，一脸无奈。在沟吕木身旁，个子矮小的削肩男人抓了抓满头白发，点头同意。

这个人就是警局的资深鉴定人员簗濑次作。

他一身邋遢的制服，手臂上戴着发亮的黑色袖套，他从事鉴定工作多年，虽然有点儿难搞，但在鉴定方面的确有两把刷子，就连警视厅也对他刮目相看。

簗濑很无奈。

"由于一开始就认定是自杀，所以当初根本没有进行像样的侦查，而且连验尸官都没有去现场。"

"这就是问题所在，"沟吕木生气地鼓着脸，"怎么会这样？"

"毕竟是十五年前，当时的警察和现在不一样。"

"喂喂，我说簗哥啊，虽然是昭和年代的案子，但又不是五十年前，如果是在家里上吊自杀，或许还情有可原，但这次是老师在学校内非自然死亡，验尸官怎么可以不到现场呢？"

"也许那一天东京都内刚好有多起明显是他杀的尸体，验尸官忙不过来之类的……"簗濑装糊涂，"更何况那天三亿元抢劫案的追诉时效刚终止，可能警视厅所有人都赌气回家睡觉了……"

"别开玩笑了。"

"我猜是因为有找到遗书，认定是自杀，就没有请验尸官到场，以前经常有这种情况，觉得为了无聊的自杀案子劳驾验尸官跑一趟很不好意思。"

"但是……"

"虽然验尸官没有到场,但辖区警局的警部看过尸体,在法律上并没有问题。"

"警部也有好有坏啊。"

沟吕木粗声叹着气。

只要辖区内出现非自然死亡的尸体,就必须联络警视厅。验尸官会前往现场验尸,并参考法医的意见,判断是自杀还是他杀。一旦验尸官认定是"他杀",就会有超过一百名侦查人员同时投入侦查工作。假设验尸官将自杀误判成他杀,就会展开白费力气的"幽灵侦查"。如果情况相反,也就是把他杀尸体误认为是意外身亡,就会在命案后马上走向无法侦破的末路。验尸官的判断力会决定是要展开侦查,还是让案子石沉大海。

岭舞子命案一开始就没有找验尸官到场,在放弃由验尸官判定自杀还是他杀的基础上,认定是"自杀",侦查数据便完全没有留下任何可以推断是"他杀"的线索。

"解剖资料也没用……"

沟吕木说完,把报告丢在桌子上。

"就是啊……但这起案子或许还是对医学的进步小有贡献。"

簗濑虽然带着嘲讽,但是有些懊恼。

"可以打扰一下吗?"

后闲局长不知道什么时候来到沟吕木身后,听到他们谈话后有点儿沉不住气,忍不住插嘴。

"不知道指纹的情况如何?既然当初认为她是跳楼自杀,是不是曾经调查过屋顶的栏杆之类?"

"虽然从尸体的手指上采取到指纹，但没有在其他任何地方找到相同的指纹。"簗濑摊开双手，皱着眉头，"这个案子的鉴定根本是零分。"

"也就是说，我们根本无法从法医学和鉴定的角度，验证喜多和龙见的供词吗？"

被侦查外行后闲戳到痛处，满脸愁容的沟吕木并没有不耐烦，只是转头看着后闲。

"局长，我们先不急于下结论，再想想办法。"

后闲忍不住露出笑容。因为沟吕木对他说要一起思考。后闲之前就对沟吕木有好感，在黎明时接到警视厅的电话，说"会派沟吕木小组过去"时，他不假思索地回答："太感谢了。"虽然主任寺尾让他觉得棘手，但至少和沟吕木说话时，不会让他在刑警面前自卑。

簗濑瘪着嘴，再度低头看着报告，似乎无意继续讨论。说到在刑警面前的自卑感，后闲对簗濑或许也有类似的感觉。鉴定人员向来认为，破案的关键并不在于刑警的直觉或是本领，而是经过过滤的确定证据。正因鉴定人员内心有这种自负，因此看到这起案子的鉴定工作如此粗糙，就会怒不可遏，而且他们平时一直激励年轻鉴定课人员"如果被刑警小看，就别再做鉴定工作了"，难以想象他是明年春天就要退休的人。

后闲沉思后转过头，以希望簗濑参与讨论的态度开口。

"如果无法确定死亡时间，那该怎么看待鉴定对全身撞伤痕迹的意见呢？"

"整个背部都有撞伤的痕迹——"沟吕木探头看着簗濑手上的资料回答，"舞子被发现时是仰躺着，所以当初认为是从屋顶坠落造成的伤痕，这一点，并没有特别的可疑之处吧？"

"但是，沟吕木，如果他们两个人的供词属实，尸体曾经被塞在保险箱内，那么，比起从屋顶推下来，认为舞子在校舍内的某个地方遭到杀害不是更自然吗？会不会被现场的情况误导，误把可能是踩伤或是其他原因造成的伤，认为是坠楼时造成的全身伤痕呢？也不能排除这种可能性吧？"

后闲这个侦查外行的想法，和身在审讯室内的寺尾的推理很接近。

"不——"原本低头看资料的簗濑抬起头，"法医的角色相当于指导验尸官的医生，对自杀还是他杀的判断能力另当别论，但观察尸体本身的能力绝对远远超过验尸官，不可能分不清用其他方法造成的伤痕，和从四楼坠落造成撞击的伤痕。"

后闲听到簗濑的回答并没有失望，而是频频点头，显然觉得自己也参与了侦查工作。

沟吕木沉吟一声，开口。

"如果是这样，那就是有人先把舞子从屋顶上推下来，然后再把她塞进保险箱，接着再把舞子搬到原本把她推落的地方……但这样的犯案手法完全没有逻辑。"

"是啊。"簗濑很干脆地同意了。

后闲再度频频点头，但这次有一丝困惑，然后就没了下文。他们三个人陷入和审讯室内的寺尾相同的僵局。

后闲下楼审批公文后，沟吕木又重新切换思考角度。现阶段，不能过度接近案件中的某一个角色，必须保持俯瞰的态度。他听从内心的声音。

"大友——"

"是。"从堆积如山的资料后方传来一个应答的声音,很快看到了大友瘦弱的上半身。他面无表情,沟吕木无法判断他太太到底有没有生下孩子。沟吕木猜想他八成甚至没有打电话去医院,便没有问他太太生产的事,只是指示他列出嫌犯的清单。

虽说是嫌犯清单,但其实只是列出喜多供词中提到的人物。在沟吕木的指示下,两名年轻刑警把一大张模造纸贴在墙上,四个角落都用图钉固定。

准备就绪。大友接连说出"喜多笔录"复印件中提到的名字。年轻刑警用马克笔写在模造纸上,发出叽叽的声音。

出现在喜多、龙见和橘这三个人下方的第一个名字就是体育老师坂东健一。他虽然爱上舞子,却被舞子拒绝,这件事有可能成为杀人动机。接着是校长三寺修,当然是因为"MM"这个缩写的缘故。下一行是化学老师海德,也就是金古茂吉。茂吉在案发当天晚上睡在学校,说起来,在天亮之前,是最接近尸体的人,而且根据喜多的供词,他在案发当晚,一反常态,半夜十二点竟然没有巡逻。他当时到底在干什么?

除此以外,还有两个不知姓名的人,分别是那个跳窗逃走的人,以及八点四十分左右和舞子在一起、穿白色鞋子的女人。白鞋女人有可能是音乐老师日高鲇美,于是就在括号中写了她的名字。另外,还写上几个关系人,像是三亿先生内海一矢,还有爱打麻将的相马弘,以及曾经和喜多有密切关系的太田惠郁……所有在供词中提到的人物,全都写在纸上。

"股长——"大友转头看向沟吕木,"我已经派人去拿当时的教职员名册,拿到之后,就会把所有老师的名字写上去。"

"嗯。"沟吕木回答,"除了校长,也要掌握所有人的行踪,以便随时找来警局。"

"是。"

"另外——"沟吕木似乎临时想到一件事,"派几个人去查一下岭舞子年轻时的情况。"

"你是说,她在担任教师之前吗?"

大友闪过一丝抗拒。虽然在办案过程中,经常会调查被害人的经历,但是本案是追诉时效即将在今天晚上终止的特殊案件,实在没有充裕的时间调查被害人的过往,而且人手也不足。舞子担任教师一职将近八年,是否该将调查的重点放在教师时代?——大友的表情如此诉说着。

沟吕木用力拍拍大友的肩膀。

"只要派一两个人就好,你想办法安排一下。"

"好。"大友叹着气回答,"从最近的开始调查吗?"

"对,从大学同学开始,如果可以,再继续查到高中时期。除了异性关系,也清查一下舞子当时的性格和生活方面的情形。"

沟吕木没有明确理由来下达如此强人所难的指令。

但是关于从供词中浮现的女老师岭舞子的形象,沟吕木总觉得哪里怪怪的。喜多的供词很生动,难以想象是十五年前的事。喜多、龙见和橘这三个坏坯子的行径栩栩如生;暴力老师坂东,以及因教职生涯而烦恼的鲇美,都是每间学校里可能出现的老师,在沟吕木对学生时代的遥远记忆中,也曾经碰见类似的老师。

但是,舞子呢——

舞子的热情奔放完全不像是老师。平时在学校衣着暴露,经常出入迪斯科舞厅,喝得酩酊大醉,甚至和自己学校的学生跳贴面舞。她像娼妓般妖媚,随心所欲纵声狂笑,然后翻脸像翻书一样,还会突然火冒三丈。

无论时代再怎么改变,无论沟吕木再怎么发挥想象力,都无法想象有这样的老师。这就是让他难以理解的地方。喜多对过往的描述很生动鲜活,但舞子实在活跃得过于夸张,她跳脱框架的行径太突出,令人无法理解,难以想象是实际活在当时的人物。

沟吕木没有继续思考。这可能是案件的重要部分,但也可能只是沟吕木个人的好奇。总之,他已经采取相应的措施。这样就够了。

沟吕木抬头看着墙上的模造纸。必须在这一整排名字中找到凶手。凶手当然可能是和学校无关的人,只不过到了目前这个阶段,如果继续扩大侦查网,侦查工作就会难以收拾。大友翻开刚才送到的教职员名册,在沟吕木点头同意后,开始在模造纸上继续补充名字。

"大友——还没有找到橘吗?"

根据龙见的供词,橘目前成为游民,曾经有朋友在不知道是上野还是浅草见过他。

"目前已经派人在上野和浅草为中心的地带四处寻找,但还没有找到。"

"这样啊,"沟吕木咂嘴,停顿一下后,又提到另一个名字,"那内海呢?"

"也还没有找到。"大友带着一丝歉意回答。

除了三亿元抢劫案的内海,他用力瞠视的模造纸上,没有其余让他目光停留的名字。喜多和龙见的供词都已经提到他们发现尸体，但是锁定嫌犯的工作仍然站在起点上，完全没有任何进展。当时的鉴定资料形同废纸，而且已经到了目前这个阶段，橘和内海等角色却仍然下落不明。

沟吕木觉得自己仰望着十五年漫长岁月的高墙。被弃置多年的案子已经彻底在闹脾气，即使用轻声细语温柔对待，它也不愿意轻易露出真面目。

——还有没有其他事？

沟吕木自问的同时，喇叭中的声音传入他的耳朵。那是已经变得很熟悉的喜多在说话。

"隔天早晨，我胆战心惊地去学校，但并没有听到在保险箱内发现尸体这种惊天动地的大事，而且学校照常举行考试，就这样平平淡淡过了一天。没想到又隔了一天，说不是在保险箱，而是在树丛那里发现尸体，简直太奇怪了。更令人惊讶的是，那天晚报上竟然报道警方断定是自杀，我们三个人都大吃一惊。"

"然后呢？"喇叭中传来寺尾的声音。

"于是我们就说，要自己来找出凶手。虽然曾经讨论，是不是要打匿名电话给警察，但警方已经断定是自杀，我们担心，如果警方重启调查，罗宾计划可能就会被人发现……最后我们决定自己调查。"

一直竖耳细听的沟吕木露出淡淡的笑容。

"原来还有这么一回事。"

他们三个人曾经试图找出凶手。假设他们三个人是清白的，虽然还是高中生，但知道舞子死于他杀，因此采取行动。他们也许得知了某些重要的事实。不，即使无法抱有这么大的期待，只要有某些提示或契机,便完全可能成为打碎目前胶着现状的小石头。

上午十点半,速度缓慢的侦查工作令人焦急,但现阶段能做的已经都做了,接下来只能等待下属的报告,于是沟吕木决定继续聆听喜多的供词。

第四章
凭吊之战

1

十二月十一日——

喜多、龙见和橘三个人坐在罗宾咖啡的老位子上，目不转睛地盯着晚报的社会版。

社会版上有一大半版面是持续报道三亿元抢劫案追诉时效终止的内容，但是三个人反复看了好几次的当然不是这些报道，而是社会版角落一小篇关于岭舞子死亡的新闻。

报道的标题是"女教师跳楼自杀"。

报道很简短，提到在学校的树丛中发现尸体，后半部分总结为："留在屋顶的鞋内有一封字迹潦草的遗书，因此辖区警局朝岭老师是因失恋痛苦而跳楼自杀的方向调查。"

"喂，上面说是自杀！"喜多幽幽地说。

"开什么玩笑！肉弹是死在保险箱内，凶手也逃走了，根本不可能是自杀。"

龙见认真地强调其他人都已经知道的事，担心会被别人听到的喜多瞪他一眼之后，压低声音说道："但是，报纸上说有留下遗书，这是怎么回事？她明明就是被人杀害的……而且说她是因为失恋才自杀，她跟谁分手了？这篇报道实在太奇怪。"

"说不定是凶手故布疑阵。"

橘说道。

"故布疑阵？"喜多和龙见同时问道。

"嗯嗯，也许有人模仿肉弹的笔迹写下那封遗书。"

"这种事,警方不是一查就知道了吗?"

"让二,那你认为这篇报道是怎么回事?明明是在保险箱内被人杀害,报纸上却说是自己跳楼自杀。"

"嗯,是啊。"

"警察都很浑,根本没有认真调查。"

橘冷冷地解释,龙见佩服地点点头。

"但是警方已经认定是自杀,所以知道真相的,就只有我们三个了。"

喜多说,橘深深地点头。

"既然这样——"龙见激动地插嘴说,"那我们自己来调查凶手,怎么样?毕竟肉弹曾经让我们摸过她的奶,也算是有关照过我们。"

"白痴哦,只有你摸过她的奶。"

"喜多郎,这种时候就不要计较那么多了。不是有一句话叫什么来着,不是叫凭吊联盟,嗯……"

"是凭吊之战吗?"橘说。

"没错没错,就是凭吊之战!我们展开凭吊之战,好不好?好不好?"

"嗯……"

喜多沉思着点点头,姑且不论舞子是否曾经关照他们,目前的状况也让人心里很不舒服,而且有点儿烦躁。人难道那么容易死吗?而且警方竟然胡说八道,说她是自杀。

"无所谓,但也许最后会白忙一场。"橘消极地表示同意,于是三个人决定展开凭吊之战。

"那接下来该怎么做?"喜多问。

"首先要查体育老师坂东，"橘说，"他之前喜欢肉弹，应该很清楚肉弹的事。"

一旦需要出谋划策，橘就大显身手，另外两个人二话不说地表示同意，决定立刻行动。龙见甚至自以为是侦探，还说什么"会不会需要放大镜"。

他们把零钱放在吧台上，向后方的厨房打声招呼，拿着虹吸式咖啡壶的老板掀开布帘，探出头。

"今天学校是不是人心惶惶？"

"学校要我们不必紧张，上课和社团活动都照常进行，只不过老师叫我们别紧张，自己却六神无主。"龙见幸灾乐祸。

"报纸也有报道，说是因为失恋？"

"这就不太清楚了，"龙见顾左右而言他，但立刻深深鞠躬，"说到报纸，那起三亿元抢劫案追诉时效终于终止了，恭喜啊。"

"啊啊，好说好说。"

老板开玩笑地鞠躬回礼，三个人都大笑起来。龙见夸张地捧腹大笑，但突然收起笑容，目不转睛地注视着老板的脸。

太阳已经下山，冰冷的风吹起无处可去的枯叶。商店街已经性急地挂起圣诞节灯饰，到处都是花花绿绿的俗气装饰。橘和平时一样，走路来到咖啡店，龙见的 MACH 500 送去修了，喜多提议："那就搭地铁吧。"于是一起走向车站的方向。龙见比他们晚走出店里，怕冷的他超越喜多和橘，第一个逃到了通往地铁站的阶梯。当他转过头时，神情意外严肃。

"喜多郎，因为出了那么大的事，有件事我忘了告诉你。"

"怎么突然说这种话？"

"嗯,你听我说,就是前天晚上的事。"

"就是发现肉弹尸体……的那天晚上吗?"

"对对对,就是最后一天晚上,你不是先去学校当先遣部队吗?"

"是啊。"

"你离开罗宾之后,刑警上门,总共有五个人。"

"真的假的?"喜多脸色发白。

"不,不是找我们,是找三亿先生——那天晚上追诉时效不是要终止了吗?所以刑警说要最后一次找他问话。"

喜多重重呼出一口气,立刻转头看着龙见。

"三亿先生跟他们走了吗?"

"对,被带走了,但那个时候……"

"怎么了?"

龙见听了喜多的问题后,用下巴比向橘,似乎表示复杂的部分要由橘来说明。

橘接着说道:"不是啦,三亿先生被刑警带走之前,跟刑警说:'我先收拾一下店里。'然后就走到我们面前,在擦桌子的同时,悄悄递了一把钥匙过来。"

"钥匙?"

这时,有两个穿着高档学生制服的不良学生走上阶梯,漂过的棕色头发吹成高得像屋檐般的飞机头,俗称灯笼裤的宽裤被风吹得抖动不已。龙见不假思索地挡住他们的去路,两个人立刻脸色大变,侧着身从墙边钻过去,然后冲上阶梯离开。龙见外形壮硕,打架从来没输过,几乎每次都不战而胜。

"别理那种小鬼。"喜多很不耐烦,继续看着橘,"哪里的钥匙？"

"三亿先生对我们说：'你们离开时，帮我锁一下门。'——那我们理所当然就认为那是店里的钥匙。"

"结果不是吗？"

"对，凌晨一点后，快到我们会合的时间，我们就离开咖啡店，准备锁门。"

"没想到——"龙见又插嘴接过话题，似乎只想说精彩的部分，"那把钥匙根本不对，钥匙太粗了，插不进钥匙孔。"

"钥匙不对……"喜多歪着头纳闷。

橘又接过话题。

"我和让二在门口弄了半天，这时三亿先生被刑警问完话后刚好回来，我们对他说，钥匙不合，他回答说：'对不起，对不起，我拿错钥匙了。'"

橘说到这里停下来，注视着喜多的脸。他的眼神似乎在说，怎么可能有人拿错自己店里的钥匙？喜多嘀咕道："不可能。"

"是不是？"

"就是说啊。那是把什么样的钥匙？"喜多轮流看着两个人。

"反正就是很粗，不是像摩托车那种锯齿状的小钥匙，反而很像校长室旧保险箱的钥匙。"

喜多大吃一惊。不，随口说出这句话的龙见最为惊讶，然后陷入沉默。

"……不能说不像。"橘的措辞很微妙。

——老板竟然有那座旧保险箱的钥匙。

这只是猜想而已。无论龙见还是橘，都没有说是同一把钥匙，但是喜多觉得好像窥视到难以想象的黑暗世界，背脊感受到和冷空气截然不同的寒意。

"反正……就是老板不希望被警察知道的钥匙。"

喜多嘀咕后,缓缓走向检票口。橘默默跟在他身后,龙见仍然站在阶梯中央。

"让二,下来啦!"

"哦,哦哦……"

龙见快步走下楼梯,喜多一拳打在他的肚子上。

"痛、痛死了啦,喜多郎……"

"不是要先去找坂东吗?"

喜多这句话同时也是说给自己听,然后把零钱投进了自动售票机。

2

走进校门后,三个人一起走去体育馆。经过自行车停车场,穿越"友谊小径",就来到体育馆前。

放学时间已过,学校内没什么学生,一群足球社的人吐着白气,经过他们。三年级的学生都已经离开社团,所以没有人跟他们打招呼,也没有人害怕他们。

果然不出他们所料,坂东在指导排球社练习。不用说也知道,他是魔鬼教练。他像速射炮一样连续将球打入球场,披头散发的排球社女生发出野兽般的叫声,浑身是汗的身体在球场上滚动。只不过匪夷所思的是,她们练得这么认真,在正式比赛时却百战百败。

"嘁，完全没有女人味。"

龙见觉得很无趣，从口袋里拿出香烟，又慌忙塞回口袋。

"怎么办？"喜多问，"要等到练习结束吗？"

"是啊。"橘点头回答，龙见吵着说："啊？叫他过来就好了啊。"

现在的练习是以在正式比赛中获得首场胜利为目标的，不可能轻易结束，他们蹲在门旁，犹豫着该不该叫坂东，还好坂东看到他们，于是就走了过来。

"哟，你们三个人都跑来这里干吗？"

龙见立刻起身装熟。喜多和橘决定就由龙见出面搞定。

"不是啦——"龙见立刻换上难过的表情，"我们猜想老师可能会很沮丧。"

坂东立刻愁眉苦脸。他并不是那种擅长隐藏感情的聪明人。

"你是说舞子老师的事吗？没想到她会自杀，实在无法相信。"

"对啊，我们都无法相信，觉得根本不可能啊。"

喜多和橘都看向坂东，用力点点头。坂东似乎想和别人聊一聊，便把球放在屁股下坐下，然后也叫他们一起坐下来。排球社的女生见状，都悄悄溜向饮水处。难怪她们永远打不赢比赛。

"而且啊，"龙见说，"报纸上说，肉弹……不，舞子老师失恋了，甩掉她的该不会是老师你吧？"

"这就是麻烦的地方。"坂东垂头丧气，"今天警察问了我老半天，因为我们的确曾经约会过几次。"

"果然是老师你吗？"

"喂喂喂，不要乱下结论，我不是她的男朋友。"

"那是谁啊?"

每次都一样,龙见完全掌握了谈话的主导权。

"我哪知道啊,因为是你们,所以我才说,你们千万别说出去。"

"没问题啦,我们又没朋友。"

龙见的回答很奇怪,但坂东一副完全同意的表情,压低声音说:"我被她甩了。上个月,我向她求婚……没想到她一口拒绝。"

"结婚!"龙见大喊一声,然后又慌忙捂着嘴,向周围张望。好在那些排球社的女生喝完水后正在闲聊。

"我超沮丧。"坂东继续说道,"她很迷人,个性开朗,我是真心喜欢她……"

坂东看起来很沮丧,连旁人看了都于心不忍。

"但是为什么呢?"龙见问。

"哪有为什么,我就是喜欢她的天真烂漫。"

"我不是这个意思,是说她拒绝的理由,她为什么拒绝你?"

"因为舞子老师有喜欢的对象啊。"

"那个人是谁?"

"这我就不知道了。"坂东凝望远方,"她是这么说的……'我很高兴你对我的心意,但是我没办法。'"

坂东用力抱着膝盖,把下巴放在膝盖上,已经搞不清楚谁是高中生了。

龙见做出表示无可奈何的动作,喜多继续问:"但是老师,光是这句话,根本不知道舞子老师到底有没有男朋友啊。"

"当时我有这样的感觉,她有喜欢的人,所以不能和我在一起。而且遗书——"

坂东说完，把手伸进运动服的口袋。三个人惊讶地互看一眼，橘代表其他两个人问："老师，你有那份遗书？"

"我影印的。在屋顶上发现鞋子和遗书的是我，然后我用最近新送来的复印机复印。"

他从口袋里拿出折成四折的纸，毫不犹豫地递给龙见。龙见慌忙打开一看，发现上面用潦草的笔迹写着凌乱的文字。

> 我不该爱上你，
> 自始至终都知道。
> 但是我无法忘记你，
> 忘不了你的声音，你的温暖，
> 我很想杀了你，
> 然后自己一死了之。
> 但是我做不到，
> 所以只能自我了断。

"这是什么？真的是遗书吗？"

喜多发出泄气的声音，看着坂东。

"当然是遗书啊。"坂东不悦地说道。

"肉弹会写出这种内容？我不相信，这一看就很假。"

龙见惊讶地说"这根本就像是没人听的演歌[1]歌词"。橘更是犀利批评"我看她是喝醉酒或是嗑了药吧"。

"笨蛋。"坂东瞪着眼睛说，"女人有很多不同的面向，更何

---

[1] 日本的传统歌曲类别。

况别看舞子老师那样，她其实是很规矩的女人。曾经有好几位老师追求她，她都拒绝了。你们不能以貌取人，事实上她很清纯，在恋爱方面很晚熟。"

虽然能够理解坂东为什么这么说，但他们三个人明明看过舞子在迪斯科跳舞的骚劲。

喜多开口："但是，这封遗书上完全没有肉弹的署名，而且不知道是要写给谁的——原来是装在信封里吗？"

"没有，就只有这张纸。"坂东说完，拿起复印纸，"这张纸塞在红色高跟鞋内，但是刚才刑警又来过，说这的确是舞子老师的笔迹。"

"是哦？"三个人同时惊叹，但喜多立刻摆脱惊讶的情绪，指着那张纸问："这些线是什么？"

仔细一看，遗书的复印件上有无数条淡淡的平行直线，间隔大约一厘米左右，再定睛仔细看，除了直线，还有几条斜向扭曲的线。

"哦，你是问这个啊。"坂东回答，"这是因为原本的遗书折得很细，而且又扭了好几下，纸变得很皱，在复印件上就印出了这些折痕。"

"什么意思？"龙见问。

"你听不懂吗？就是遗书原本像签纸一样折起来。"

三个人都茫然地看着他。

坂东咂咂嘴，把复印纸折得很细，然后像拧抹布一样用力扭了几下。复印纸立刻就变得像小孩子玩的纸剑一样。

"原本是这样。"

坂东微微起身，一口气说完这句话，因为排球社的经理一个劲儿地叫他:"老师、老师!"排球社所有女生都瞪着这个告状的经理。

"啊,老师,这个——"龙见把扭成一团的复印纸递还给坂东,但他回了一句:"丢掉吧。"然后就转身走去球场。虽然他复印了遗书,但可能发现留在身边很痛苦。

遇到这种情况时,喜多他们都会去一个地方。他们爬上屋顶的水塔,用打火机压住遗书复印件。

"你们有什么看法?"喜多问。

龙见竖起鲜红色风衣的领子说:"既然警察说是肉弹的字,应该就没错吧。"他的声音听起来有点儿泄气。

"但是,这不是很奇怪吗?她明明是被人杀害,却留下遗书。"

"搞不好其实是自杀。"

"让二!"喜多火大地喊道,"那是谁把她塞进保险箱?"

"但是……"

"但是个屁啊,你这个王八蛋!更何况是你说我们要找出凶手的,别搞不清楚状况。"

龙见就像啄木鸟一样连续点了好几次头,表示他在反省,但表情似乎在说:目前的情况太复杂了,我搞不懂。

"王八蛋!"喜多又骂一次,然后转头问身旁的橘:"你认为呢?"

"……"

喜多刚才就发现,向坂东道别之后,橘一句话都没说。

"喂,橘!别把我的话当耳边风!我在问你的想法。"

平时发现橘陷入惆怅病时,喜多都不会理他,但今天他心情太烦躁了。

"喜多郎,你别这样。"

龙见忘了是自己惹喜多生气,在一旁劝说道。这时,橘突然抬起头,皱着眉头,眼神很凶,似乎在钻牛角尖。

"喜多郎。"橘叫道。

"干吗?"

喜多冷冷地回答,但他发现自己在橘的气势面前有点儿畏缩。

"终究是人。"橘幽幽地说,"如果不是用言语说明就无法相信,只相信自己亲耳听到的事……不是吗?"

"干吗突然说这些……"

橘每次脱离惆怅病时说的话都令人费解。

"言语,就是言语——"橘说完,直视龙见。

"干、干吗?"龙见问。

"让二,你那天晚上是不是用了暗号?"

"'那、那天晚上'是什么意思……"

"什么暗号?"喜多插嘴问,但橘没有理会他,继续逼问龙见。

"你是不是用了暗号?"

龙见移开视线,然后沉默不语。他身体发抖,显然不是因为冷风吹来的关系。

"我一直在思考,"橘静静地说,"我回想那天晚上的事好几次了。当尸体从保险箱掉出来后,你逃出校长室。当你逃出校长室之后,你说了什么?"

"……"

"死就死,别管这么多了啦——你当时这样大叫。"

"啊!"喜多轻轻叫出声。说话时第一个字是"死"这个字,在暗号中就是"快逃"的意思。

橘仍然注视着龙见。

"这句话太奇怪了,一直留在我耳边。你在打麻将时,经常因为找不到合理的语句,就乱说一通,那天的情况就是那样……让二,我说错了吗?"

龙见没有回答。

"这到底是怎么回事?"

喜多无法理解橘想要表达的意思,再次插嘴问道。

橘没有回答,观察着龙见的反应,然后说出结论。

"那句暗号并不是对我或是喜多郎说的,而是对躲在英文准备室的家伙说的,叫那个家伙赶快逃,然后那个家伙就跳窗逃走了。"

"橘,等一下!"喜多一片混乱,但橘伸手制止他,继续说道:

"你看到尸体后,就逃出校长室,那时候,你看到英文准备室的人,于是就在情急之下说出暗号,示意那个人赶快逃走——是不是这样?"

龙见埋进风衣领子的头微微点了一下。

"让二,你这家伙!"喜多大叫,"真的吗?那个家伙是谁?"

"是相马。"橘说,"除了我们三个人,不是只有那个家伙知道那个暗号吗?"

喜多瞪大眼睛看着龙见。

"我其实不知道是不是相马……"龙见叹气,"我没有骗你们，我不知道是不是相马，只看到人影从门旁闪过。"

"真的吗？"橘问。

"我不会说谎。"

"那你为什么用暗语？"

喜多加入逼问的行列。

"因为我当时觉得，除了我们，只有相马会偷偷闯入学校，情急之下就基于平时的习惯说了暗号。"

喜多脸色大变，抓住龙见的胸口。

"让二，你这个家伙是不是把罗宾计划跟相马说了？"

"我、我没说啊！真的，真的啦，你们相信我。"

龙见不停地说着"相信我"这三个字，然后用求助的眼神看着橘。

"喜多郎，你别这样。"橘说。

"但是这家伙有事瞒着我们，而且搞不好就是那个逃走的人杀了肉弹。"

"看吧？我就知道，你们果然会这么想！"龙见发出怪叫，"你们绝对会这么想，所以我才不敢说出来。如果我说错话，你们就会以为是相马杀了肉弹。"

"事实可能就是这样啊。"

"的确，但是我真的没看到是不是相马。"

"那个人听到暗号就逃走了，当然就是相马啊。"

"不——"橘开口说道，"我原本以为让二看到的是相马……但是，如果不是，的确就无法确定是不是相马。"

"为什么？"喜多问，"还有其他人知道那个暗号吗？"

"无论知不知道那是暗号都会逃走。那人听到让二大叫，必定会觉得大事不妙，然后就逃走了——这样是不是很合理？"

原来是这样。喜多心想。

虽然不知道是谁、基于什么目的溜进学校，但地点是在深夜的教师办公室，一定是基于不可告人的目的。和暗号无关，那个人是因为听到他们说话的声音，便吓得逃走了——这种可能性的确存在。

"既然这样，这件事就到此结束，反正不知道是谁。"

龙见不想继续讨论这件事。

"不——"橘借着外套挡风，点起烟，"有必要直接问问相马。"

"对。"喜多点点头，"否则心里会很不舒服。"

龙见拼命摇头。

"我才不要。"

"还不是因为你说了无聊的暗号，才会让事情变得复杂。"喜多双目圆睁。

"饶了我，拜托饶了我。你们如果想问，就自己去问，我一直和他搭档打麻将，不忍心欺负他。"

"我们哪有欺负他？"

"总之我不去，听到了吗？我不去。"

"王八蛋——"

喜多几乎就快扑向龙见，橘拉住喜多的袖子，问道："让二，相马都在哪里打麻将？"

"听说在大冢车站前的麻将馆。喂，你们真的要去吗？"

喜多和橘硬拖着不想去的龙见走向车站。龙见坚持说要去打工推销百科事典，然后使出蛮力，挣脱他们。

"让二，我要宰了你！"

喜多不顾周围有人，大声咆哮道。龙见做出求饶的动作穿过月台，跳上刚好驶入月台的反方向电车。

3

喜多和橘走出大冢车站后，便立即进入近在眼前的麻将馆"和了"。他们向五十岁左右、态度冷淡的经理打听，经理告诉他们，这里的确是相马经常出入的地方，但今天他并不在这里。

"你知道他家住在哪里吗？"喜多问。

"大致知道，就在后面小巷子内的公寓。"

橘走向经理转头看着的方向。

他们穿越渐渐开始亮灯的餐饮街，走进小巷里，在弯弯曲曲的巷子内走了一小段路，看到一栋摇摇欲坠的两层木造旧公寓。公寓的后方是许多高围墙的豪宅，两者简直有天壤之别。之前吵架后分手的太田惠郁就住在高级住宅区内，令人惊讶的是，在相马家的后方，就能看到那栋熟悉的三层楼屋顶，喜多很担心惠郁突然从那栋豪宅中探出头，所以有点儿心神不宁。

天色已经变暗，公寓周围没有路灯，光线更加昏暗。一个身穿运动服的女人在黑暗中用旧式洗衣机洗衣服，发出巨大的声响。她瞥了他们一眼，但立刻转过头，把看起来刚从小孩身上脱下的脏衣服丢进洗衣机的水流漩涡中。

"不好意思，请问相马先生住在哪一户？"

喜多用彬彬有礼的声音问，女人没有回答，用下巴指向后方的房间。喜多作势踹向她肥胖的背影,但听到橘叫了一声"喂",立刻转头看过去。

站在门前的橘的眼神写着"事态好像很严重"。喜多也倒吸了一口气。

——太惨了。

公寓的门是夹板做成的薄门板,没有门铃,没有信箱,不知道是否拿下了门牌,只看到门旁留下长方形的白色痕迹。这栋房子缺乏该有的东西,门上写着大大的涂鸦,贴满纸张。"窃贼""还钱""拿命来"——

"是不是欠了高利贷……"

喜多满脸嫌恶地说。地下钱庄地狱。最近经常听到这种说法。

"好像是。"

橘小声回答,将手放在门把上。

"门锁着。"

"没人在家吗?"

"但是——"橘说完这句话,看向左侧的窗户。窗户的毛玻璃透出淡淡的亮光。

喜多点头,动手敲门。

没有人应答。

他又用力拍门,最后门都被拍得发出叽叽吱吱的声音,仍然没有人出来应门。

"果然没有人在家。"橘说。

"白跑一趟吗?"喜多咂着嘴,离开门口,这时,屋内传出一声"嘎嗒"。

两个人立刻互望一眼。

喜多再次敲门。

屋内没有人应答。

"刚才真的有声音，对不对？"喜多问。

橘点点头，低声问："要不要进去看一看？"

"进去？要怎么进去？"

"小事一桩，看我的。"

橘抓住脚下装满空瓶的纸箱，确认刚才那个洗衣服的女人走回房间后，利落地撕下了纸箱的一角，然后把纸板硬塞进门缝中，确认门锁的位置后，一只手转动门把，就像在拉锯子般，把纸板用力向下一拉。

咔嗒。

橘说得没错，门轻而易举地打开了。

喜多惊讶不已，橘对他露齿一笑。

"以前我朋友家就是这样，所以我很拿手。"

"太厉害了，既然这样，你为什么不用这种方式打开教师办公室的门？"

"那扇门不行，几乎没有门缝，必须是这种破门才行……先别管这么多了，我们进去看看。"

"好。"

一打开门，恶臭扑鼻而来。那是生鲜垃圾腐败的味道。

"喂，这里真的有人住吗？"

喜多把头别过去，橘用手捂住鼻子，但仍然探头向屋内张望。

一进门，就是狭窄的厨房，后方有一个房间，而且似乎只有一个房间。隔开厨房和房间之间的纸拉门破烂不堪，灯光从破洞中渗出。

"打扰了。"

"有人在吗?"

两个人轮流向屋内问道,但还是没有人应答。这时,橘突然开始脱鞋子。

"喂、喂……橘,别乱来。"

"我觉得有人在里面。"

橘嘀咕着,不顾喜多的制止,走进厨房。他慢慢走进去,但不小心被丢在地上的啤酒瓶绊了一下。

嘎啷嘎啷。喜多和橘立刻缩起脖子。就在这时——

"爸爸不在。"

后方传来小声说话的声音。

喜多大吃一惊,但这种惊讶立刻变成另一种惊讶,蹿向他的脑袋。

——是那个小女孩。

喜多慌忙脱下鞋子,慌慌张张地走进屋,推开橘,拉开纸拉门。

果然没错,就是上次的那个小女孩,在麻将馆见到的相马妹妹。她用暖炉桌的被子盖住了全身,只有脑袋从榻榻米和被子的缝隙间露出来。

"爸爸不在家……"

小女孩重复道,她毫无表情,但微微透出一丝怯色。

"妈妈也不在……我们家没有钱……"

她的声音就像是录音带,一次又一次回放,然后慢慢钻进被垃圾淹没的暖炉桌内。

喜多趴在地上,双眼看着小女孩,说话的声音有点儿紧张。

"不是，我们不要钱。"

"对不起，对不起，家里真的没钱，对不起。"

"不是你想的这样，我们不是来要钱的，我没有骗你。"

"家里没有人，对不起。"

小女孩带着哭腔说道。

喜多拼命克制内心涌现的强烈感情，一字一句地说："不是，我们是相马……是你哥哥的朋友，是很好的朋友。"

"……"

小女孩已经完全躲进暖炉桌内，只露出眼睛和鼻子，目不转睛地盯着喜多的脸。

"你应该还记得我吧？我们上次在打麻将的地方见过。"

"嗯。"

"太好了——那你出来吧。"

"……没有钱……没关系吗？"

"没关系。"喜多用力摇着双手，然后突然想到了什么，"啊！你吃饭了没？有没有吃饭？"

"……"

"吃了吗？"

"……还没有。"

小女孩用几乎听不到的声音说。

"既然这样，我们带你去吃饭。你想吃什么？咖喱吗？还是汉堡？"

喜多简直拼命想方设法，以至于让橘对小女孩的关注，转移到了喜多的身上。

"我不可以出门……"小女孩说。

"谁这么说？"

"哥哥。"

"你哥哥去了哪里？"

"不知道，但是哥哥说，在他回家之前，我不可以出门……"

小女孩在说话时，肚子发出咕噜声。

"不然这样，"喜多振奋地说，"我们来叫外卖，然后一起在这里吃。怎么样？这样就没问题了吧？"

"嗯。"

"你想吃什么？"

"……拉面。"

小女孩有点儿害羞地说，小脸蛋上漾着笑容。

"好，那就吃拉面。"

喜多兴奋地在房间内东张西望，但没有看到电话。

"喂，橘——"

"嗯，街角有一家店，我马上过去点。"

"拜托你了。"

喜多有些不好意思，但声音难得充满活力。

橘很贴心，没有点普通的拉面，店家送来的是叉烧拉面。

"来，赶快吃吧。"

"嗯。"

小女孩狼吞虎咽地吃着面，在瞪大眼睛的两个人面前，转眼间就把一人份的拉面吃完了。她可能饿坏了，一双小手捧着碗，咕噜咕噜地开始喝汤，最后举起碗喝完，大碗遮住了她整张脸，汤汁顺着她的嘴角流下来。"啊！"喜多接过面碗时，小女孩慌忙用暖炉桌的被子擦着原本放在腿上的绘本。

"书湿掉了吗?"

"没有,没关系。"

小女孩小心翼翼地把绘本放回腿上。绘本封面上有三只熊坐在草原上吃三明治,不知道是不是一家人……

啊。喜多突然想起一件事。

——上次在麻将馆时,她也抱着这本绘本。

"你很喜欢这本绘本。"

喜多微笑着说,小女孩开心地呵呵笑着。

"这是妈妈买给我的。"

"这样啊。"喜多点点头。橘悄悄向他咬耳朵:

"我在拉面店时听人说……他们的爸妈在半年前跑路了,看来是欠了高利贷没错。"

喜多说不出话。

——难道这个小女孩不知道吗……

相马的父母抛下相马和他妹妹消失,而被抛弃的小女孩仍然把妈妈买给她的绘本当宝贝似的紧紧抱在胸前,然后重复着"家里没有钱"。

——开什么玩笑。

喜多在内心怒吼。父母因为自己的过错而抛弃孩子,但这个小女孩仍然认为他们是好父母,这让喜多无法原谅。

橘又出门去买零食,喜多把零食附赠的贴纸贴在小女孩的脸上逗她发笑,陪她玩了一个小时,等待相马回家,但其实这只是他想继续陪伴小女孩的借口,喜多完全不打算再质问相马。

小女孩很快就睡着了。

"喜多郎，我们无能为力。"

橘注视着小女孩熟睡的脸庞说。

"嗯，我知道。"

喜多回答后，为小女孩盖好被子，然后下定决心起身。

"真想杀了这种父母。"

"是啊。"橘点点头，拍了一下喜多的后背。

他们捡起房间内的垃圾，塞进塑料袋，然后拎着垃圾，蹑手蹑脚地走出去。橘在离开时，又重新锁好门。

风停了，他们无精打采地走在路上，皎洁的月光落在他们身上，在路上投下阴影。

"如果相马知道今天的事……一定又会打人。"

橘幽幽地说。

"没关系啊，他要打就打啊。"

"没错。"

"就是嘛。"

他们在大冢车站前道别。

喜多很想独处。他握着山手线的吊环，站在空荡荡的地铁车厢内，直接回到家。

昏暗的客厅内，电视的苍白亮光照在父亲茫然的侧脸上。

他没有向父亲打招呼，就直接走上二楼，直挺挺地倒在床上。舞子的遗书、龙见那天说的暗号，还有相马妹妹的事……

他闭上眼睛，很快就睡着了。

喜多睡得一身汗。

他梦见妹妹初子哭着逃回家。

4

隔天——

他们三个人遇到了意想不到的情况。

喜多担心舞子的事，于是难得早上就去了学校。这天是发期末考试考卷的日子，第一节课会发现代国文的考卷，班主任藤冈按照点名簿上姓名的顺序，把每个学生叫到讲台前，把考卷交还给他们。

"尾岛——这次很努力。片冈——嗯，差强人意……"

喜多就在"片冈"后面，他准备站起来。

"熊野——"

藤冈跳过喜多。

熊野纳闷地瞥了喜多一眼，快步走向讲台。

"老师——"喜多粗声粗气地问，"我的呢？"

藤冈假装没有听到，轻轻戳着熊野的头数落说："如果再不用功点，考大学就很危险。"

"喂！现在是怎么回事！"

喜多强而有力地吼道，全班都能听到他的叫声，但他感到一丝不安。虽然藤冈无视他是常有的事，但这是第一次不把考卷发还给他。

——搞不好让二和橘也……

喜多的不祥预感向来很准。

下课铃声响起后，他来到走廊上。龙见上气不接下气地跑过来。

"喜多郎,你拿到考卷了吗?"

"我就知道。"

橘很快出现,他一如往常,并没有慌张,但神色凝重。他也没有拿到考卷。

"是不是被发现了?"

"他们怎么可能发现?"

"既然这样,为什么只有我们……"

他们的讨论在原地打转,无法得出结论。事到如今,只能等待校方出招。罗宾计划很周详,不可能轻易被发现,无论发生什么状况,都要矢口否认——他们得出这样的结论后,回到了各自的教室。

第二节课和第三节课的考卷也都没拿到,班上的同学都窃窃私语,偷瞄喜多。喜多整个人靠在椅背上,带着一脸不悦,故作平静,但内心七上八下。

——不可能被发现。

他就像念经般嘀咕着这句话,这时,讲台上突然传来一个声音。

"喜多——放学后来办公室。"

藤冈说话时没有看他。藤冈知道无视捣蛋的学生是顺利上课的唯一方法,所以从来不会正视喜多。藤冈从春天开始就一直坚持这种态度,久而久之,班上的同学也都假装对喜多的言行漠不关心,可见老师即使没有任何优点,不求有功,但求无过,仍能教会学生一点东西。

因此,即使喜多咄咄逼人地问:"我为什么要去办公室?"藤冈也不理不睬,班上的同学把他当空气,都忙着聊天。

不,只有一个人不一样,那就是太田惠郁。她坐在第二排,整个人都转过来看着喜多,有一颗泪痣的脸上写满担心。她这次的考试成绩似乎不太理想,每次拿到考卷,就开始愁眉苦脸,但她现在似乎更担心喜多的状况。

一下课,惠郁就跑了过来。

"喜多郎,你闯了什么祸?"

"我不是告诉过你,不要叫得这么亲热吗?"

"对不起……但是我很担心……"

"你少管闲事。"

"你这个傻瓜,我明明是在担心你。"

"你担心吉他哥就好。"

"我不是说了我们已经分手了吗?"

"不要因为你们分手就跑来纠缠我!我的事和你无关!"

他摆脱惠郁,勇敢地走去教师办公室,但脚步渐渐变慢。他虽然是教师办公室的"常客",但每次被叫去办公室,心情还是很沉重。那些热烈讨论考试的同学,简直就像是活在另一个世界的动物,经过他的眼前。虽然以人数来说,喜多才是异类。

白天的教师办公室异常明亮。

龙见和橘果然也被叫来办公室,两个人都端坐在副校长办公桌旁的沙发上。喜多向他们使了一个眼色,表示学校不可能知道他们干的好事,然后一屁股坐在沙发上。不一会儿,教务主任新里武吉出现,重重地坐在他们三个人对面,手上拿了几张纸。

"你们是不是作弊?"

教务主任劈头相当强势。新里就像校长的走狗,他们三个人根本不怕他。新里很清楚他们并不把他放在眼里，但八成是因为校长和副校长就在附近看着这一幕，他只好虚张声势。喜多他们发现体育老师坂东也在旁边，如果表现出嚣张的态度，在办公室正中央挨坂东的巴掌就惨了，因此三个人不敢表现出反抗的态度。坂东的表情也很可怕，好像随时会扑过来。

"为什么不说话？你们是不是作弊？喂！你们说实话啊！"

新里发现自己占了上风，大声咆哮。

"什么意思？"橘冷冷地说，"你不要发脾气，好好说清楚。"

这种交涉都交给橘处理。这也是他们在课间休息时讨论后决定的事项之一。

新里咂咂嘴，向旁边瞥了一眼，八成是在偷瞄校长。

"我知道你们作弊，早点承认比较好。"

"比较好？对谁比较好？是对老师的处境比较好吗？"

"你说什么！"新里露出满口的金色和银色假牙，"你们打算装糊涂吗？到时候后悔就来不及了！"

"我们没有作弊，也不会后悔。"

橘毫不犹豫地反驳，新里一时语塞，但是，他那张长脸上浮现出人意料的笑容。

——他手上还有其他牌。

喜多凭直觉这么认为。

"那好吧。"新里从容不迫地说，然后把手上的纸摊在桌子上，"你们看一下这里。"

那是三张答题卷。是现代国文的答题卷。

"就是这里。"

新里的手指指向"第七题"。

那是一道阅读题。阅读题就是阅读例文后，写下文意和概要，听写汉字，第七题是回答例文的作者是谁。

"啊！"喜多忍不住轻轻叫了一声。

三张答题卷上都写着"谷崎润一"。和龙见的"让二"一样，少了"郎"这个字。现代国文是第一天考试，喜多和橘都睡死了，龙见一个人翻课本写好答案。不知道他是没睡醒，还是基于写自己名字的习惯，没写上"郎"这个字。不，龙见这个家伙可能根本就认定作者名叫"谷崎润一"。总之，三个人的答题卷上都只写了"润一"，难怪会被老师怀疑作弊。

——真是个废物。

喜多低下头，斜眼瞪着龙见，但是龙见并没有讶异，反而纳闷地瞪大眼睛。果然如此。他认定正确答案就是"谷崎润一"。

"怎么样？"新里问，"怎么可能三个人同时犯这么蠢的错误？"

"这很正常啊。"

橘在回答时没有皱一下眉头，想必他已事先想好回答问题的对策，便能不假思索地说出借口。

"我们前一天晚上一起复习，所以三个人都搞错了。"

"什、什么？"

新里再度龇牙咧嘴。

橘实在太厉害了。喜多不由得佩服不已，他以为这下子可以获得无罪释放。

但是，真正的危机还在后头。

"那我问你们，"新里语气很重，"为什么你们三个人连笔迹都一样呢？"

"呃……"橘说不出话。

新里乘胜追击。

"喂,怎么样?你们一起复习,会连字也写得一样吗?"

——这下子死定了。

喜多觉得眼前一片黑暗。龙见一个人写了三份答题卷,笔迹当然都一样,而且龙见的字都严重向右倾斜,在目前的处境下,这么有特色的字太可恨了。

"根本不像啊。"

龙见强词夺理。

这句话似乎点燃新里的怒火。

"是哦,是哦,不像啊……"

新里用可怕的语气说着,把三张答题卷姓名的部分折起来,好像在玩扑克牌般放在膝盖下方洗了几次,又好像在玩牌般排放在桌子上。

"那你们选出自己的考卷。"

三个人面面相觑。每张答题卷上都是龙见的丑字。

"哪有人不认得自己的字?快啊,赶快找出自己的考卷。"

——概率是三分之一。

唉,只能硬着头皮上了。喜多拿起中间那一张。翻开折起的部分,发现是"龙见让二"的名字。龙见拿到"橘宗一"的答题卷,橘不需要拿考卷,就知道是三战全败的结果。

办公室内响起新里得意的笑声,喜多和龙见沮丧不已,橘认为一旦开口,反而会不利,于是沉默不语。新里笑了半天,然后又瞥向校长,似乎在察言观色,最后小声问他们三个人:

"你们说说看,究竟是怎么做到的?"

三个人都惊讶地抬起头。

新里沉不住气地探出身体。

"你们就投降吧,到底是怎么作弊的?"

新里已经收起笑容。

三个人又再次低下头,相互交换眼色。

新里不知道他们作弊的手法,因此伤透脑筋。虽然知道他们作弊,但不知道他们用什么方法作弊。他们在不同班,在不同的教室考试,照理说,不可能有办法作弊,更不可能交出笔迹相同的答题卷。其实只要按照常理思考,就会想到他们三个人一定事先拿到了答题卷,但新里多年的教职让他的思考变得僵硬,似乎想不到这种"不可能的行动",他完全没有想到学校方面有管理疏失的可能性。

——只要我们不说,他们就查不出来。

橘说出了喜多的想法——

"或许我们的笔迹真的很像。"

"啊?"

新里渐渐失去自信。

"但是我们没有做任何坏事。"

"反正迟早会知道。"

"这就是所谓的诬陷吧。"

"算了!"新里心有不甘,龇牙咧嘴,"你们在家闭门思过两三天,等我查到了你们的作弊手法,就会通知你们。"

"我们什么都没做,你不可能查到任何事。"

橘起身时说道。

"你们赶快走!"

"赶快把考卷还给我，我妈很期待哦。"

龙见起身时耍着嘴皮，喜多和橘迈着轻快的脚步走在龙见身后，和刚才来这里时判若两人。新里怒气冲冲地对着他们的背影说："你们闭门思过期间，不可以出门！"

龙见扮着鬼脸，喜多和橘都重重地吐出一口气。虽然遭到出其不意的攻击，但意想不到的逆袭奏效。第一局算是双方各挨一拳。

5

三天后，他们被叫去学校，校长亲自宣布对他们的处分。

无限期停学——

"什么！"龙见跳了起来。

"校长！"橘不服气地走向前，"无限期是到什么时候？"

校长三寺一双大得几乎快掉下来的眼睛瞪着他们，点着头。

"就和监狱一样，如果是模范受刑人，就会获得减刑，如果态度不佳，就会关一辈子。你们就是到毕业典礼为止，只不过这么一来，就必须留级了。"

三寺把他们比喻成囚犯，然后冷笑一声。校方一定很想宣判他们这三个坏学生死刑。

"停学的理由是什么？"

喜多不服气地问。

"就是这次的作弊——但不光是这件事而已。旷课、抽烟、没有向学校报备就打工、出入不正当场所——是针对所有这些行为算总账。"

"太扯了!"

"怎么可以算总账?太过分了!"

橘制止怒不可遏的喜多和龙见,问三寺:"我们什么时候作弊了?"

"没错,直到最后都不知道你们用什么方式作弊,所以就把抽烟和其他这些行为全都加进去。"

"这太、太卑鄙了!"龙见弯下身体,咬牙切齿地说。

"卑鄙的是你们三个人!你们这三个过街老鼠,最好赶快离开学校!"

"噢哟!"龙见发出奇怪的声音,缩起脖子。

"学校不是给你们这种人渣玩乐的地方!"

三寺引以为傲的洪亮声音用来说出这种难听的话,相当有震撼力,他大学在体操部,和体育老师坂东差不多,三寺原本就不是什么品学兼优的人,他在学校出了名的坏学生面前,终于表现出本性。他故意在办公桌上放着很重的哑铃,表现出"我才不会输给你们"这种幼稚的斗争心。三寺就是这种货色。

"我明白了——但是如果我们离开学校的话,校长您也不会有好下场。"

橘不知道在想什么,对着三寺撂下狠话。

"什么?"三寺一拳打在桌上,"什么意思?你给我说清楚!"

喜多猜不透橘的想法,开始慌张。如果继续惹毛三寺,真的会被退学——龙见的眼神透露出他的想法,但橘一如往常地冷静,他停顿一下,说出令人震惊的话。

"MM。"

喜多感到轻微眩晕。不，他的确有点儿腿软。

没想到橘竟然提到了校长室办公桌抽屉内记事本上的内容。龙见和橘打过电话后，已经确定姓名缩写"MM"就是岭舞子，校长和舞子之间可能有特殊的关系。虽然不能排除这种可能性，但是说出"MM"这两个字，不是等于坦承我们曾经潜入过校长室吗？而且，"MM"的姓名缩写再怎么可疑，还是无法确定能够让三寺一击毙命。一旦他们潜入校长室这件事曝光，就会马上遭到退学——橘显然孤注一掷，用掷色子的方式赌一把。

"MM？那是什么？你把话说清楚！"

"MM是女人名字的缩写，"橘好像在玩猜谜游戏般说完，然后再度放话，"我真的可以把话说清楚吗？"

三寺的牛眼瞪得更大了，原本通红的脸渐渐变得苍白。

"我、我听不懂什么意思，你们到底……"

三寺显然开始惊慌失措。

"请校长再重新考虑无限期停学的事。"

橘说完这句话，鞠了一躬。

"出去！赶快给我出去！"

色子似乎滚向对橘有利的位置。

三个人被赶出校长室，穿越教师办公室时，龙见轻轻戳着橘的侧腰，眼中露出笑意。喜多偷偷用手捂住脸，拼命忍着笑，以免被老师发现。

三寺刚才慌张的样子，他在记事本上记录的肉弹电话，显然不只是用于校长和老师之间的联络这么简单。果然是婚外情吗？不，可能有更重要的、更重大的秘密，也许——

当思考天马行空时，喜多收起笑容。

——是校长杀了肉弹吗？

"我说橘啊，你不要吓人好不好？突然就亮出MM这张牌。"

来到走廊上，龙见开心地蹦跳着说。

"我心脏都快停了。"原本在沉思的喜多浮现苦笑，加入他们的对话。

"不好意思，不好意思，"橘回答说，"我只是突然搞懂了。"

"突然搞懂了？"喜多问。

"就是那个信封。打开保险箱时，肉弹的口袋里掉出来的信封，我不是捡到了吗？"

"哦，你是说写了考试答案的那张纸。"

"那个信封八成是校长交给肉弹的。"

龙见停止蹦跳。

"怎么说？"喜多瞪大眼睛。

"也不是那么明确……只是，那张纸上不是同时写了汉文和公民道德的答案吗？"

"是啊。"

"肉弹教英文，无论怎么想，她都不可能知道汉文和公民道德的考卷答案，于是我就想到，谁可以事先知道不同学科的老师出的考卷答案。"

"原来如此……校长就有办法知道。"

喜多说，龙见不停点头。

"没错，"橘又接着说，"如果校长基于某种理由，把考试答案告诉肉弹，就可以解释为什么在记事本上用MM这种隐晦的代号写她的名字。我想到这件事之后，就很想看一看校长的反应，于是就脱口而出。"

喜多和龙见纷纷低喃。他们认为橘的推理似乎正中要害。

"但是，橘，我问你，"龙见说，"为什么校长要把考卷的答案告诉肉弹？"

"就是不知道，所以才伤脑筋啊。"

喜多很烦躁，这时，听到身后有人叫他们。

原来是体育老师坂东。

他们的谈话内容太敏感，三个人都抖了一下，坐直身体，没想到坂东愁眉苦脸。他叫他们来到水塔的位置，点燃香烟，然后将烟分给他们，示意他们一起抽。

龙见胆战心惊地接过烟问："老师，你找我们有什么事？"

"嗯——"坂东点点头说，"你们运气很好。"

"老师，这个玩笑一点都不好笑，我们被无限期停学欸。"

三个人都嘟起嘴，坂东一脸愁容，继续说下去。

"不是有一个学生叫相马吗？就是整天打麻将的……他被退学了。"

"啊啊！""什么时候！""为什么！"

三个人都大声嚷嚷着问坂东。

"你们不要激动，等一下，听我说。"坂东举起双手，但龙见仍然停不下来。

"为什么嘛？为什么相马被退学了？"

"学校发现他窜改点名簿，今天上午在教职员会议上讨论这件事，相马被处分退学。你们的情节没有相马那么严重，就处分无限期停学，所以我才说，你们运气很好。"

"窜改是什么？"龙见语带颤抖地说。

"你不知道吗？相马那家伙把点名簿上缺勤的记号改成迟到，

在出勤天数上灌水。"

"啊！"龙见大吃一惊。喜多也问："有办法做这种事吗？"

"很简单啊，缺席的记号不是斜线吗？迟到的记号是打叉，只要加一条线，把缺席变成迟到就行了，这样就变成只是迟到。英文、现代国文、数学、世界史……相马窜改了所有学科的点名簿。"

"那为什么会被发现？"

"重点就在这里。虽然他的行为很大胆，但似乎少根筋。"坂东苦笑着说，"教数学的广濑老师用蓝色墨水的笔点名，相马竟然用黑色的笔窜改，所以一眼就看出来了。"

三个人听到这里，终于明白了。

那天晚上在教师办公室的人果然是相马，他潜入办公室窜改点名簿。由于在黑暗的房间内窜改，看不清是蓝色墨水还是黑色墨水，结果犯下致命疏忽。跳窗逃走的人也是相马，三个人走进办公室时，相马正在英文准备室窜改记录，听到龙见的暗号就跳窗逃走了——一切都合情合理。

同时，又解开了另一个谜团。那就是相马几乎没有到学校上课，还可以顺利升级。他之前应该就已潜入学校好几次。

"但是，"坂东说，"目前并不知道他是什么时候窜改的，如果他轻易闯入办公室，就是老师管理不周，不是相马一个人的错。"

三个人都默然不语地低下头。坂东很同情相马，对于他们三个人也还好，至少目前没有敌意，但即使这样，仍不可能把事实真相告诉他。

"先不说这个，你们也闯了大祸。老师认为你们不是作弊，而是偷走考卷。"

三个人都不敢呼吸。

"怎么可能？要去哪里偷考卷？"

龙见立刻大声地问，三个人都屏住呼吸，等待坂东的回答。

"印刷室啊，有几个老师怀疑，你们是不是从垃圾桶里偷走印坏的考卷。喂，真的是这样吗？"

"我们才没有做这种事。"龙见一个劲地摇头，然后又小声问，"结果呢？"

"最后还是不知道，结论就是，以后要注意锁好印刷室的门。"

紧张感一下子消失，三个人都放声大笑。事迹败露的危机彻底消除。坂东搞不清楚状况，跟着笑得露出了牙龈。

"所以，老师——"喜多拼命忍着笑问，"是校长还是谁要你来问我们真相，你才找我们来这里吗？"

"不是不是。"坂东在脸前摇着手，"你们还有几个月就毕业了，找你们麻烦也没意思。不是你们想的那样，我是希望你们去安慰一下相马，想拜托你们。"

三个人立刻收起笑容。

"他被退学后，学历就变成只有初中毕业，之前找好的工作恐怕会泡汤……"

"他……已经找好工作了吗？"龙见问。

"对啊，太平洋车用电子零件厂。相马很高兴，只不过这下子泡汤了。"

坂东的话重重打在三个人的心上。

6

那天晚上，喜多被楼下一直响个不停的电话铃声吵醒。他微微睁开一只眼，看了一眼闹钟，发现是凌晨两点多。

吵死了，吵死了。他一路叫着冲下楼梯，发现父亲把卧室的纸拉门打开一条缝，微秃的脑袋和肩膀无力地探向走廊。

喜多没有理会父亲，走向电话座架，接起电话。

"喂，这里是喜多家！"

"喂，我是……惠郁。"

喜多把话筒从耳边移开，瞪了一下，然后又转头瞪向走廊，借此告诉父亲，不是母亲打来的。父亲的脑袋缩回去，纸拉门无声地关上。

"喂，喂……"

喜多吸口气，再次把话筒放在耳边。

"这么晚打来，有什么事吗？"

"对不起，但是出了大事……"

惠郁的声音在发抖。

"到底是什么事？"

"相马同学死了。"

喜多又把话筒从耳边移开，但又立刻紧抓着话筒放回耳边问："死了？"

"对啊……听说他在家里上吊……"

惠郁带着哭腔的声音刺进耳朵。

177

"相马自杀？"

"听说是这样……他还在读小学的妹妹对邻居说，哥哥死了……于是警车和救护车都去了他们家。我家不是离相马家很近吗？我爸爸去打听了，说相马同学自杀……我吓坏了，所以……"

喜多觉得视野扭曲起来。

相马死了。自杀。

他完全没有真实感。虽然对相马的死没有真实感，但另一种痛苦的感情涌上心头。

——早知道应该去找他。

白天时，体育老师坂东请他们去安慰相马。他们是打算这么做，但是三个人都因为无限期停学处分，心情有点儿郁闷，于是决定明天再去找相马，也认为相马到了明天，心情应该会比较平静。他们用这种冠冕堂皇的理由拖延后，就在学校解散，各自回家。

但是，没有明天了，相马死了——

"喂，喂……"

"谢谢你通知我。"

喜多真心道谢后挂上电话，立刻打电话到龙见家。

"是我。"

"哦，原来是喜多郎，有什么事吗？"

龙见的声音带着睡意。

喜多停顿一下。

"相马自杀了。"

"别骗我。"

"我没骗你,他真的死了。"

他死了。喜多在说出口之后,才真正体会到相马死了。他的双脚微微颤抖,口干舌燥,喉咙好像被灼烧着。

龙见的声音带着哭腔。

"但是,但是,我才刚见过相马。"

"你们见过面?"

"对啊,我们十二点才分手。你骗人,他怎么可能死了?你是不是在骗我?"

"让二,你先冷静,总之,我们去相马家看看。"

喜多交代龙见叫橘也一起来,然后冲出家门,紧急发动鲜红色油箱的 RD 350。

寒风刺骨,他没有戴安全帽,风压把他的脸皮推向后方。他不顾一切地催着油门,全速驶入国道,经过大冢车站后滑进小巷,引擎和刹车都发出很大的声响。

令人眩晕的案件现场立刻出现在眼前。有两辆警车,许多看热闹的人围在公寓周围,相机的闪光灯和电视台摄影机的强光照在脏兮兮的外墙上,只有那一片墙浮现在黑暗中。

几秒之后,龙见的 MACH 500 冲了进来。

"果然是真的。"

龙见几乎快哭出来。喜多对着龙见的肚子揍了一拳,在人群中看到惠郁的脸,立刻跑过去。

"喜多郎……"

惠郁的上半身摇晃一下,倒在喜多的胸前。惠郁的身体冰冷。喜多扶着她说:"把详细情况告诉我。"

这时,橘也骑着 DAX 赶到了,三张苍白的脸包围着惠郁。

惠郁所说的内容和刚才打电话给喜多时说的内容差不多，但进一步知道警车是在凌晨一点左右赶来这里的。

"那不就是刚和我分开的时间吗？"

龙见的声音近乎悲鸣。

"让二，你不要激动，你不要激动，慢慢说。"喜多说话的声音也变尖了。

"虽然我们原本决定明天再去找他，但我还是很担心相马——"

龙见回家后，十点左右跑来相马家。相马家没有人应门，于是他去车站前的麻将馆找人，但没有找到相马。他在无奈之下，骑上摩托车正准备回家时，看到相马从车站的检票口走出来，于是他们去咖啡店聊了一个小时。

"你们聊了什么？"喜多问。

"我说，听说他被退学了。"

"他怎么说？"

"他只说'是啊'，但看起来并没有很失望，然后我又提了那件事。"

龙见说到这里，瞥了惠郁一眼。

"不好意思，我们去旁边一下。"喜多向惠郁打招呼后，三个人走去墙边。

"我问了他很多问题，问他是不是偷偷潜入学校，我看到一个很像他的人，他是不是听到我的暗号逃走了，还问他是不是和肉弹的死有什么关系。"

喜多露出锐利的眼神。

"你把我们的事告诉他了吗？"

"如果不说，就根本没办法聊啊，而且相马也偷偷跑进学校……反正他已经被学校开除了，所以我觉得没问题。"

喜多重重叹息，然后点头。

"那没关系，这么说，那天晚上逃走的人果然是相马吗？"

"不，相马说不是他。虽然他的确有潜入教师办公室，但时间不对……"

"这是怎么回事？"

"相马说，那天晚上八点左右，他悄悄溜进更衣室，然后就一直躲在置物柜中——教师办公室隔壁的女老师更衣室，海德在十点巡逻走进办公室时，他就悄悄跟着海德溜进办公室，等海德离开后，他窜改了点名簿，然后在十一点离开学校——他这么告诉我。"

喜多和橘惊讶地互看一眼。

女老师更衣室——

在破坏教师办公室窗户的锁时，龙见和橘差一点撞见坂东，他们灵机一动，逃进了那间更衣室。他们原本以为在讨论罗宾计划时，已经想到各种方法，但是完全没有想到可以躲在更衣室内等待茂吉巡逻，把茂吉当作钥匙，潜入教师办公室这么出色的方法。如果不是目前这种状况，他们一定会大肆称赞相马的聪明才智。

"他说，更衣室内有两个置物柜是空的，不必怕有人打开……相马说，他从一年级开始，就用这种方法修改出席记录……"

相马是为了顺利升级才这么做，最后一次动手，一定是为了能够顺利毕业，但是，相马为什么——

"所以说——"橘把话题拉回原点,"那天晚上,从英文准备室跳窗逃走的人并不是相马。"

"对,相马这么说。"

"然后呢——"喜多催促,"你们还聊了什么?"

"就只有这些内容。"

"怎么可能只有这些内容?相马之后就自杀了啊!"

"但是我们真的只聊了这些就分开了,他看起来和平时没什么两样,我根本没想到他会死……如果我知道,就会……但是我当时根本不知道……会不会是因为我怀疑他跟肉弹的死有关……所以他才……"

龙见双眼通红。橘抓着龙见的肩膀,又拍了拍,轻声对他说:"不是你的错。"

喜多跟着说:"是啊。"但他突然开始环顾四周。

"喂,橘——相马的妹妹呢?你有没有看到?"

"没有。"

喜多慌忙跑回人群中,抓着惠郁问:

"你知不知道相马的妹妹在哪里?"

"不知道,我没看到。"

"这样啊……"

喜多鼓起勇气,询问警车旁身穿制服的警察。年轻警察诧异地看向身穿运动服的喜多,喜多说自己是相马的朋友,很担心他妹妹的情况,年轻警察的神色立刻温和不少。

"刚才区公所的人带她去了儿童福利中心。"

"儿童福利中心……"

——既然这样,她就不愁没饭吃了。

喜多最先浮现的是这个念头，然后觉得有一丝安慰。虽然这样想很对不起相马，但他妹妹的确需要他人的援助。

警车和媒体记者离开后，看热闹的人纷纷离开，最后只剩下包括惠郁在内的喜多他们四个人仍然留在现场。

他们无法迈开脚步。

写着"窃贼""还钱""拿命来"这些大字的门被风吹得发出啪嗒、啪嗒的声音。

相马死了。喜多真切地感受到。

龙见在冰冷的柏油路上抱着膝盖，站在他身旁的橘用阴郁的眼神看着相马家。喜多和惠郁依偎在一起，默然不语地站在寒风中。

自己对相马见死不救。

喜多内心这么想。

当天色渐渐亮起时，四个人才终于回家。

喜多把摩托车留在原地，搂着惠郁的肩膀，走过狭窄的小巷，在夜深人静中，走上惠郁家的楼梯，在带有淡淡香气的粉红色房间内，和惠郁上床。

两个人都冷得牙齿不停地打战，只能紧紧拥抱彼此。没有喜欢或是讨厌，只是合二为一。他们都拼命挣扎，试图消除彼此内心的痛苦，寻求自己遍寻不着、已经沉入深渊、失去形体的残存真心。

——我没有对他见死不救。并不是这样。

即使再怎么用力拥抱，惠郁的身体仍然冰冷。

喜多带着几近崩溃的心情，拼命渴求惠郁的身体。惠郁很温柔，她抚摸喜多的耳朵和头发，不像是在爱抚，更像是施与慈爱。

朝阳把窗户染成一片橘色。

"……喜多郎,你好温暖。"

惠郁在喜多胸前昏昏睡去时嘟哝。

不知道是指自己的身体,还是自己的心?

喜多眼角酸酸的,但泪水并没有流出来。喜多感受着早晨的阳光,产生想要摧毁自己的冲动。

隔天,他又和惠郁见面。

惠郁变了。他们分手后将近两年的时间内,她变了。她不会像以前一样整天缠着喜多,只是不时去罗宾咖啡露脸,也和橘、龙见相处愉快。

过了一阵子,惠郁告诉喜多,相马的妹妹被送去儿童福利院了。

第五章
追 缉

1

——距离时效终止只剩下十三个小时了。

奉命寻找橘宗一下落的谷川勇治在上野车站熙熙攘攘的人潮中，看着自己的手表。和他搭档的新人刑警新田敏夫，也跟着低头看表，一脸忧郁："有办法找到吗？"

"就算踏破铁鞋都得找到。"

谷川虽然今年刚满三十岁，但在办案经验方面是前辈。两年前，他成为"沟吕木小组"内资历最浅的成员，但他工作认真热诚，让这次第一次搭档的辖区警局新人刑警新田有点儿受不了。

根据龙见的供词，橘在高中毕业后，做了五年的大楼清扫工作，然后辞去工作，成为上野和浅草一带的游民。

谷川和新田来这里之前，去了橘的老家。橘的母亲接待他们，冷冷地说："他十年前离家后就没有再回来，完全不知道他的下落。"他的母亲说不知道他离家出走的原因，然后急着准备出门采购。在路上从他母亲口中得知，橘在离家出走之前，经常说"人类已经可以去月球了，这个世界已经完蛋""我生错时代"这种很莫名其妙的话。

在去上野的车上，新田很愤慨。"那种人也算是母亲吗？""难道她不会担心儿子吗？"

——天底下没有父母不担心自己的孩子，她只是眼泪已经流干了。

谷川想起橘的母亲看起来比实际年龄还要苍老十岁，心情很沉重。

车站内通道的角落有许多他们需要调查的对象，那些穿着好几层脏衣服，脸上长满胡子的男人互不搭理，有人在喝酒，有人在睡觉，也有人躲在用纸箱搭起的住处里。

他们走过那些人面前，逐一确认每张脸。橘今年三十三岁……他们从他老家借来了照片，但那是十年前的照片。

谷川觉得每张脸都大同小异。放眼望去，到处都是一张张消极、阴沉的脸——被杂乱髯胡淹没的眼睛黯然无光，根本分不清楚年纪。看起来像有些年纪，仔细观察后，又发现似乎年纪很轻。

"谷川先生，这样根本没办法找到人。"

消极地跟在谷川身后的新田已经吃不消了。

"非找到不可。"

"但是每个人都长得一样，根本分不清谁是谁。"

"你可以回去啊。"

谷川冷冷地说完，又走进那些游民的领域。他从口袋里拿出橘的照片，问每一个人："你认识这个人吗？"

一路问下来，游民的反应都很冷漠。有的不理他们，继续喝自己的酒；有人看了一眼，立刻失去兴趣，把头转到一旁；即使摇醒躺在那里的游民，有人也只睁开一只眼睛……单看他们的反应，根本不知道他们是不是认识橘。他们在这群游民中问了一个小时，完全没有任何收获。

"这种方式根本不可能找到人。"

新田看着那些游民的背影说道。游民冷漠的态度影响了他的斗志。

谷川觉得看到了警察的无力,不,也许是对组织或形式等这种社会认同的事物感到无力。聚集在这里的这些游民,根本不吃威胁恐吓这一套。他们早就抛开了世俗的欲望和自我保护的想法,正因为逃避这些有形的东西,才会在这里过着目前这种生活。虽然他们看起来很茫然,但从每一张脸上都可以看出他们无法接受束缚,哪怕只是短短数秒都不行。在这里,穿着西装努力工作的谷川明显是异类,被社会拒绝的这些人带着更巨大的能量拒绝整个社会。

车站的大时钟显示已经过了正午。

谷川和新田在商店买了罐装咖啡,小口喝着,用带着怨气的眼神看着那群游民。

"接下来该怎么办?"新田问。

"再进去问一下。"

"我觉得根本是白费力气,还是打电话回警局吧。"

"说我们要辞职不干了吗?"

谷川开着玩笑说完,把空罐丢进垃圾桶。这时,他发现从车站检票口出来的人群分成两半。

——嗯?

一个游民无精打采地走在人潮自动分开后,中间自然形成的那条路上。那个下巴上长满白色胡须的老人笔直向他们走来。新田可能察觉到危险,半个身体躲到谷川的背后。

老人在谷川面前停下脚步,伸出颤抖不已的手。污垢像斑点般粘在他的手上,粗糙的皮肤硬化,就像是在沙漠里生息的爬行类动物。

"请问有什么事吗?"

谷川很客气地问道。这是来到上野之后，第一次有人对他有反应。

"是啊，就是那个、刚才的……"

老人的手指指向谷川西装内侧口袋。

"照片吗？哦，就是这张，请你仔细看一下。"

谷川慌忙拿出橘的照片递给老人。老人目不转睛地打量着，然后点点头，"嗯"了一声。

"你认识他吗？"

"……认识啊。"

"真的吗？他在哪里？"

"嗯……"

老人的视线看向谷川身后。谷川以为他在看身后的商店。

"啊，请问你喝酒吗？还是要吃什么东西？"

谷川一个劲儿地说。只要对方心情愉快，愿意提供线索就好，即使花光自己身上所有的钱都没关系。这就是他此刻的心境。

"……不是。"老人嘀咕。

"不是？"

老人第一次正视谷川。

"嗯，我以前……很久以前，也曾经当过刑警。"

谷川感受到巨大的冲击，后背好像遭到巨大钝器重击。谷川认真工作的身影打动了曾经当过刑警的老人，老人于是决定提供协助，但是谷川竟然认为对方是基于贪婪，是内心贫穷的人。谷川发现自己犯下无可挽回的过错，羞愧从他的脸上溢出，脸部和脖子红成一片。

"真的很抱歉。"

谷川深深鞠躬。

"没关系……"

老人说,他的眼中既没有失望,也没有愤怒。

谷川一次又一次道歉,许多人都用惊讶的眼神看着一个身穿西装的人拼命向游民鞠躬,但谷川完全不在意。

"这不重要……"老人静静地说,"那个男人在公园,白天的时候,都睡在最后方的长椅上。"

"公园?"谷川抬起仍然很红的脸。

"你们赶快去看看。"

"是上野公园吧?"

老人点点头,谷川似乎在他的脸上看到笑容。

谷川用力握住老人的双手,频频道谢,然后对新田叫道"走吧",立刻迈步开跑。他边跑边回头,发现老人已经被淹没在人潮的旋涡中不见了。

在昏暗车站内得到的唯一线索竟然完全正确,简直就像在嘲笑当今混沌的信息洪水。他们跑向上野公园深处时,看到一个游民躺在最角落的长椅上。

谷川和新田相互大幅点头。新田精神抖擞,和刚才判若两人。

"橘先生——"

谷川毫不犹豫地叫了一声。

没有反应。

新田绕到长椅后方,向褴褛破烂的衫布内张望,接着立刻抬头。他用眼神告诉谷川"就是他"。

"橘先生,"谷川以平静的语气开口,"你是橘宗一先生吧?"

褴褛的布团抖了一下,长满胡子的脸缓缓抬起,看向他们两个人。他的眼神涣散，粘在眼角的眼屎好像眼泪，谷川倒吸一口气。

"想请你跟我们走一趟。"

橘完全没有抵抗，跟着他们上车，在车上昏昏睡去，然后很快便到了警局的审讯室。

刑事课的三间审讯室已满，四楼的侦查对策室增加一只喇叭。

但是，那个喇叭没有发出任何声音。橘的眼神空洞，即使问他的姓名和住址，他也没有吭气，那和保持缄默无关，简直是胎儿般纯洁无言的样子。

2

"演员终于都到齐了。"沟吕木显得很欣慰，然后嘀咕着，"真的是人生百态啊……"

喜多担心老婆和孩子，乖乖地接受审讯。龙见和高中时一样吊儿郎当，橘完全放弃人生——事到如今，很难在他们三个人的身上找到共同点。

下午一点过后，为三个人安排好午餐后，沟吕木召集相关人员召开第一次全体侦查会议。

四楼的侦查对策室——

由沟吕木担任会议的主持人，负责审讯喜多的寺尾、负责龙见的德丸，以及奉命审讯橘的曲轮幸二都出席了会议，还有后闲局长、终于从火灾现场回来的刑事课长时泽，以及统率内勤工作的大友，总共二十人左右参加会议。负责为喜多做笔录的女警也坐在末座。

"好，那就先由寺尾说一下目前的状况，"沟吕木开口说道，"时间紧迫，请简要说明。"

一旁的寺尾起身。

"喜多有问必答，虽然很健谈，但感觉仍然有所隐瞒。如果相信他目前为止的供词，可以认为他是清白的——所以关键在于是要相信喜多的供词，并在这个基础上继续展开侦查工作，还是深入追究供词的细节，对喜多展开攻势，必须在这两个方向中做出选择。"

"你的感觉如何呢？喜多是清白的吗？"沟吕木问。

"在目前的阶段，只能说他是清白的。"

"了解。下一个，德丸！"

"是——"德丸起身，"龙见就是那种人，对他有利的事，或是不会危及他的事，他都言无不尽，但毕竟曾经在土地开发这行打滚过，要挖出他的真心话并非易事。"

寺尾用冷漠的眼神看着德丸，他用眼神说："你的工作不就是问出他的真心话吗？"

"你审讯龙见后，有什么感想？"沟吕木问。

"目前只能说龙见是清白的，至少听起来不像是说谎。"

"好，那我发表一下意见。"沟吕木巡视在场的所有人，"我从喇叭中听了审讯的内容，到目前为止，喜多和龙见的供词并没有明显的矛盾之处，既然没有矛盾，就只能暂时先不认定他们是否有罪，然后根据他们的供词，寻找相关证据。总之，要向喜多、龙见和刚才进入警局的橘这三个人口中问出更多当时的情况。"

三名审讯官都点着头。

"除此以外，千万不要让他们发现，追诉时效到今天为止。"

德丸和曲轮点点头，寺尾神色冷淡，似乎觉得这是废话。

"对了，沟吕木——"后闲局长翻着关系人名单问，"其他关系人的情况怎么样？"

"是，"沟吕木也拿起名单，"目前正在寻找之前罗宾咖啡老板内海一矢的下落，三寺校长多年前已经退休，目前过着悠闲的生活。虽然很在意MM的姓名缩写，但我打算向那三个人多查探一些情况后，再决定要不要找他来问话。他毕竟曾经当过校长，不能因为这三个人说的话，就马上把他找来警局。他今天在家，已经派了两个人监视。"

"原来如此。"后闲一脸佩服。

"另外，音乐老师日高鲇美在案件发生的来年辞去教职，如那三个人所说，辞职的原因是被所有学生无视。目前独自住在日暮里的公寓，在夜总会或是咖啡店弹钢琴为生。已经派人去她的住所和工作的地方，确认她今天的行动。那三个人口中的海德，也就是化学老师金古茂吉在十年前退休……呃，大友，他目前的情况如何？"

被点到名的大友说道："金古一度搬去儿子和媳妇位于八王子的家，但因为合不来，之后又搬出来独自生活，但是他的儿子和媳妇相继因病去世，他无依无靠，目前无法确认他的状况，正派人积极调查中。"

"……大致就是这样。"沟吕木又接过话题，"另外，也在逐一调查体育老师坂东等当时在学校任职的老师，需要向他们问话时，就会依次找他们来警局。"

后闲点点头："那就拜托了，距离时效终止只剩下不到十一个小时。"说完，他就起身。因为他接获通知，昨天晚上参加年会的几名记者来向他道谢，目前正在楼下等他。他把案件的指挥工作全权交给沟吕木，自己则负责和记者打交道，以免被记者发现目前重启了这起案件的侦查工作。

后闲离席后，沟吕木拍拍大腿，宣布会议结束。

侦查人员纷纷起身。

但是，沟吕木并没有站起来。

虽然有点儿内疚，但他闭上眼睛，允许自己沉思五分钟。

他满脑子都想着内海一矢的事。因为在审讯中，出现了新的事实。

就是那把钥匙。

沟吕木认为那把钥匙和岭舞子命案无关，因此并没有在侦查会议上提起，但是对沟吕木个人来说，无疑受到很大的震惊。根据喜多和龙见的供词，十五年前的那一天——沟吕木前往罗宾咖啡馆时，内海交给龙见一把很粗的钥匙。

那是他藏匿三亿元地点的钥匙。沟吕木不禁这么想。

龙见说，那把钥匙让他联想到校长室那个旧保险箱的钥匙。果真如此的话，内海可能把三亿元藏在某处的保险箱内。那天，追诉时效只剩下三个小时就终止了，所以内海带着保险箱的钥匙，打算去藏钱的地方。没想到沟吕木上门找他，于是内海就悄悄把钥匙交给龙见。

沟吕木当时并没有注意到。

他懊恼不已。那天走进咖啡店后，他就一直监视内海的一举一动，但即使被说是白长了眼睛，也只能默认。如果当时扣押那把钥匙，然后以此逼问内海——

沟吕木停止思考。他发现双拳握得太紧，手都痛了起来。

——那是十五年前就已经结束的事……

那是一年前就已经结束的事、三年前就已经结束的事、十年前就已经结束的事——他每次都这么告诉自己，就这样十五年过去。

过去就只能是过去。他咀嚼着这句好像烙印在脑海中的话，但思绪仍然飘向那把钥匙。

保险箱在哪里？不，万一真的如龙见所说，那是学校旧保险箱的钥匙……喜多在供词中提到，旧保险箱是第一届毕业生捐赠给学校的，内海不也是第一届的毕业生吗？奇妙的巧合让沟吕木内心无法平静。但是——

说好的五分钟已经过去。

大友从后方递过来两张通话内容的记录，把沟吕木拉回岭舞子命案。

"股长——这是向岭舞子大学时代的朋友打听到的情况。"

"动作真快啊。"沟吕木抢过通话记录。

沟吕木从大友说话的声音中感觉到一丝不安，通话记录上的确有惊人的事实。

岭舞子大学时代的朋友大室良子，一开始就评论岭舞子是"个性开朗，也很纯情，属于专情、容易钻牛角尖的人"。

——专情、容易钻牛角尖的人？

沟吕木迫不及待地往下读。

通话记录的概要如下：

岭舞子的父母都是老师，她在家教很严的家庭中长大，大学四年级之前都没有恋爱经验。在实习回到母校时，遇到之前的班主任，用舞子的话来说，那是"命中注定的重逢"，两个人迅速打得火热，最后成为恋人关系。只不过前班主任有家室，他们的婚外情关系持续了半年，舞子怀孕后，前班主任单方面提出分手，舞子只能在无奈之下堕胎——

大室良子继续说明。

"和前班主任交往时，她整个人都神采飞扬，完全没有婚外情的阴暗感觉。她很相信、尊敬前班主任，付出很多。最后发生那种状况，她深受打击，我也不知道该说什么好。"

沟吕木沉吟着，翻开第二页。

"三年后，我曾经和她见过一次。是她打电话给我。我见到她后大吃一惊，她无论化妆还是打扮都变得很艳丽。我知道她在学校当老师，所以真的超惊讶。聊了一会儿后，提到她的前男友，她笑着说：'那种陈年往事，我早就忘了。'然后又向我抛媚眼说：'比起男人，这个世界上有太多好玩的事了。'和我之前认识的她简直判若两人。以前在读大学的时候，我比较像大姐头，但那时她的气势完全碾压我。之后她曾经打过几次电话给我，但我总觉得她很可怕，就用各种理由推托，不敢再和她见面。"

沟吕木看完之后，把记录还给大友。

舞子在三年间完全变了一个人，让老同学觉得"很可怕"。到底是因为走出痛苦的恋爱，让女人变得坚强，还是她豁出去了？又或是如舞子所说，找到了"比男人更好玩的事"？

"股长——"大友把电话递到他面前，"二楼在等你。"

"好。"

沟吕木一边对舞子产生几种不同的推论，一边接过电话，身为侦查指挥官,他下达了简单却不可或缺的指示。

"开始继续审讯。"

接到沟吕木的指示后,在二楼刑事课内待命的寺尾、德丸和曲轮三名审讯官同时走进了各自的审讯室,负责做笔录的女警和年轻刑警也跟在他们身后。

下午两点,审讯继续进行。

中间的喇叭立刻传来龙见的笑声,右侧的喇叭只听到曲轮用带有东北腔的声音小声说话,在同一间审讯室内的橘始终默然不语。到目前为止,警局内没有人听过橘说话的声音。

过了一会儿,左侧的喇叭传出声音。

"那就请你继续说下去。"寺尾冷冷地说,"你们遭到无限期停学,相马自杀,之后又发生了什么事?"

"一个星期后——"

喜多一说话就开始咳嗽。

沟吕木坐在椅子上,竖起耳朵听喜多的供词。

他有种预感,认为舞子的巨大改变,必然和案件有着密切的关系。

3

不知道是否因为用"MM"威胁校长奏效了,停学处分在一个星期后就结束了。

没有人觉得开心。他们三个人这一个星期以来,都因相马的死而深受打击。龙见懊恼不已，因为他在最后一次聊天时，无法察觉相马的心情；为了相马妹妹的事和相马不欢而散的喜多，同样耿耿于怀；橘虽然没有陷入惆怅病，但经常心不在焉地发呆，难得开口，也是说些"如果在美国死了好几百个人，只要死法有趣，还可以笑一笑……"之类的话。

橘的话刺痛喜多的心。无论交情是深是浅，一旦身边有人选择自杀，都会让周遭的人产生罪恶感。

但是，还有另一个理由让他郁郁寡欢，无法整理自己的心情。

——是相马杀了肉弹吗？

虽然只是模糊的疑问，但仍挥之不去。

相马在自杀之前和龙见聊天。他说在他们三个人看到尸体的那天晚上，他"晚上十一点时离开学校"，但是喜多觉得从英文准备室跳窗逃走的黑影就是相马。不，如果不是相马，就代表那里另有他人。深夜的教师办公室是这么热闹的地方吗？龙见和橘似乎也有同样的想法，当他们相隔一个星期在罗宾咖啡集合时，一谈及这起案件，气氛就变得尴尬。

"事到如今，无论如何都要查出杀害肉弹的凶手。"

龙见忍无可忍地说。他很想证明相马的清白。

"我相信相马，逃走的人并不是他，而且我问他关于肉弹的事，他也明确回答说，他并不知道。他在死前这么告诉我，一个人在死前不可能说谎吧？对不对？对不对？"

既然龙见这么说，喜多和橘只能默默点头，但是，把真实想法压抑在内心越久，对相马的怀疑似乎反而更深。

喜多沉重地开口。

"但是，相马为什么自杀？"

"不是因为被退学吗？"

"让二，你会因为被学校开除就自杀吗？"

"如果是我，当然不会寻死，但是相马原本已经找到工作，而且还必须照顾妹妹。他打算金盆洗手，不再打麻将，要脚踏实地过日子，没想到被退学，工作也泡汤了……然后就想不开了，一定就是这样。"

"你之前不是说，他看起来并不是很在意退学的事吗？"

"那是因为……"龙见整个人陷进沙发，把脸转到一旁，"那是因为我没有察觉相马的想法，都是我不好。"

"让二，你别这样，我们并没有怪你。我的意思是说……肉弹的案子可能让相马很烦恼。比方说，他在窜改点名簿时，刚好被肉弹撞见……并不能完全排除这种可能性啊。"

喜多说出了一直难以启齿的想法，觉得浑身都很不舒服。

橘可能不想让喜多一个人当坏人，于是加入谈话。

"我说让二……喜多郎跟我也都和你一样，很希望可以相信相马最后说的话，只不过我们证实不了，才觉得很难受。"

"所以啊，"龙见倏地坐起来，"我们要认真追查凶手，就可以证明相马是清白的。"

"搞不好最后发现相马是凶手。"喜多说。

"绝对不可能！"

"别吵了。"橘打断两人，"那就按照让二说的，我们来追查凶手。只是谁也不知道最后的结果，喜多郎，这样可以吗？"

"没问题啊。"

虽然之前就已经决定要追查凶手，但这一次并不是玩玩而已。三个人都有这种想法，他们在内心深处，都觉得有点儿对不起相马。

"先从哪里下手？"喜多问。

"还是回到肉弹身上。"橘说，"我们太不了解她了。"

喜多和龙见深深点头。

他们三人的确对舞子的生活一无所知。舞子在学校外和哪些人来往，过着怎样的生活？教体育的坂东认为舞子有男朋友，那个男朋友是谁？首先必须厘清这些情况，而且还要进一步调查，为什么死去的舞子身上有考试的答案，真的是校长交给她的吗？一旦查清楚这些事，应该就可以看清整起案件的轮廓。

橘打工的时间快到了，于是就由喜多和龙见两个人去舞子住处调查。

当他们起身准备离开时，听到"当啷"一声，音乐老师鲇美走进咖啡店。

"又来了。"龙见瘫坐在沙发上，咂着嘴说道。

喜多想把香烟塞进口袋，但是他的手停了下来。鲇美的样子很奇怪，她步伐不稳，整个人看起来很憔悴。

"你们果然都在这里。"

三个人默然不语地注视着鲇美。鲇美眼神涣散，身上完全不见平时咄咄逼人的气息。

"相马同学真是太可怜了……"

"有什么事吗？"喜多仍然没有放松警惕。

"没有特别的事，老师就不能来咖啡店吗？"

这完全不像是鲇美会说的话。

龙见戳戳喜多的侧腹，喜多知道他在暗示，这不是问有关肉弹的事的大好机会吗？喜多的脑海中浮现之前在迪斯科的景象，鲇美应该知道很多舞子的私事。

"要不要坐一下？"喜多挪出座位。

而且还要打听鲇美白色鞋子的事。之前和舞子一起在办公室的那个穿白鞋的人，很可能就是鲇美。案件发生后，喜多注意观察女老师的鞋子，鲇美从来没有穿过白色鞋子，这反而令他更加在意。虽然不知道鲇美在命案发生那一天有没有穿白鞋，但喜多记得以前曾经看过她穿白鞋走进教室。

鲇美在喜多的催促下，坐进沙发的角落，于是很自然地由喜多发问。

"老师，我们有很多事都搞不清楚，可以请教你几个问题吗？"

鲇美没有点头也没有摇头，不置可否，视线游移飘忽。

别管这么多了，赶快问啦。龙见轻轻戳着喜多。

"是关于死去的舞子老师……"喜多露出试探的眼神，"请问她有男朋友吗？"

"我、我不知道……"

鲇美的表情僵硬，张开的双唇微微颤抖。近距离观察后，发现鲇美的皮肤粗糙，眼皮浮肿，整张脸好像都哭肿了。

"考试的前一天晚上，舞子老师在学校留到很晚吗？"

"……好像是吧……我真的什么都不知道。"

"老师，你几点离开学校？"

"我吗……我不记得了，我记得那天很早就回家了。"

"老师——"喜多探出身体，"你那天是不是穿白色鞋子？"

短暂的沉默。

"白色……鞋子?"

鲇美低头看向自己的鞋子。她今天的鞋是棕色的。

"对,白色鞋子,低跟的。"

鲇美带着胆怯的眼神看向喜多。

"你为什么这么问?"

"我要先走了。"

橘起身,打断了鲇美的话。他清扫的大楼在内幸町,从这里搭地铁过去,需要二十分钟左右。

"你要去哪里?"

鲇美露出求助的眼神问道。

"打工。"

"这样啊。"

校规禁止学生在非假日打工,如果是平时,鲇美会尖声制止,但她今天完全没有这种态度,而是问了一个莫名其妙的问题——"橘同学,你下一节是什么课?"但是,学校早就放学了。鲇美今天所有的言行都很奇怪。

之后鲇美一声不吭,完全不再说话,喜多和龙见只好把她留在罗宾咖啡,自行离开。

"那个歇斯底里的女人到底怎么了?"

龙见回头看着咖啡店,一个劲地歪着头纳闷。

"八成是因为肉弹死了。"

"所以她很受打击吗?"

"应该吧。"

"有必要那么失魂落魄吗?"

"不知道。"喜多吐口口水,"她说的话全都模棱两可,鞋子的事顾左右而言他,搞不好她和命案有关。"

"有可能哦。"

他们边聊边走到罗宾咖啡后方,MACH 500 和 RD 350 亲密无间地停在那里。

"要不要骑我的车过去?"龙见问。

"好啊。"喜多回答,但又指着街角的电话亭,"但是去之前,先用电话簿查一下住址。"

"喜多郎,你真是太聪明了。"

龙见挤进电话亭,两个人在电话亭内动弹不得。

"呃,我记得她住在池袋吧?"喜多翻着厚实的电话簿,"岭、岭……没想到有这么多人姓岭……咦?但是没有舞子的名字。"

"如果登记女生的名字,可能会接到很多骚扰电话。"

龙见反应很快。

"有道理……既然没有登记在电话簿上,那就查不到了。"

"啊,但是我的表姐说,她会用她爸爸的名字登记。"

"所以呢?"

"不是有大名鼎鼎的'舞司'和'舞生'吗?"

"啊?"

"就是舞子的家人啊,她爸爸叫舞司,她哥哥叫舞生。她不是在英文课上经常用英文说什么我爸爸的名字叫什么什么的。"

"哦哦。"喜多想起来了。虽然他不记得那堂课的内容,但一年级的时候,龙见和橘曾经口沫横飞地聊过这个话题。

喜多低头看着电话簿。

"舞司和舞生吗?嗯,舞……舞……啊!是这个吗?电话簿上有岭舞司这个名字。"

"没错没错！虽然不知道是不是这个汉字，但绝对就是这个。"

"电话号码对吗？"

"啊？"

"之前执行罗宾计划时，你不是曾经半夜打给肉弹吗？是这个号码吗？"

龙见探头看了号码之后，歪着头纳闷地说：

"我只打了两次，早就忘记了，但好像不是这个号码……啊，早知道应该问橘一下。"

他们抄下地址后，一起骑着MACH 500前往池袋。在西口那一侧找到大致的位置后，问了派出所"岭舞司"的地址，警察狐疑地问："舞司？不是舞子吗？"

"竟然一猜就中。"喜多模仿龙见的语气说。

"Lucky，Lucky。"龙见兴奋地嚷嚷着，轻轻松松地把沉重的MACH 500牵过来。喜多一坐上后车座，他就立刻朝小路飞驰而去。

由于舞子给人的印象就是个败家女，因此他们原本以为她住在高级公寓，没想到是一栋很老旧的木造公寓，之前去的相马家都比这里好多了。

他们沿着户外的楼梯上楼后，第一个房间门口就挂着手写"岭"字的门牌，龙见转动门把手，但立刻噘着嘴说："果然锁住了。"

"要不要去请管理员帮忙？"

"管理员才不会帮我们开门。"

那道门破旧简陋，让人联想到海边的淋浴间。如果橘在这里，一定可以用厚纸板把门打开，但他们两个人没有这种本领。

"要不要问一下邻居？"

喜多大刺刺地去敲邻居家的门。过了一会儿，门用力向外打开，一个女人从门后探出头，几乎快靠向走廊的栏杆。她的食指放在噘起的嘴上。

"嘘！我儿子明年要考初中。"

"啊？"喜多问。

"是私立学校哦。"

"嗯？"

"要考私立学校。"

那个女人的年纪大约三十出头，压低声音说话，似乎表示这是世界上的头等大事。

"如果发出声音，不是会让他分心吗？"

"啊……我知道了，对不起。"

喜多跟着压低声音，向女人鞠躬。虽然他原本就没有很大声，但还是被女人的气势吓到了。

"有什么事吗？"

女人反手关上门，看着他们两个人问道。

"是关于隔壁的岭老师……她是我们学校的英文老师。"

"你们是她的学生？"

"对，但是老师自杀了……"

"对啊对啊，新闻闹得很大！"

"学校里也是一片混乱，所以啊，我们想……想知道老师自杀的原因。"

都是喜多一个人在说话，龙见突然变得扭扭捏捏，完全没有插嘴。

"理由吗？不过，你们为什么想知道这种事？"

"老师在学校很开朗，我们不相信她会自杀。"

"那么，其实不是自杀吗？"

女人眼中浮现好奇。

"不，这就不知道了。总之，如果是自杀，不是会有理由吗？"

"你们真了不起，竟然在调查老师自杀的原因。"

女人戏谑一笑，打量着他们。喜多觉得她搞不好不到三十岁，虽然她没有化妆，但长相并不差。

"这样的话，你们想知道些什么？"

"是不是有男人出入老师家？"

"哎哟，你们这么早熟啊。"

女人闻言大笑。她家里不是有考生吗？

"因为我们很尊敬的体育老师说，他被岭老师拒绝了。"

喜多严肃地回答，女人跟着正经起来。

"嗯，男人啊……不，我从来没有看到男人去她家。"

"一次也没有吗？"

"对，一次都没有。其实我也觉得很奇怪，她不是年轻又漂亮吗？不过，不会有人把男人带回这种破公寓吧？可能会约在外面见面吧？"

喜多点点头，又换了另一个问题。

"请问老师平时都几点回家？"

"你是问时间吗？嗯，差不多都八点左右。我有在上班，差不多都在七点左右回家，她几乎都比我晚一点。"

"那天晚上，就是老师去世的那天晚上，她是几点回到家？"

"哦，你是问她离开前的那个晚上吗？我记得很清楚，差不多九点半。"

"九点半……你确定吗？"

"这栋房子很破，墙壁很薄，可以清楚听到隔壁的声音。老师那天回家后，好像打翻了什么东西，发出嘎啦嘎啦的巨大声响。我从窗户对她说，请她小声一点。我儿子不是要考私立学校吗？现在进入最后的冲刺阶段，我也跟着绷紧神经。"

喜多急着拉回话题。

"你说九点半左右，听到嘎啦嘎啦的声音吗？"

"她经常会打翻东西，平时都会马上道歉说'对不起'，但是那天晚上却一声不吭。"

女人说到这里，突然皱起眉头。

"之后，老师不是又外出了吗？请问老师是几点出门的？"

"对了对了，我完全不知道这件事。警察也有问我，但是我那天没有看电视，因为我儿子要考初中，考私立的——总之呢，我一直在织毛线，却没有听到她出门的声音。"

"没听到？"

"对啊，但是我十一点多的时候小睡了一下。"

女人有些遗憾。

喜多和龙见很有礼貌地道谢后，离开了公寓。

"她说没有男人。"刚才一直沉默不语的龙见用轻快的语气说。难以想象他刚才完全不吭气。

"那可不一定。"

喜多靠在MACH 500上，略带责备地说。

"比起这件事，喜多郎，我更在意她说肉弹九点半回家时的事。肉弹发出很大的声音，却没有道歉。"

"嗯，该不会——"喜多注视着半空说，"也许不是肉弹回家，有其他人……"

"那是谁啊？"

龙见像是听到了恐怖故事。

"我怎么知道？"

"我觉得应该就是肉弹。我和橘凌晨一点左右去打电话时，肉弹不是在家吗？所以她九点半回到家，也完全不奇怪啊。"

"嗯，那倒是。"

"但是之后的事就令人费解了，肉弹到底是什么时候出门……"

"有什么办法呢？那个阿姨说自己后来打瞌睡了。"

"阿姨？"

龙见突然发出惊叫。

"就是隔壁的阿姨啊，刚才那个——"

"叫人家阿姨太过分了吧？明明是年轻正妹。"

喜多目瞪口呆地看着龙见。"正妹"这两个字代表可爱的女生或是美女，龙见应该是全国首创把"正妹"用在三十多岁女人身上的人。龙见之前就喜欢女大学生和粉领族，他的兴趣似乎升级了。

"她一个女人要照顾考生，真的很辛苦。"

龙见一厢情愿地发挥想象，在想象中直接去除她的老公，而且他说要推着摩托车走去大马路，因为担心摩托车的声音会吵到考生。

喜多已经懒得理会龙见，沿着小路走去灯红酒绿的大马路时，独自开始推理。

——肉弹那天到底做了什么事？

晚上八点四十分之前，舞子的确在教师办公室。因为喜多亲眼看到她。他看到的下半身绝对就是舞子。大约一个小时后的九点半，舞子回到公寓。时间上没有问题。从学校搭地铁后转山手线，就算加上走路时间和等车时间，不到三十分钟就可以回到她家。然后，在凌晨一点时，她在家接到龙见打的电话。问题在于之后，舞子又去了学校——无论怎么想，都觉得这种行为太匪夷所思。

喜多想起那双白色鞋子。和白鞋女人在一起的舞子中间跑回家一趟，然后又回去学校，被人杀害后塞进保险箱。所有这一切都发生在喜多在学校期间，而且凶手在天亮之前，把尸体搬去树丛，甚至还准备假遗书误导警方。

真的有可能完成这种天衣无缝的犯罪吗？

就在这时——

混沌的脑袋中出现一道闪光。

"啊！"喜多轻轻叫出声。

闪光立刻消失无踪，但他觉得似乎看到了一切。

他觉得解开案件谜团的关键，或是解开所有谜团的方程式，在自己面前闪过，但他不知道那到底是什么。

"啊……"

喜多再次绷紧身体。

他有一种既视感。

之前也曾经看过相同的闪光——

他的膝盖颤抖。

——什么时候？什么时候曾经看过？

他立刻找到答案。

就是那天晚上。在校长室看到舞子尸体的时候。

那是相同的闪光。只是那天的闪光立刻消失，他甚至没有意识到自己看到了，但是，他的确看到了，就是和刚才相同的闪光——

"喜多郎？你怎么了？"

喜多听到龙见的声音，才终于回过神。

他绷紧全身，胸口发闷，有点儿反胃。

"没事。"

喜多费力地挤出这句话。

厌恶感残留在他胸口。就像听见魔鬼的耳语，看见了不应该看见的东西一般。

闪光是所有谜团的答案。

如果此时此刻，有人稍微刺激一下闪光的根源，喜多就能够克服厌恶感，流畅道出案件的全貌。

但是，迷上三十多岁女人的龙见，他说的话根本不可能发挥这种效果。

4

无论多努力调查，他们仍对舞子的异性关系毫无头绪。

他们几乎问遍公寓的邻居，还拿着舞子的相片，去附近的咖啡店和商店街打听，甚至又去问了体育老师坂东，用巧妙的方式，问了其他被舞子拒绝的年轻老师，但是都无法得知舞子"男友"的消息，这场凭吊之战很可能在找不到对手的情况下无疾而终。

没想到——

在第二学期结束的前一天，龙见带着意想不到的线索来到罗宾咖啡。

"喜多郎、橘，你们看这个！"

"吵死了。"正在睡午觉的喜多骂道。

"非吵不可啊，反正你们先看这个啦！"

龙见激动地递过来的不是什么大不了的东西，而是喜多打工的装订厂装订的色情书刊。不久前，装订厂只接政经类的杂志，不知道是否因为出版业不景气，这一个月装订的都是色情书刊。喜多一开始很兴奋地翻阅这些书刊，但每天接触下来，很快就腻了，最近根本翻都没翻，就直接送给吵着"送我嘛"的龙见。

《淑女俱乐部》——

那是上个星期装订的杂志，是女同性恋的专刊，封面的插图很火辣。

"你这家伙——"橘明显很厌恶，"你连这种杂志也看？"

"是喜多郎硬塞给我的。"

"你在说什么鬼话！"

"好啦，这种事不重要。你们看这里，就是这里。"

龙见翻着杂志，猥琐的照片就像动画般上下左右移动。龙见翻到中间时停下来，用烟灰缸压住。

跨页的页面上，有五六张两个裸体女人缠绵的照片。虽然和其他页面相比，照片的画质有点儿差，但看到"读者投稿特辑"

的标题,喜多就明白了。那可能是用相机自拍的照片,焦点模糊,拍摄角度很不专业,而且两个女人的脸一个朝向后方,一个用黑线遮住眼睛,无法看清楚女人的长相,反而更增加晦暗、见不得人的印象。

"这些照片怎么了?"喜多问。

"哎哟,你还问我怎么了,这里啊,这里!"

龙见指着其中一张照片上附的文字。

喜多和橘念了起来。

"我不该爱上你……自始至终都知道……但是我无法忘记你……"

念到这里时,两个人同时大叫:"啊啊!"

喜多说不出话,橘也瞪大眼睛。

因为文章的内容和舞子留下的"遗书"一模一样。只有最后不一样。不,不是不一样,而是这里的文章多了几行字。

> 我不该爱上你,
> 自始至终都知道。
> 但是我无法忘记你,
> 忘不了你的声音,你的温暖,
> 我很想杀了你,
> 然后自己一死了之。
> 但是我做不到,
> 所以只能自我了断。
> 终究还是不如男人,
> 我把你交还给神明,

交还给创造男人的可恨神明。

☆这是我们最后的纪念照

（公务员 二十九岁）

遗书中没有"终究还是不如男人"及之后的文字，在"所以只能自我了断"的部分就结束了，变成写给男人的失恋遗书；但是，原本文章的意思完全不一样，写的是对同性恋恋人被男人抢走的怨恨或者说是感伤。

——怎么会有这种事！

喜多太惊讶了。舞子是同性恋！这太难以置信了。她总是穿着布料轻薄的紧身衣，简直可以清楚看到她的呼吸、心跳和肌肉些微的活动，整天散发出妖媚魅力。她整个人就是男人欲望的对象，任何人都会认为她在招蜂引蝶。

但是，这一切都是误会吗？真正的舞子——

"哦，难怪啊。"龙见似乎想到什么事，"在迪斯科的时候，我不是被她甩了一巴掌吗？"

"原来如此……"

喜多缓缓点头。

那天晚上，龙见从美国士兵手上救出舞子后和她跳了贴面舞，虽然舞子让龙见对她动手动脚，但是龙见想亲她时，她突然勃然大怒。那是当她发现男人真心渴求她的身体时所产生的拒绝反应，那一刹那，她的醉意和谢意都烟消云散，条件反射地甩了龙见一巴掌。这可能就是当时的情况。

这也能够解释为什么体育老师坂东很快就被她甩了。听说她用"我没办法"这句话拒绝坂东的追求。坂东以为她已经有其他男朋友,但舞子真正的意思是"我无法接受男性"。不光是坂东,所有追求舞子的"男人"全都被拒绝。如果舞子是同性恋,那一切都有了合理的解释。

不。喜多放下这些思绪。

他发现了更重大的事实。就是那封遗书。杀害舞子的凶手利用她写给杂志的投稿文字,作为遗书。警方已经断定,那就是舞子的笔迹,这么说来,凶手一定拿到了舞子投稿给杂志的原始稿件或是草稿。

——谁有办法做到这件事?

如果是投稿的原始稿件,就必须怀疑《淑女俱乐部》这本杂志的工作人员,但是,在向杂志投稿那种照片时,会写明自己的真实身份吗?杂志社的人如果不知道舞子的姓名和住址,根本不可能和这起案件扯上关系。

那么是草稿吗?

——是从哪里拿到草稿?

应该不是学校。按理说,应该是在舞子家。凶手潜入舞子家中,偷走她的草稿或是重写时留下的稿件——

这时,另一条线索进入他的脑中。

动静。邻居太太说,在命案的当天晚上听到动静。

原来如此。晚上九点半在舞子家中的并不是舞子,而是凶手。凶手溜进舞子家中,寻找有没有可以成为"遗书"的东西,结果不小心撞倒了什么,发出很大的声响。虽然邻居太太提出抗议,但并没有听到响应。不,是不能回应——因为在屋里的是凶手。

喜多相信就是这样没错，然后继续推理。

凶手在垃圾桶内找到重写后留下来的稿件。那张纸应该被揉成了一团丢进垃圾桶，所以变得很皱。凶手努力想把纸压平，但仍然无法完全消除折痕。于是凶手想出妙计，把那张纸像签纸一样折起来后又拧了几下，塞进舞子的鞋子中，掩饰原本的折痕，制造出遗书诡异的状态。那是凶手煞费苦心的结果。

喜多仿佛第一次感受到凶手的声息。

但是，凶手到底是谁？他对这个关键问题仍一无所知。

"你们怎么了？为什么两个人都在发呆？"龙见搂住喜多和橘的肩膀，"问题在于这张照片啦。"

"哦哦。"两个人如梦初醒般低头看向杂志。没错，杂志上除了遗书的内容，还刊登了可称为证据的照片，画面中舞子和另一个女人肢体交缠。一旦知道那个女人是谁，凭吊大战就可以向前迈进一大步。

三个人把头凑在一起。

两个全裸的女人跪在床上交缠在一起。其中一个女人的身体向后仰，只能看到下巴。另一个背对镜头，舔着后仰女人的乳房。也就是说，两个女人的脸都没有入镜。

"……连哪一个人是肉弹都不知道。"龙见说。

"应该是背对着镜头的那个女人。"喜多说。

"啊？喜多郎，你曾经看过吗？"

"白痴哦，当然没看过。即使没亲眼看过，也可以从发型之类的看出来。"

照片是黑白的，画质和印刷都很粗糙，但是从后背到腰部的性感曲线和中长的发型判断，背对着镜头的那个女人很像是舞子。

问题在于另一个女人。

线索太少了。那个女人的脸朝向天花板,只从露出的下巴无法得知脸部轮廓。头发融入昏暗的背景,看不出发型和长度,身体几乎都被前面的舞子挡住,难以判断身形。从肩膀和胸部周围的样子来看,那个女人可能很瘦。

"看起来很年轻……"喜多说出从照片中感受到的模糊印象。

"会不会是教音乐的鲇美?"

龙见抓着刚理完的美国大兵头,很没有自信地说。喜多也正在脑海中比对着鲇美和照片中女人的身体曲线。

鲇美的确纤细苗条。她之前曾经和肉弹一起去迪斯科舞厅,而且在罗宾咖啡遇到她时,她满脸憔悴的样子也令人在意。

虽然怀疑可能是鲇美,但无法从眼前这张照片中找出"就是她"的元素。

"光看这张照片很难判断。"

橘幽幽地说,喜多不甘愿地点头。

"既然这样,"龙见探出身体说,"就去问一下她的邻居啊。"

"要问什么?"喜多说。

"就是去肉弹家里,问隔壁那个姐姐。"

"姐姐?"喜多用鼻子冷笑一声吐槽说,"根本就是阿姨。"

"这种事不重要!"

"好,不重要,不重要——所以你现在要去问那个姐姐什么?上次不是已经问了所有该问的事了吗?"

"这个嘛,"龙见立刻换上喜滋滋的表情,"那个姐姐说,没有男人去肉弹家,没有男人。但是,我们并没有问有没有女人去找肉弹啊。"

原本心不在焉的喜多和橘互看一眼,龙见瞪大眼睛眨了几下,等待另外两个人称赞他。

"让二,你太聪明了。"

龙见听到期待中的话,心花怒放地笑着说:"可能是因为刚理过发的关系。"然后大方地又点了一杯咖啡。

"但是,那个阿姨……不,是那个姐姐,她说七点多才会回家。"

"所以我才又点了一杯咖啡啊,你倒是机灵一点。"

当咖啡送上来时,惠郁走进来。她身穿一件绣着徽章的西装夹克,纤细的腰上穿着时下流行的苏格兰格纹裙。

"噢!"喜多叫了一声,举起手。龙见咻咻地吹着口哨,向惠郁招手。橘也轻声笑着,腾出喜多旁边的位子。

"你们又在讨论什么坏主意吗?"

惠郁满面笑容地说。她笑得很开心,让人几乎不会注意到她脸上的泪痣。她巡视了三个人的脸之后,在喜多旁边坐下。

"哇,一身常春藤学院风打扮,要约会吗?今天要约会吗?"

龙见立刻调侃她。

"来这里就是约会。"惠郁开心地说,但是当老板拿着水,准备走出吧台时,她在脸前摇摇手说:"不用了。"

"你要出去吗?"喜多问。

"嗯,和妈妈说好要去逛街,晚上就会回来……"

"那我打电话给你。"

"嗯,我等你电话。"惠郁对喜多眨眼后起身。

"这么快就要走了?"橘问。

"嗯，我只是想看他一眼。"

"哇噢！"龙见大声嚷嚷着，"哎呀，好讨厌，简直甜得快融化了。"

喜多踹了龙见一脚。惠郁看着他们打闹，笑着走出咖啡店，不出三十秒，她绕到后方的小路，从外面敲敲喜多他们固定座位后方的窗户，左手放在耳朵上，右手的食指微微旋转，提醒喜多别忘了打电话给她。

喜多苦笑着点点头，龙见得意忘形，竟然翻开《淑女俱乐部》的彩页，贴在玻璃窗上叫了一声："锵锵！"

喜多这次用力狠踹，龙见倒在沙发上。

"痛死我了！"

"让二，我真的会掐死你。"

"哎哟，明明可以让你们今晚更嗨。"

"去死啦，让二郎。"

"啊！别这样叫我啦！"

不知道惠郁有没有看到女人交缠的照片，她已经消失在窗外。

5

晚上七点过后，三个人骑着各自的摩托车，前往舞子位于池袋的公寓。路上车很多，但骑在最前面的龙见在车流中狂飙，三个人转眼间就来到目的地。

龙见急急忙忙第一个冲上楼梯，对着另外两个人露齿一笑，反手敲响舞子邻居家的门。

女人立刻探出头。

"来了——咦？龙见，又是你，你还真是热心啊。"

喜多注视着龙见的侧脸。他们上次来这里时，并没有报上自己的姓名。

龙见慌忙把食指放在嘴唇前，示意女人不要再说了。

"嘘，你家不是有考生吗？要考私立学校。"

"没关系，他正在吃饭。"

喜多和橘抿嘴一笑。

"哎哟，这种事不重要啦。"

从龙见和女人熟络的态度，不难猜到那次之后，他应该来过这里不少次。

"今天来找你，是因为之前忘了问你一件事。请问有没有女人来找老师？"

"哦，经常有女人来找她啊。"

女人很干脆地回答，喜多和橘立刻收起笑容。龙见听到想听的答案，紧接着问："真的吗？真的有女人来吗？"

"对啊，经常有不同的女人。"

"她们来做什么？"

"做什么？嗯……"女人眨眨茫然的双眼，自信缺缺地说，"好像在听音乐，一起听古典乐。并没有很大声，所以我从来没有抗议过。"

喜多和橘交换确认的眼神。舞子用古典音乐掩饰床上的动静——

"来找老师的都是怎样的女人？"

"你问我怎样的女人，我说不清，形形色色的……"

"有没有经常来的女人?"

"对了,有一个皮肤白白的漂亮女生偶尔会来,穿了一件好像男人穿的米色大衣……嗯,那个……"

"风衣?"

"对对,就是风衣。"

一定是音乐老师鲇美。她果然和舞子在一起。

"啊,但是比起这个女人——"女人好像想起什么事,补充说道,"有一个年轻女生更常来这里。眼睛大大的,很可爱,不知道是不是她的学生。"

"学生?"

"看起来像是学生,这里有一颗痣。"

女人指向自己右眼下方。

龙见颤抖一下,然后战战兢兢地转过头。橘也不知所措地看着喜多。

——该不会……

喜多六神无主。他不顾另外两个人的制止,冲下楼梯,甩了一下 RD 350 的车尾,冲进黑夜,发出巨大的声响。

几分钟后,他就来到位于大冢的惠郁家。

喜多把内心的烦躁发泄在离合器的踏板上,来到三层楼的豪宅前,一个劲儿地空转引擎,似乎要将内心的愤怒一吐为快。

轰!轰!

转速表的指针在红色区域抖动。

二楼的窗户打开,惠郁欣喜若狂地向他招手,然后用肢体语言表示,我马上下去。她的脸消失在窗前不到一分钟,就冲出玄关。

她配合喜多的打扮,在T恤外穿了一件皮夹克,搭配合身牛仔裤。

"超开心!"

惠郁跳上摩托车,从后方抱住喜多。原本只是说好要打电话,没想到喜多上门来找她,这件事让惠郁非常开心。她还高兴地以为,喜多的冷淡态度只是为了掩饰主动来找她的害羞。

喜多转过街角时,踏板几乎擦到地面。他内心七上八下,后背感受着惠郁的温暖,但那是那张情色照片中女人的胸部。某种尖锐的东西搅动着他全身的神经,他在摩托车声中听着惠郁天真无邪的笑声,不知道该如何是好。

他把摩托车停在代代木公园前。

惠郁挽着喜多的手,迈着轻快的脚步。虽然气温骤降,但周围有很多年轻情侣,大刺刺地上演着香艳的行为,规规矩矩地在这里散步,反而有点儿羞耻。

昨天之前,喜多和惠郁也是这个公园内的其中一对情侣。

但是,现在——

惠郁找到一处没有人的地方,拉着喜多走去那里。他们抱在一起倒在草皮上,但喜多马上坐起身,抱着膝盖,严肃地看着远方的水银灯。

原本抱着他的惠郁松开手。

"……怎么了?"

"……"

"你怎么了嘛?"

惠郁显得有点儿不安,但仍然露出一丝撒娇的眼神,从下方窥视着喜多的脸。

"喜多郎……"

"……"

"发生了什么事吗?"

喜多犹豫不决。虽然在一怒之下来到这里，但他无论如何都说不出口。

"喜多郎，你说话啊……"

惠郁也转为严肃。

原本打算质问惠郁，没想到反而被惠郁质问。必须说点什么。要说学校的事，还是朋友的事，或是甜言蜜语？不，只要默默搂住她的身体，就可以像之前一样，一切船过水无痕。

——就这样和惠郁继续交往下去。

一个声音像耳鸣般响起。那一定是真心话。正因为真心这么想，才会把沸腾的怒气压抑在内心深处，和惠郁继续坐在这里。

但是——

从今往后，每次注视惠郁，和她说话，或是和她上床时，都会想到那张照片。想到自己是否能够撑下去，心情就开始动摇。

——我能够忘记那张照片吗？

喜多扪心自问，确认自己的心意。

"没办法……"

他不由自主地轻声说出答案。

"什么没办法？"

"……你的事啊。"

喜多说道，似乎决定听天由命。在说话的同时，已经开始后悔。

"我的事……要分手吗？为什么？"

因为你和肉弹睡过——喜多说不出口。他无法说出口，于是低下头。

"喜多郎，你把话说清楚，说啊！"

喜多把头转到一旁，似乎决定保持沉默，但是他扭曲的脸很不寻常，所以惠郁苦苦追问。

"拜托你告诉我……拜托啦。"

惠郁频频拉着喜多的袖子催促，不一会儿，她突然停手，倒吸一口气，好像看到什么可怕的东西。

她以试探的眼神看着喜多，嘴唇微微发颤。

"刚才的……是因为刚才的照片吗？"

喜多好像被刺中般瞪大眼睛，缓缓将视线移回惠郁身上。

刚才的照片——就是龙见隔着罗宾咖啡的窗户，给她看的女同性恋彩页照——

惠郁双手捂着嘴，痛苦地喘息着。她哭丧着脸，右眼下方的泪痣看起来格外哀伤。

喜多茫然地注视着水银灯。怒气已经消失，只有痛苦的悔恨填满内心。

他搂住几乎快昏倒的惠郁，用力抱着她娇小的后背。惠郁的眼泪滴在喜多的手腕上，渗进袖子的泪水很冰。

惠郁把头埋进喜多的胸口呻吟着。

"……对不起……我全都告诉你，我会一五一十告诉你……你听我说。"

"好……"

惠郁泣不成声，但仍然努力想解释清楚。

"……我跟你说……舞子老师会把考试的答案告诉我……从

很久之前开始……一年级的时候，在考试的前一天，舞子老师找我，邀我去她家，说可以辅导我功课。我晚上去找她时，她给我看了隔天考试的答案……我应该拒绝，但是我……"

喜多默不作声地听着惠郁说话，他有一种不可思议的感觉，好像在听童话故事。案件的谜团在那个不真实的世界中渐渐水落石出。原来舞子口袋里的考试答案是为了带给惠郁。喜多之前就有一丝这样的预感，但现在觉得一切都无所谓了。

"……每次考试之前，我都会去老师家，虽然明知道不该这样，但我功课不好……没想到……在二年级的期末考试时……老师她……"

惠郁说到这里，哭得更伤心了。

"别再说了。"喜多低声说道，然后闭上眼睛。

惠郁不必再说下去，他知道之后发生的事。舞子用考试作为诱饵，向惠郁伸出魔爪。惠郁在初中时功课并不好，但因为舞子告诉她考试的答案，因此上了高中之后，她的成绩进步神速。一旦拿到好成绩后，就不想再退步，于是惠郁只能听任舞子的摆布。事实八成就是这样。

喜多搂住惠郁肩膀的手更加用力。

惠郁并没有停止，她似乎停不下来。

她和舞子的关系越来越密切，舞子带她去汽车旅馆，以及拍下她在床上的照片，还有当其他老师离开学校后，舞子还逼她在校长室和英文准备室和她发生关系。当她告诉舞子，她还是无法忘记喜多后，挨了舞子的巴掌——惠郁毫无保留，全盘托出。

喜多并没有厌恶惠郁，但是对舞子这个女人恨之入骨。

惠郁可能在彻底忏悔之后松了口气，在喜多的臂弯中恢复镇定，呼吸渐渐平静下来。

"我跟你说，"惠郁满是泪水的脸上浮现笑容，"当我听说老师死掉的时候，高兴得跳起来。我原本以为一辈子都会沦为她的奴隶……"

"我如果早知道，就会亲手宰了她。"

喜多嘀咕着，惠郁轻轻叹气。

"但是，舞子老师为什么自杀？我完全不相信她有男朋友。"

"其实并不是自杀。"

"啊？"

"肉弹是被人杀害。虽然她是罪有应得。"

"但、但是……"

"我知道，警察都很浑。"

惠郁抬起头，但似乎觉得自己哭肿的脸很丑，于是再次依偎在喜多的胸前，然后轻轻一笑。

"那么，会怀疑是我做的吗？"

"怀疑你什么？"

"我有杀害老师的动机啊。"

"你别说傻话了。"

"这是真的啊，而且老师死了的那天晚上，我也去了她家……"

喜多低头看着惠郁的头。

"几点的时候？"

"十点左右，平时都是这个时候去找她。"

"肉弹那家伙在家吗？"

"不，她不在。"

舞子果然没有回家。

"然后呢？"

"我等了差不多一个小时，实在太冷了，于是我干脆搭出租车去学校。"

"为什么又去学校？"

"我想老师可能还在学校……，但是校门关着，学校里一片漆黑，我只好又回到老师家。"

"那时她回家了吗？"

"没有，她家也黑漆漆的。"

"那是几点的时候？"

"快十二点的时候，我又等了差不多一个小时，老师一直没有回家……于是，我就打电话给舅舅。"

"舅舅？你是说校长吗？"

"嗯。"

惠郁有点儿尴尬。

"我以为只要问舅舅，就知道老师在哪里，但是舅舅完全不知道，还很凶地对我说话，叫我赶快回家。"

"会这么说很正常啊。"

喜多对惠郁毫无逻辑的行为很傻眼。校长又不是家长，怎么可能知道学校某一个老师的下落，而且又是在校外的情况？

但是这不重要，喜多关心的是，或者说是让他感到匪夷所思的是，惠郁去了舞子的家两次，但舞子两次都不在家这件事。第一次没有问题。因为晚上九点半时，舞子那时候还没有回家，在舞子家的是凶手，所以惠郁十点去舞子家时，舞子不在家这点没有问题。

问题是第二次。惠郁在凌晨一点左右,又在舞子的家门口等她,但舞子还是"没有回家"。可是,差不多相同的时候,龙见曾经打电话到舞子家,和舞子通过电话。

"喜多郎。"

"嗯?"

"我差不多该回家了……"

"好。"

喜多注视着惠郁的眼睛问:"你没事吧?"

"喜多郎,你呢?"

"我没事。"

喜多这样回答。

喜多起身。惠郁也跟着他站起来,两个人一起走向公园的出口。

"喜多郎,老师真的是被人杀害吗?"

"对啊。"

"被谁杀害?"

"这我就不知道了。"

喜多偷瞄惠郁的侧脸。

目前确定的是,舞子每次都弄到考试的答案,再泄题给惠郁。舞子的尸体从保险箱掉出来时,装着考题答案的信封从口袋里掉出来。这意味着舞子那天晚上也打算泄题给惠郁,所以事先做好准备。

但是,她还来不及泄题给惠郁,就被人杀害——

喜多想起橘的推理。

橘认为是三寺校长把考题答案交给舞子,惠郁是三寺的外甥女，甚至有人说她是三寺的亲生女儿。三寺为了让不知道是外甥女还是女儿成绩有起色，通过舞子，事先把考试的答案告诉她。

这条线可以连起来。如今知道考卷是要给惠郁，橘把三寺和舞子联结起来的推理就变得很有说服力。

但是，命案本身仍然笼罩在迷雾中。

——凶手到底是谁？

难道有人知道了泄题的事，于是演变成凶案？

如果要说很了解校内状况的人，第一个就会想到海德茂吉。茂吉那天半夜十二点没有巡逻……不，也许单纯只是三寺和舞子闹翻，才酿成命案。如果三寺得知，舞子利用考题的事玩弄惠郁——

但是，舞子的尸体为什么会被塞进保险箱？而且，那天晚上是穿白鞋的"女人"和舞子一起在教师办公室留到很晚。

——搞不懂。

喜多双手用力拍拍脸，骑上摩托车。他呆了一下后回头，发现惠郁静静站在远处。

"上来吧。"

惠郁摇摇头："不用了。"

喜多看到惠郁悲伤的神色，立刻明白了。他刚才边走边思考的是命案，惠郁则思考着他们两个人的未来——

"我搭电车回去。"

惠郁的声音细若蚊鸣。

"别说废话，快上车。"

惠郁转身跑走。

喜多立刻停好摩托车，想追上去，但脚被油箱钩到。他整个人往前冲，跌倒在地，膝盖撞到地面。他慌忙站起来追上去，但脚步越来越慢。

——算了。

喜多停下脚步。他觉得去追惠郁反而很残酷。

对惠郁而言，这一切无比痛苦。

如此理所当然的事，喜多却现在才终于明白。谅解惠郁后，他自我陶醉不已。但惠郁也许认为，那只是同情而已。

视野渐渐变黑。但是，不能就这样结束。喜多把这句话深深烙在心上，目送着惠郁渐渐远去的背影。

6

回到罗宾咖啡时，龙见和橘都忧心忡忡。虽然喜多很不愿意提起那些事，但龙见和橘都听到了那位太太说的话，因此喜多便把所有情况一五一十地告诉他们，同时让他们知道，惠郁也是受害者。

龙见听到最后，眼眶都湿了。

"肉弹那家伙太恶劣了……"

"是啊，真想再杀死她一次。"

喜多咬牙切齿地说完，整个人倒在沙发上。

"你和惠郁接下来怎么办？"龙见不敢正视喜多，"你们要分手吗？"

"……我不想分手，这并不是她的错。"

"嗯。"

"就是啊——"橘难得义愤填膺,"惠郁只是受人要挟,根本没有做错任何事,错的是肉弹,那个淫荡的女人是所有罪恶的根源。"

喜多想起惠郁。不知道她有没有回家?不知道她现在的心情如何?

"我们继续调查。"

喜多低声说道。龙见和橘都没有说话,表情似乎在说:"事到如今,凭吊舞子之战没必要再继续了吧?"

"难道就这样不了了之吗?"

喜多拍着桌子。

他痛恨这起命案。命案就像海藻般缠在身上,却完全看不清真相,唯一知道的,就是根本不想知道的、惠郁的秘密。这让喜多很不甘心,如今他之所以想查清楚命案的真相,并不是为了肉弹,也不是为了证明相马的清白,而是想要彻底打败这起折磨大家的命案。他内心满是这种激昂的情绪。

"让二,你看着我。"

"干吗?"龙见的声音很忧郁。

"那天晚上,真的是肉弹接的电话吗?"

"啊?"龙见抬起头,"你问我是不是她?难道不是她吗?"

"声音呢?"

"声音听起来很困,但是又好像喝醉酒一样很性感,然后在电话中问:'龙见同学,是不是你?'除了肉弹,还会有谁?"

"你可以保证确实是肉弹本人吗?"

喜多瞪着龙见问道,龙见不知所措地说:"喜、喜多郎,不要生气啦!"

"我没有生气,但是你不觉得奇怪吗?惠郁十二点到一点都守在她家门口,她说肉弹并不在家,也没有回家。"

"惠郁中间不是跑去学校吗?肉弹可能是那个时候回家,然后上床睡觉了。"

"肉弹身上带着考卷的答案,打算给惠郁看。如果她回家了,应该不会睡觉,而是会在家里等惠郁。"

"这、这我就不知道了。"龙见无力招架,然后小声抗议:"那你觉得是什么状况?"

"可能是其他女人躲在肉弹家里,然后接起那通电话。"

橘开口说道。

虽然被橘抢先点明,但喜多加强语气说:"我也这么认为。"

"其、其他女人是谁?"

龙见又露出好像听到恐怖故事的表情。

"这就不知道了。"喜多说,"但是晚上八点四十分之前,我亲眼看到肉弹在教师办公室,而且之后的尸体口袋里有考卷。把这两件事结合在一起思考,就会发现肉弹没有回家,在我看到她之后,她在学校被人杀害,然后被塞进保险箱。这样的情况不是比较自然吗?"

"虽然是这样没错……"

"肉弹并没有回家,但其他女人潜入她家,然后接起了你打的那通电话——"

喜多说完的瞬间,身体猛地紧绷。

闪光。

他又看到了那道闪光。

但是,闪光仍在眨眼间消失,不过这次闪光留下明确的暗示。

不是那样。

并不是其他女人躲在舞子家中。闪光正面否定了喜多的想法。

——到底哪里不对？

"喜多郎，你怎么啦？"

喜多口干舌燥，吞着口水。

又是龙见，一下子把喜多拉回现实世界。

"喜多郎！"

"嗯。"

"有什么发现吗？"橘问。

"不……没事。"

喜多默默叹气。他隐约感觉到，闪光的本质，并不是靠思考就能弄清楚的。

"那我们来整理一下。"喜多调整心情，"首先，我并不是怀疑让二的耳朵，但是先忽略电话的事，来思考看看：肉弹从我在办公室看到她的八点四十分之后，到我们一起进入办公室的两点半期间，在学校被人杀害——你们认为谁的嫌疑重大？"

"虽然不知道是不是嫌疑重大——"橘立刻回答，"当时在学校的是海德茂吉、相马、你看到的白鞋子女人，以及跳窗逃走的家伙。我们目前只知道这四个人。"

四个人都被橘说完了，龙见懊恼地"哎哟"一声。

"好，那现在加上相信让二那通电话的说法。肉弹在凌晨一点之前在家，然后又去了学校。假设她一点半到学校，然后在一点半到两点半期间，谁有办法杀她？"

"如果是这样……"龙见马上回答,但又说不下去,再度被橘抢走话语权。

"如果是这么晚的时间,也许可以删除白鞋子女人。还有相马……如果相信他最后说的话,那么他十一点时就已经离开学校。"

由于橘的话否定了"相马凶手说",龙见立刻心情大好,频频点头。

"总之——"喜多说,"无论是哪一种情况,都只剩下海德和跳窗逃走的家伙这两个人。"

"是啊。"橘点点头,但猛然抬起头。另外两个人跟着抬头。

他们听到老板的脚步声靠近,手上的托盘上有三杯咖啡。

"我请客。"老板面带微笑。

"谢谢招待!"龙见敬礼,喜多和橘鞠躬致意:"谢谢。"

"偶尔要招待一下,你们似乎讨论得很热烈。"老板说。

"是啊。"龙见响应,但不知道接下来该说什么。钥匙的事情后,三个人和老板之间疏远了点,就连龙见都有点儿不自然。既然老板那天说是"拿错钥匙",也就不好意思再多问,而且老板最近经常心不在焉,很少跟他们一起聊天。今天也是,放下咖啡之后,只说声"请慢用",就回到吧台后。

"搞不好是封口费。"

龙见低头看着咖啡,战战兢兢,然后可能自以为说了一句很幽默的话,突然情绪激动,开心地看着另外两个人说:"喂,喂,我说得没错吧?"

"搞不好哦。"橘幽幽地说。喜多看着龙见:"哪件事的封口费?"

"啊，你突然这么问，我也不知道啊。"

"那就不要离题！到底是谁有嫌疑？"

龙见似乎为了洗刷污名，急忙回答说："我还是觉得海德最可疑。他十二点的时候偷懒没有巡逻，然后在我们离开学校之后，又有足够的时间移动尸体，无论如何，海德茂吉不是都很可疑吗？"

喜多也认为如此。更何况对跳窗逃走的人毫无头绪，只能把焦点放在茂吉身上。

"好，那我们就来调查茂吉。"

三个人同时起身。

走出罗宾咖啡时，喜多在公用电话前打了一通电话。

惠郁已经睡了。惠郁妈妈的声音比平时更冷淡。

7

这次并没有像之前执行罗宾计划时那么紧张。他们熟练地从后门爬进学校，沿着墙壁跑了一段路，很快就绕到西栋后方。

晚上九点五十分——

一楼的警卫室亮着灯。

三个人在树丛中悄悄探出头。

"他在，他在。"龙见说。

他们可以清楚看到警卫室内的情况。茂吉在警卫室内，坐在那台很像军队无线通信机的手提音响前，驼着背，戴着耳机，和他一头蓬乱的白发很不搭。

"不知道是不是在听八代亚纪的新歌。"

龙见呵呵笑了。喜多那天担任先遣部队躲在资料室时,听到他在巡逻时唱糖果合唱团的歌。

茂吉开始准备巡逻。喜多低头看着手表,发现刚好十点。茂吉拿出钥匙串和手电筒,穿着已经成为他标志的白袍,走出警卫室。

手电筒的灯光沿着走廊前进,摇晃着上了二楼。

"真是令人发毛。"

"是啊。"

喜多和龙见看着茂吉的身影,突然背后传来意外的声音。

"喂。"

橘把手伸向警卫室的窗户。

"窗户没关。"

"真的欸。"龙见说,"海德那家伙脑袋有问题,自己的地方窗户不锁好,巡逻根本没有意义。"

"废话少说,先进去看看。"

喜多说。橘看了一眼已经到达三楼的灯光,点点头。龙见说声"好",开始脱鞋子。

三个人鱼贯进入警卫室。他们知道巡逻要将近一个小时,所以很从容。

"这个果然很猛。"龙见摸着手提音响。

"喂,不要乱动。"

喜多警告龙见后,打量着室内。

警卫室内有一台手提小电视和一台小冰箱,圆形矮桌上放着茶叶罐、茶壶和茶杯,还有吃拉面的海碗……就只有这些东西。

墙上贴着八代亚纪的年历,看起来很旧,仔细看清楚后,发现竟然是三年前的。茂吉可能很喜欢八代亚纪这张侧身的照片,当作海报贴在墙上。

橘在钥匙箱内窸窸窣窣翻找着。龙见把耳机放在耳朵上,摸着开关,但可能听不到任何声音,不停地歪着头纳闷。

喜多打开壁橱,里面有一床被睡得很扁的被褥。往壁橱深处张望,发现里面堆满卡式录音带。有一百盒,不,搞不好有两百盒。

"不行,什么都听不到。"

龙见暴躁地丢下耳机。

"让二,你看这个。"

喜多指着壁橱内,龙见探头看了一下,提不起兴趣:"有再多录音带也没用,手提音响坏了。"

"听不到声音吗?"

"嗯,录音带在转……"

喜多把耳机放在耳边,的确没有听到音乐声,只听到录音带转动的吱吱声。

"是不是空白的录音带?"

"那海德刚才在听什么?明明设定在录音带模式,但是无论倒转或是快转,都完全听不到任何声音。"

"那要不要用这里的试一试?"

喜多把脑袋伸进壁橱,手伸向堆积如山的录音带。这时,鼻子突然闻到一股味道。

香水?

除了霉味和老人味,还有淡淡的香气——

"嘘!"就在这时,听到橘发出声音。喜多和龙见立刻停手。

他们听到了脚步声。就在走廊里。

"惨、惨了。"龙见说。

"嘘!"橘又叫了一声,扬扬下巴,催促喜多快逃。喜多慌忙把脑袋从壁橱内收回来,但顺手拿走最上面的录音带,塞进口袋。

茂吉走回警卫室时,三个人蜷缩在只隔着一道墙的窗户下方。茂吉完全没有起疑,在架子上找了一会儿,把新的电池装进手电筒后,再度离开警卫室。

"刚才超危险。"龙见不停地摸着胸口。

"回家吧。"橘说,"反正警卫室内没有看到其他尸体。"

喜多点点头。除了香水的香味和没有声音的录音带,茂吉的警卫室似乎没有其他秘密。

三个人来到喜多家,播放带回来的录音带。

一分钟、两分钟……完全没有音乐声。

"果然没有录任何东西。"

龙见不耐烦地躺下来。这时,喇叭传出轻微的声音。

砰——

龙见不禁"咦"了一声。

"是关门的声音吗?"喜多说。

橘没有吭气,竖起耳朵细听。

嗒、嗒、嗒——

脚步声?

"喜多郎,这是什么声音啦?"

"嘘！不要说话，仔细听！"

但是，并没有听到其他声音。虽然录到好几次听起来像是开门、关门的声音，可除此以外，完全没有任何声音。录音带一直转动，然后停下。

之后他们努力思考了没有声音的录音带和香水之谜，但始终没有找到答案。他们三个人觉得已经用尽所有方法查找凶手，想不出还有什么方法。

虽然他们曾经想过直接去找茂吉，问他为什么那天晚上偷懒没有巡逻。只不过一旦问了这个问题，他们三个人那天晚上潜入学校的事就会曝光。虽然很想打听校长和舞子之间的关系，但基于相同的理由不敢问。一旦想从校长口中套出明确的答案，可能会打草惊蛇，导致罗宾计划曝光。

犯罪的人想要在隐瞒自己犯罪的情况下，追查偶然发现的另一起犯罪。这想法实在是太不实际了。

学校开始放寒假，留下很多未解之谜。他们对命案的关心渐渐淡薄。三个人忙着打工，不再像以前那样经常聚在罗宾咖啡。

然后，喜多就毕业了，那道闪光再也没出现。

第六章
冰熔点

1

下午四点十五分——

暮色渐渐笼罩周围。四楼的侦查对策室内一片喧闹。

原来岭舞子是同性恋——

侦查对策室内响起一阵惊呼,每一张脸上都写着惊讶,所有的声音都带着惊愕。对女性关系人展开调查的必要性大幅增加。

虽然没有料到舞子是同性恋这样的结果,但沟吕木原本就想到"舞子起因说"的可能性,因此接连下达了宛如事先就准备好的指示。

"把当时所有的女教师都找来问话。""彻底调查太田惠郁。""马上确认日高鲇美的下落。"

沟吕木在下达指示的同时,想起舞子大学时代友人大室良子的供词。

"我觉得她很可怕……"

沟吕木认为,这代表良子嗅到舞子散发出的危险味道。舞子一定把良子视为同性恋的对象,不,也许并不是同性相恋这种女人和女人之间平等的关系,而是隐藏着女人强暴女人的凶恶行为。舞子不是把良子视为朋友或是恋爱对象,而是女人想要征服另一个女人的邪念,良子因此而害怕。舞子原本对以前的班主任很专情,但被抛弃后堕胎,从怨叹的谷底重新站起来后,完成了偏离进化的羽化。她被无情的男人深深伤害后,不仅开始拒绝男人,而且转而成为攻击同性的利刃,简直就像是因憎恶自己内心存在的女性，便试图否定内心女性存在的逃避行为。

舞子称之为"比男人更好玩的事"。她接近良子时显然心怀叵念，对太田惠郁则伸出了魔爪。那是没有恋爱感情的狩猎式同性恋行为，既然这样，一定还有其他受害者。

这就是沟吕木得出的结论。舞子周遭所有的女人都有可能惨遭舞子的毒手，所有女人都可能成为杀害舞子的加害者。

"股长——"

大友叫着他。

"什么事？"

"有新情况。"大友指着龙见的喇叭说。

喇叭中传来龙见的声音。

"我不知道那是什么，但喜多郎的确踩到了什么东西，然后跳起来说很痛。"

"他在说什么？"沟吕木看着大友问。

"德丸反复问他发现尸体当时的状况，龙见突然提到喜多在校长室踩到了什么东西。"

"这样啊。"沟吕木歪着头，但立刻找来负责传话的刑警。

"告诉寺尾，在保险箱发现尸体时，喜多在校长室踩到东西，所以要问喜多，他到底踩到了什么。"

沟吕木下达指示，完全没有想到这是另一起指向同性恋强暴疑云的线索。

寺尾听到传令刑警向他咬耳朵的内容，在内心咒骂。

——又来了！辖区警局的刑警真是个王八蛋。

审讯室之间已经交换过无数情报，但从龙见的审讯室传过来的情报占压倒性多数。被德丸占上风的屈辱,像毒气般累积在寺尾的胸口;再者,每次一收到新的线索,就必须中断原本的审讯内容。

寺尾以锐利的眼神看向喜多。

"你踩到了什么?"

"啊?"

"发现尸体时,你在校长室踩到了什么?"

"啊!"喜多轻轻惊叫,视线从寺尾身上移开。

——这种反应太明显。

寺尾注视着喜多。喜多就像今天早上第一次听到罗宾计划时那样,全身都在颤抖。

"怎么?回答不了吗?"

"……"

寺尾苍白的脸微微涨红。他的太阳穴暴着青筋,胸口的毒气向全身扩散。

砰!捶在桌上的拳头打破寂静。

"喂!我在问你啊!"

这是寺尾第一次咆哮。

喜多一颤,绷紧全身,但仍然默然不语,忍受着寺尾的咆哮。

——不能说。

喜多用力闭上眼睛。

——这件事无论如何都不能说。

之前有问必答,就是在脑海深处认为,只要能够隐瞒这件事,其他所有的一切都无所谓。

"快说!"寺尾吼叫着。

"……"

"如果你不说,就别想回家!"

"……"

——他一旦开口,就真的回不去了。

喜多双手捂着耳朵,咬紧的牙关发出刺耳的声音。

那天晚上,他的确在校长室踩到坚硬的东西。那是学校的领章。"3F",代表领章的主人是三年级 F 班学生。背面有别针,可知是女生的领章。他捡起来之后,立刻在保险箱内发现了舞子的尸体,连他自己都完全忘记领章的事。几天之后,指尖在口袋里摸到坚硬的东西才发现,但一时想不起来自己为什么会有这种东西。

但是,那枚小领章和喜多之后的人生有密切的关系。

发现领章的那一天,喜多去了"3F"的教室。那时候已经开始上课。

——来找找看。

他带着一丝好奇,弯下腰,悄悄打开落地窗,从落地窗向教室内张望。课桌的铁管桌脚和女生一双修长的腿映入眼帘,脚上穿着一双富有光泽的白色鞋子。

喜多立刻联想到那天在教师办公室时,看到舞子时也看到的那双白色鞋子。那时候因为距离太远,无法判断看到的白鞋和眼前这双白色鞋子是否为同一双,可以说是牵强的联想。但是,喜多被刚好看到的白鞋吸引,从落地窗看到那双腿的脚踝很细,但有一种还没有发育成熟的稚嫩。那天晚上看到的脚踝,不也是有这种感觉吗?

这时，一头黑色长发突然垂在地上，喜多的视野都被一张女生的脸占据。那个白鞋的主人似乎以为喜多在偷窥，瞪他一眼，按着裙摆。

——啊，这家伙……

喜多知道她姓"片品"，而且知道她是体操社的成员。

"现在是扫地时间。"

喜多担心她会大叫，于是用开玩笑的语气说道。回想起来，当时的画面很滑稽。一对男女紧贴着地面，隔着落地窗大眼瞪小眼。可能她有同感，也可能是喜多的那句话奏效了，总之，她呵呵一笑。

包括在校长室踩到领章一事在内，喜多没有把和她之间的事告诉龙见和橘。

假设在教师办公室的那双白鞋，和掉落在校长室的领章主人是同一人，她就会成为杀害舞子的嫌疑犯之一，但是，喜多隐瞒了这件事。因为喜多无法把她的笑容和血腥事件扯在一起。喜多自行做出这样的判断，于是就当作什么事都没发生。

在惠郁坦承一切后，喜多才重新向片品投以怀疑的眼光。她的娃娃脸笑起来有酒窝，而且器械体操的训练，让她拥有苗条的身材。舞子很可能盯上她，和对待惠郁一样，向片品伸出魔爪。她们可能因感情纠纷，在校长室大打出手，结果领章就掉下来——

喜多和惠郁最后还是分手了。惠郁向他坦承一切之后，就没有再去罗宾咖啡，态度坚定地一再拒绝喜多的邀请。喜多锲而不舍地想追回惠郁，执拗的程度连他自己都感到惊讶。他除了打电话，还经常骑摩托车去大冢，发现惠郁仍然不想见他，于是有生以来,第一次提笔写信。怎么能够因为那种事分手?也许他无法放弃,只是因为意气用事,而且惠郁似乎看透这一点。不久之后,他就收到惠郁的回复,提出"希望分手"。

"真希望十年之后,我们还能够相遇。"

喜多觉得自己从最后一行字中,看到惠郁内心的创伤有多严重。对两名高中生来说,"十年"是无法想象的遥远未来。

和惠郁彻底分手之后,喜多失魂落魄了好一阵子。

迎接新年,高中最后的寒假结束,但喜多没有找到工作,有点儿自暴自弃。差不多就在那个时候,他约了体操社的那个女生见面。他骑着摩托车,载着她去板桥的咖啡店喝咖啡。他原本打算不经意地打听,她的领章是不是不见了。因为他们就读的学校都是穿便服,这个年纪的女生开始爱打扮,因此都不会戴领章,觉得太丑了。但是,她几乎每天上学都戴着"3F"的领章。喜多很在意这件事,但是后来发现这只是借口,在咖啡店和她聊天之后,他发现自己只是在以领章的名义,每天持续观察她。她整个人散发出惬意放松的感觉,羞涩的眼神、天真无邪的笑容……

第一次和她隔着落地窗相望时,喜多内心就产生某种预感,因此他向龙见和橘隐瞒了她的存在,但是,在咖啡店见面之后,喜多对她的心意并没有与日俱增。这既是因为对惠郁的愧疚,同时也是感到害怕。姑且不论她是否和命案有关,想到她可能和惠郁一样,曾经被舞子玩弄,就迟迟无法鼓起勇气提出下一次邀请。

高中毕业半年后,才又和她重逢。他们在街上巧遇。她就读于短期大学,喜多过着时下所说的自由职业生活,渐渐对未来产生不安。他们去了咖啡店,然后又一起去吃饭、喝酒。喜多趁着酒意，坦承对她的好感，提出要求，希望进一步交往。她害羞地低下头，然后小声回答：

"只要你不嫌弃……"

她就是和代。

虽然经过一番波折，但他们在毕业第七年结婚。可以说，是和代改变了喜多。喜多一心想与和代共度余生，于是放弃自由职业，为了能够找一份稳定的工作，去读了大学。

三年前，喜多一动不动地站在妇产科医院的走廊上，听到绘美出生后的第一声啼哭。

他终于了解到"小确幸"这三个字的意思。他感受到家庭的温暖，自从父母离婚之后，他就失去了确确实实属于自己的归宿，如今，他终于有了深爱的归宿。

——我不会让任何人把手伸向我的归宿。

寺尾逼问的声音仿佛来自远方，喜多暗自下定决心。

他把领章的事封印在内心深处。一起生活了七年，他很清楚和代不可能杀人。虽然对她和舞子之间的关系有一丝疑问，但正因为这样，这十五年来，他从来没有问过和代关于领章的事。和代和舞子之间是否曾经有过关系并不重要，他担心的是万一被他说中，和代就会崩溃。惠郁教会他一件事，男女之间，有些事还是不要知道比较好。

把领章的事告诉寺尾，意味着会让这个"万一"浮上台面。正因如此，所以死也不能说。无论是谁，都不可以碰触自己无可取代的归宿。

砰！

寺尾再次拍着桌子。喜多这一次针锋相对。

"吵死了,你这个烂人!"

十五年前,那个不良少年的说话方式脱口而出。

寺尾愣住了,负责写笔录的女警惊讶地看着喜多。喜多怒目圆睁,好像随时都会扑向寺尾。

——这、这家伙……

寺尾忍不住慌乱起来。原本有问必答的喜多突然改变态度。喜多刚才比之前那些中了寺尾计谋的嫌犯更老实交代,如今——

难道自己的敌人并不是辖区警局或是德丸吗?

寺尾再度看向喜多芳夫这个男人。

"看来你回家的路是越来越远了。"

"……"

寺尾和喜多开始大眼瞪小眼。

2

下午五点二十分——

侦查对策室收到重要的线索。

"股长——今井打来的电话。"

大友递上电话时有点儿紧张。今井是沟吕木小组内的中坚成员,从一大早就开始追查日高鲇美的下落。

沟吕木抢过电话。

"找到了吗?"

"没有。"今井回答,但声音中并没有失望,反而有点兴奋,"我问了鲇美工作的那家夜总会的坐台小姐,那名小姐说,鲇美昨天离开之前说,今天她要休假,但她休假的理由很令人在意。"

"你说。"

"她对那名坐台小姐说,今天是特别的日子。"

——什么?!

沟吕木内心发出惊叹。

特别的日子——通常不会轻易这么说。今井在电话中补充说,今天既不是鲇美的生日,而且她没有结婚,当然不会是相关的纪念日。

十五年前的那天发生命案,难道是因为舞子的忌日吗?不,也许是指十五年后的今天,是追诉时效终止的日子。总之,既然和舞子关系最密切的鲇美说今天是"特别的日子",是否可以解读为,这天之所以特别,是因为这是命案发生的日子、舞子遭到杀害的日子?

"目前有空的人,全部都派去鲇美可能前往的地方找人!"

沟吕木用整个房间内都可以听到的声音下达指示,转过头时,对大友说:"立刻把喜多和龙见的笔录中有关鲇美的部分都列出来!"

"已经完成了。"

大友用公事化的态度回答,但在他有点儿女性化的脸上,双眼露出一丝自豪。

"拿过来。"

作为称赞,沟吕木用力推了一下大友的后背。大友推开堆积如山的数据。他坐在这张好像垃圾场的办公桌前,率领辖区警局的内勤人员,持续抢先制作各种侦查工作可能用到的资料。

沟吕木很快便拿到四页整理资料,上面仔细罗列的内容,很像是女人写的字。

第一页大致内容如下：

- 音乐老师
- 身材苗条的美女
- 在学生眼中很歇斯底里，不受学生欢迎
- 曾经和舞子一起去迪斯科舞厅
- 曾去过罗宾咖啡三次

（夏天　以客人的身份）

（命案前不久　校外巡逻指导）

（命案发生后　目的不明，但极度憔悴）

- 来年离开教职
- 目前在夜总会弹钢琴
- 没有结婚

第二页之后是针对以上各个项目的详细资料。

沟吕木看完之后，找来大友等五名内勤人员，召开了小型会议。

"你们整理出这么齐全的资料，想必对日高鲇美和她的行为有各种想法，请你们畅所欲言。"

所有内勤人员都涨红了脸。虽然警视厅很大，但是沟吕木是唯一在办案时，会倾听辖区警局内勤人员对案件感想的指挥官。无论如何，都希望可以响应他的期待，希望可以提出对这起案件的侦查工作有帮助的线索，哪怕是再小的线索也没关系——这些全都写在大家激动发红的脸上。感受到这样的气氛后，身为沟吕木团队成员之一的大友似乎决定不抢风头,让辖区警局的年轻人先发言。

一名理平头的内勤人员紧张地开口。

"鲇美第三次去罗宾时的态度让人很在意。"

"你是说案发之后那一次。"沟吕木说。

"对,她极度憔悴,但在那三个人面前,又表现出咄咄逼人、自暴自弃的态度,当喜多问她关于白鞋的事时,她显得手足无措,语无伦次。我觉得她的言行前后矛盾,显然不是正常的状态。"

"嗯。"

另一个人举手。

"可以自由发言。"沟吕木说。

"是——我认为在迪斯科舞厅的那件事很重要。"

"你是指哪一部分?"

"看了喜多的供词,感觉鲇美很像是被舞子硬拉去舞厅。该怎么说,我觉得她和太田惠郁一样,都被舞子玩弄于股掌之间……"

"你的意思是,鲇美也是同性恋的受害者吗?"

"对,没错,我有这种感觉。"

沟吕木深有同感。对舞子这种有性侵倾向的女同性恋而言,鲇美是完美的猎物。

"那就是说,她有动机。"

坐在角落的内勤人员听到沟吕木这句话,大力点头后说道:"我认为鲇美有被舞子强迫成为同性恋对象的迹象。她在命案发生后六神无主,而且在来年就辞去教职,我认为这是涉案者很自然的行为。"

"嗯，我也这么认为。"

最年轻的内勤人员似乎认为终于可以轮到自己说话了，忸忸怩怩地抬起头。

"我搞不懂……鲇美在案发之后，为什么要去罗宾咖啡。"

"嗯？"沟吕木歪着脑袋问。

"假设鲇美是凶手，不难想象她六神无主，但是该怎么说……我找不到她非去罗宾咖啡不可的理由。"

哦，这的确是新的切入点。沟吕木正打算深入思考，这时，传话的刑警从门口跑过来。

"股长，楼下有您的访客。"

"访客？就说我不在。"

沟吕木立刻把头转向内勤人员，但刑警仍然站在原地，似乎有话要说。

"有话快说。"

"是！那名访客说，只要说他的名字，你就知道了……"

"他叫什么名字？"

传令的刑警低头看着便条。

"他叫内海一矢。"

沟吕木承受了巨大的冲击，简直就像有人迎面狠踹他一脚。沟吕木决定踹回去，于是对传令刑警说："你再说一次。"

"内海一矢……他这么自我介绍。"

——来了。三亿元抢劫案的内海出现了。

沟吕木对传令刑警说声"辛苦了"，接着对内勤人员说"你们的意见很有帮助"，之后便转身离去。

走出对策室，他立刻下楼。

沟吕木之所以受到冲击，并不只是源于内海的来访。

沟吕木早有心理准备，认为今天会和内海见面，但另一个事实撼动了他的内心。

——内海为什么知道？

外人并不知道沟吕木来到这个警局。警视厅绝对不可能透露刑警的去向，由于工作性质，出门上班时，当然不能告诉家人。即使基于某些因素，不得不告诉家人，也会因为必须对记者保密，会严格叮咛家人，无论谁来打听，都不能透露去向。

但是，内海以访客身份来到这里，而且指名要见沟吕木——

沟吕木慢条斯理地走下楼梯，但拼命思考。三楼、二楼……来到楼梯转角处时，他停下脚步。

——内海知道岭舞子不是自杀。

这就是沟吕木得出的结论。

得出结论之后，他进行反向推理。

内海从朋友口中得知，警察正在找他。外出查访的侦查员找遍内海所有的朋友，其中某个人将此事告诉内海。这件事本身没有问题，但是，他指示查访的侦查人员不得透露任职的警局和正在侦办的案件，因此内海不可能知道是哪一间警局，更不会知道是为了哪一起案件在找他。但是，内海主动来到这里，这意味着内海知道岭舞子死于他杀，而且还知道今天是追诉时效的最后一天。

——但是，他为什么指名要见我？

沟吕木猜不透这个问题，想不出任何符合逻辑的说明，但他又觉得不难理解。

对内海来说，沟吕木就代表着警方。内海基于扭曲的玩心，说出沟吕木的名字。不，也许内海还带着重逢的预感和期待，才会指名要找沟吕木。

虽然不知道内海在打什么鬼主意，但是内海显然知道警察的行动和舞子命案有关，因此主动找上门。这件事绝对没错。

沟吕木走下楼梯。

交通课柜台前，内海坐在背后挂着辖区内交通事故件数显示牌的长椅上。

沟吕木注视了他的背影几秒钟后，大步走过去。

"好久不见。"

内海转过头，亲切一笑。

"嗨……嗨、嗨，沟吕木先生，真是怀念啊。"

内海和以前一样，戴着一副圆形黑框眼镜，脸庞稍微苍老了些，但十五年的岁月并没有留下太多痕迹，仍然是和三亿元抢劫案抢匪合成照片很像的长相，白净的脸上感受不到活力。唯一的改变，就是眼神变得锐利，而且整体感觉比以前更加精明，或者说更加狡猾。

"真的好久不见了。"内海起身，恭敬地鞠躬，"虽然之前想打电话，也曾经想写信，但最后还是……"

沟吕木默默听着他冗长的客套话。

十五年前，曾经和自己一起听见命运报时的男人，如今再次出现在眼前。

"哎呀，真是太怀念了……"

内海感叹重逢总算告一段落，终于要进入今天的话题。两个人之间弥漫着一丝紧张。

"今天找我有什么事吗?"

沟吕木按捺着内心的起伏,努力用平静的声音问。

"是啊。"内海轻松地回答,"今天早上,我人在那霸——"

"那霸?"

"冲绳的那霸啊。我目前的工作就是采购各地的特产。总之,我接到了东京的电话,说是警察在找我……"

"哦,想找你帮点忙。"

"沟吕木先生,你真是见外,我随时都愿意提供协助。"

"万分感谢。"

"毕竟是相隔十五年,警察再次来找我……所以我就放下手边的事,搭了下午的班机赶回来。"

沟吕木随口问了事先准备好的唯一一个问题。

"你竟然知道要来这里。"

"对啊,是直觉,第六感。"

内海可能预料到这个问题,不假思索地回答后又反问道:"这次是什么案子?"

"这个问题就上楼再说——侦查人员会跟你说明。"

内海带着理解的表情起身,跟着沟吕木走上楼梯。

"沟吕木先生,"内海用和刚才判若两人的诚恳声音问,"我是嫌犯吗?"

"不——"

沟吕木转过头看着内海,发现他脸上浮现和语气完全不相符的冷笑。

——你是来报一箭之仇吗?

沟吕木用眼神发问。

内海没有回答。

"只是关系人,不必担心。"

沟吕木给出标准回答后走上楼梯,把内海带到三楼的犯罪防止课。

内海知道岭舞子死于他杀,对当年经常聚在罗宾咖啡的那三个人也很熟。沟吕木很想亲自审讯内海,只不过无论再怎么样,身为指挥官,他无法这么做。虽然内海出现的方式令人在意,但终究只是协助厘清案情的关系人,在目前的阶段,侦查的重点应该放在追查日高鲇美的下落上。

——好好审讯他。

沟吕木带着祈祷的心情,看着负责审讯内海的审讯人员的背影。

但是——

过了三十分钟、一个小时,内海的审讯室内完全没有传出任何有助于厘清案情的线索。内海不停地聊着冲绳当地的酒有多好喝,上个星期第一次出国,去了韩国之类的闲话,无论审讯人员怎么试探,他都绝口不提罗宾计划和岭舞子命案的任何事。

他主动从冲绳赶回来,就是要来嘲笑警察——

不仅是沟吕木,侦查对策室内的所有人都开始有这种感觉。

3

"是啊,目前还不知道谁是凶手,就算能够查明凶手,恐怕也会到很晚……没错,没错,逮捕、移送检方和起诉必须同时进行,否则就会来不及。哈哈哈,你愿意舍命奉陪吗?真是太感谢了。好,那就拜托了。"

沟吕木挂上打给检察厅的电话后,轻轻一笑。对方是经常被分到负责同一起案子的粕川检察官,粕川这个人处事周密,很神经质,但在侦办案子时,会发挥出意想不到的执着。正因为了解彼此的性格和实力,所以当粕川开玩笑说"只要是你逮捕的凶手,我就舍命奉陪",沟吕木便照单全收。所谓时效,在法律上是指追诉时效,如果无法在半夜十二点之前逮捕凶手,同时让检察官着手进行起诉的手续,就无法顺利逮捕凶手归案。

时钟的时针指向傍晚六点。

目前仍没有日高鲇美的下落,侦查工作并没有明确的进展。毕竟是十五年前的案子,无法像昨天或是今天刚发现尸体的案件,持续接获新的情报。人事全非,城市街道改变,每个人的生活方式都和以前不一样。被涂上一层又一层油漆的街道,只呈现出此刻的样貌,完全看不出以前的模样。也许过去都是痛苦辛酸的累积,所以无论怎么刮,怎么削,无论是人还是城市,都不愿重提十五年前的街道是什么颜色。

沟吕木想起在东京这个巨大都市四处奔波、寻找线索的下属。即便他们找到想要找的人,对方仍可能会一笑置之,回答说谁还记得这种陈年往事。也会有人找不到目标对象,在寒风中奔波,不时确认手表上的时间。无论如何都要侦破这起案件,才对得起这些下属的辛苦,这是沟吕木身为侦查指挥官的心声。

三个喇叭都安静下来。

喜多似乎仍然不愿开口说话,喇叭中不时传来寺尾焦躁的声音。剩下的六个小时,是否能够突破这个瓶颈?正因为喜多之前无话不说，所以恐怕很难对付。

龙见那间审讯室的喇叭中传出的声音，听起来有点儿意兴阑珊。他可能厌倦审讯，可以明显感受到他不太愿意配合。

至于橘——

沟吕木发现自己至今仍然没有听过橘说话的声音。带有东北口音的曲轮说着自己的身世，以及旅行的回忆，希望能够动之以情，但听传递消息的刑警说，橘始终默然不语，只是以失焦的双眼望着半空。

对他们三个人来说，十五年的岁月太漫长了。

沟吕木再次看向时钟，做出决定。

"好，那就把所有关系人都带来警局，全部都要，把所有人都找来！"

大友点点头，向内勤人员发出指示。一只只手都伸向电话，有人拨打传呼机，也有人对着无线电下达行动指示。所有侦查员都守在各自侦查的对象家门口监视，应该会在一分钟之内按响那些人家的门铃。如今，偌大的东京各地，应该有很多人打开家门，一脸意外或是害怕地探头张望。

不到三十分钟，警局内就忙碌起来。

第一个被带到警局的是坂东健一。他目前仍然在高中当体育老师，可能以为是学生打架把他找来警局，因此态度从容，不时对侦查员露出笑容。

接着，前校长三寺修走进审讯室。虽然他步伐稳重，但紧绷着脸。据说他已经通知了律师。

几乎同时，境惠郁——婚前旧姓太田——也坐在审讯室的椅子上。她嫁给一个银行员，目前有两个女儿，分别是五岁和两岁。虽然她是重要关系人之一,但审讯人员对于要问及她曾经是同性恋的往事,不免感到心情沉重。

第二次全体侦查会议设定在晚上七点半举行。

沟吕木宣布之后,找来大友。

"暂时交给你了。"

"是。"大友了然于心,"你要去哪个房间?"

沟吕木想了一下后回答:"我会借用少年课的审讯室。"

"知道了。"

沟吕木抱着厚厚一沓侦查资料来到二楼,推开少年课的门。两名年轻的女性辅导员正站在那里,眉飞色舞地聊天,一看到沟吕木,立刻立正向他敬礼。

沟吕木举手打招呼,说声"借我用一下"便走进审讯室。走进去后,又立刻探出头,对惊慌失措的两名女性辅导员说:"不必在意我,也不用倒茶。"说完,便关上审讯室的门。

沉重的门宣告着这个空间的密闭性。沟吕木把资料放在桌上,自己坐在桌子一角,闭上了眼睛。

不知道是谁最先开始的,下属把沟吕木这种行为和圣德太子[1]的冥想相提并论,所以称之为"进入六角堂[2]"。每次当案件陷入瓶颈,沟吕木就会暂时放弃八面玲珑的侦查指挥工作,独自关在小房间内。不让任何人靠近,不倾听任何人的意见。他经历过刑警独立办案的时代,来到所有刑警以齿轮的身份投入集体侦查工作的今天;更讽刺的是,自己还担任这种集体侦查的指挥工作,

---

[1] 日本飞鸟时期政治家,笃信佛教,其执政期间大力弘扬佛教。
[2] 位于京都的顶法寺,相传是圣德太子主持建造,因檐顶有六角,故名六角堂。

但在内心深处，他仍然是一名独立办案的独行侠。正如他在三亿元抢劫案中，直到最后一刻，都要求执行内海的逮捕令，他向来认为，任何一起案件，都必须由一名刑警不懈地追查到底。因为侦查工作就是刑警和罪犯一对一的战斗。投入数百名敷衍了事的刑警，针对数百条线索展开地毯式侦查，称不上是办案，那只是对犯罪既没有痛恨，也缺乏信念的抓人游戏——

"六角堂"就是对独立办案的纪念，是对深信只要撒下天罗地网，罪犯就会落网这种集体侦查幻想的小小反抗。

沟吕木在昏暗狭小的审讯室内开始自问。

侦查方向是否有误？有没有忽略之处？谜团是什么——破解谜团的关键又是什么？

这起案件需要不停地解开谜团。不，必须从更基本的地方开始思考。

首先是犯案动机。杀人需要有杀人的动机，所谓动机，就是一个人让另一个人永久消失、同时具备执行力和瞬间爆发力的力量，换句话说，就是强大的负能量。

——他们太弱了。

喜多、龙见和橘没有动机。至少暂时看不到他们的动机。

除了从英文准备室跳窗逃走的人，在现阶段，无法从这些人身上找到动机。三寺校长和海德——也就是金古茂吉——固然有诸多可疑之处，但如果从动机的角度分析这起案件，反而认为那些女人更有动机。

女同志之间的纠纷——

目前仍然无法排除这个可能性。

沟吕木对同性恋并没有特别的看法，在二十五年的办案经验中，他非常了解男人和男人、男人和女人、女人和女人，无论哪一种组合，都有相同的爱恨情仇，随时都可能发展为最不乐见的结果。人和人之间的关系没有任何"不可能"，正因如此，无论在任何一个时代，报纸的社会版都永远不缺新闻。

但是，舞子的行为就是强暴。这才是本案的重点。

——难道是太田惠郁？

喜多等人基于近于袒护的宽容，甚至没有怀疑过她，但是太田惠郁有最明确的动机。目前已经得知，她被迫成为舞子同性恋的对象，而且她对喜多有好感，于是想结束和舞子之间的关系。事实上，她也因此被舞子甩了巴掌。舞子在遗书——不，在她投稿给杂志的文章中，暴露出"终究不如男人"的心情。可以认为太田惠郁和舞子之间，由于喜多的关系而闹僵。惠郁符合嫌犯的所有条件。

但是，沟吕木的思考结论更倾向是日高鲇美。虽然不知道她和舞子之间是否真的有同性恋关系，但目前为止，并没有打听到任何鲇美有异性关系的消息，而且，正如内勤人员都提到的那样，鲇美在命案发生后，发生很大的变化。之前是热心管教学生的老师，在命案之后，前往不良少年聚集的罗宾咖啡，还说什么"老师就不能来咖啡店吗？"这种话。来年还辞去教职；最重要的是，她昨天说今天是"特别的日子"，向夜总会请了假，这点实在让人怀疑。

所有的一切，都只是不明确的疑问，完全没有任何可靠的证据。但是，沟吕木根据多年的办案经验，排除在命案发生后，开心地坐上喜多摩托车的惠郁，而是指向命案之后，生活方式发生改变的鲇美。

沟吕木再次把"超开心"和"特别的日子"放在天秤的两端，确认日高鲇美的分量更重之后，进一步深入思考。

——谜团该如何解决？

首先是移动尸体。

凶手一度把舞子的尸体塞进保险箱，然后在天亮之前，移动到树丛。

为什么？不，谁能够完成这件事？

喜多等三个人在发现尸体之后，依次锁好保险箱、校长室和教师办公室，逃离学校。既然这样，就代表保险箱内的舞子处于三重、四重的包围之中。虽然凶手可以像爱打麻将的相马那样，跟在海德茂吉身后溜进办公室，然后躲在那里，等他们三个人离开后行动，但无论如何，没有去过学校的第三者不可能完成这件事。

果然是和学校有关的人——而且海德茂吉可以自由使用钥匙，光从这一点来看，他的嫌疑最重大，但是，喜多在供词中提到"他个子很矮"，茂吉的问题在于他个子矮小，当时的年纪已经超过六十岁，是否有能力搬动高大丰满的舞子？更何况完全找不到他的动机。

——不，等一下。

沟吕木翻开喜多笔录的复印件。

果然没错。喜多提到，茂吉的壁橱内有香水味。可以认为除了茂吉，还有一名女性共犯。那个女人有杀人动机，然后和茂吉两个人一起搬运尸体。如此一来，就很合理了。

鲇美和茂吉——

沟吕木的脑海中突然浮现这个组合。他们两个人当时的关系如何？是否有交集？喜多和龙见都完全没有提及这方面的情况，完全没有相关资料。

而且，倘若不是茂吉，只要是学校相关的人，要潜入校舍并不会太困难。如果是计划犯案就会更简单。事先有很多机会可以打好备用钥匙，而校长三寺即使有学校内所有备用钥匙，也不会令人意外。更何况如果三寺真的把考卷答案告诉舞子，意味着他们身为教育工作者，共同拥有不可告人的秘密，很可能因为某些理由，导致他产生了杀害舞子的动机。

另一方面，舞子的行动同样充满谜团。

综合喜多和龙见的供词，舞子在晚上八点四十分时，和穿白鞋的女人一起在教师办公室。住所隔壁的女人在九点半听到的声音，应该就如他们三个人调查到的，是凶手闯入她家，寻找有可能成为"遗书"的东西。这件事本身并没有问题。

问题在于之后。龙见在凌晨一点打电话去舞子家时，舞子用带着睡意的声音接起电话，但惠郁在相同的时间去了舞子家，以为她不在家，于是就回家了。难道舞子其实不在家，龙见说谎欺骗其他人，说她"在家"吗？但是，当时橘也在龙见旁边。既然这样，难道是惠郁说谎？

照理说，凶手在杀害舞子后，去她家寻找"遗书"。也就是说，舞子很可能在九点半时，已经遭到杀害。虽然不能排除凶手知道舞子晚回家，所以计划性地潜入她家偷"遗书"，之后再杀人的可能性，但是舞子死的时候，身上还带着准备泄题给惠郁的考试答案。因此，舞子并没有回家，而凶手则是在学校杀害舞子之后，才溜进她家——这种思考似乎更自然。凌晨一点躺在床上的舞子在短短一个半小时后，变成尸体被塞在保险箱内，这根本令人难以相信,而且她身上的衣服和鞋子,证明她当时并没有回过家。舞子的尸体穿着粉红色洋装,屋顶上留着她的红色高跟鞋。喜多在八点四十分,看到她在教师办公室时,也穿着红色高跟鞋和粉红色的裙子。

既然这样,又回到原点。龙见声称"舞子在凌晨一点接了电话"的供词是谎言。龙见欺骗了喜多和橘吗?也可能是龙见和橘串通,欺骗喜多。

——但是,为什么?

沟吕木完全想不到任何理由。三个人走在同一座桥上,而且是一座危险的桥,稍有闪失,就会坠入谷底……很难想象当时会发生有人背叛其他人的状况。

沟吕木想到喜多供词中提到三次感受到闪光的事。第一次是在发现尸体的时候,第二次是离开舞子家回家的路上,第三次是三个人聊到那通电话的时候。

喜多只差一步,就可以解开命案的谜团。

换句话说,喜多身处了解命案全貌的立场——沟吕木如此相信。自己必须发现穿透喜多五感的那三道闪光,一定隐藏在喜多的供词中,自己一定漏听了什么。

沟吕木坐在椅子上深呼吸,再次从头开始看笔录。

4

检察厅的粕川阳一托着腮,低头看着手上的卷宗。

圆脸的中年男子坐在桌子对面的座位,不停地摸着花白的脑袋。虽然他毫无悔意,但身穿制服的警察紧紧握住他腰上所系的绳子另一端。

强盗、强暴致伤——

"检察官,你要救救我,都是警察逼供……我什么都没做。"

这种男人接下来都会说同样的话。说什么都是女人勾引他,所以他去了女人家,女人还跳了脱衣舞,他被挑逗得欲火焚身,骑在女人身上后,女人拼命扭腰摆臀。最后女人得到满足,主动递上钱包给他,要他"拿去用"——

"是那个女人自己……"

看吧,我就知道。粕川无视说话的中年男子,翻阅着手上的卷宗。他根本没时间和这种谎话连篇的男人打交道。下一周就进入十二月,检察厅和法院都会为了迎接新年的公休时间,赶着完成手上的业务。他很想赶快完成手上案子嫌犯的审讯工作,着手进行起诉的手续。

"那女的很猛,腰扭个不停。"

男人得意地滔滔不绝,押解他的年轻警察听得入神,有点儿手足无措。

粕川跳过报案单和妇产科的诊断书,继续翻着卷宗,终于看到他要找的内容。

——有了,有了。

粕川抬起神经质的消瘦脸庞,打断男人的话。

"如果雅江被醒醍的中年男人强暴,你会怎么办?"

男人倒吸一口气。

笔录上写着,雅江今年十二岁,是眼前这名男子的长女。

"别、别乱说!"

男人大叫起来。很奇怪的是，这种类型的男人有很高概率都有女儿。

只要说出女儿的名字，审讯就形同结束了。接下来只要泡一碗泡面的时间就可以搞定。

"我、我、我……"

这种男人都很爱哭。

"你要认罪，真心悔过。如果你继续否认，刑责就会加重，到时雅江会很难过。"

这种台词很蠢。粕川忍不住在内心自嘲，但仍然语重心长地说出来。这种陈腔滥调对这种男人特别有效。

"啊啊，啊啊……"

"你好好说清楚——不要只顾着哭。"

"全家一起死……我认罪的话，全家都会陪葬。"

粕川很受不了眼前这个泪流满面的男人，但听到他说"陪葬"，想起一件事。他和沟吕木约定，要舍命陪君子。

——忘了提醒他一件事。

粕川对男人说，给他一分钟时间反省，然后拿起电话。

"你好，这里是刑事课。"

"你好，我是检察厅的粕川，沟吕木先生在吗？"

"您辛苦了！呃，股长目前在六角……不，我马上去叫他。"

"不，不用，但是请你转告他一句话。"

"是，请说。"

"善加运用刑诉法二五五条，也许有帮助——你就这样转告他。"

"啊？刑诉法吗……"

"对，就是刑事诉讼法。"

"哦哦，好……然后是二五……"

"二五五条。"

"是……但是，重点是什么？"

"什么叫重点是什么？"粕川火冒三丈地问，"你的警衔是什么？"

"我是巡查部长。"

"既然是巡查部长，升级考试中不是有这道题目吗？"

"不，那个……"

"记好了——刑诉法第二五五条的内容是'因其他理由停止时效'。"

相同的时间，警局四楼的会议室即将召开第二次全体侦查会议，正陷入一片忙乱。

局长后闲摇晃着肥胖的身体走进会议室。已经是寒风凛冽的季节，但每次走楼梯来到四楼，都会满头大汗。后闲用手帕擦着额头，打量室内。

"沟吕木呢？"

"还在六角堂。"大友回答。

后闲以前就听过沟吕木"六角堂"的事。

"差不多了吗？"

"时间到了，他一定会出现。"

"哦哦，那就好。"后闲说话时，把手帕塞进口袋。这时，寺尾不满地冲进来，没有看后闲一眼，就跑到大友的桌前。

"股长呢？"

"在六角堂。"

寺尾咂着嘴,气势汹汹地问正在确认资料的大友:"喂,大友,在会议期间,只有龙见的审讯还在进行吗?"

"是啊。"

"为什么?"

"因为龙见又继续补充。"

大友继续看资料,用公事化的语气回答。

寺尾又咂咂嘴。

"那我也要继续审讯。"

"这不太好吧。"

"是因为喜多不配合吗?"

"不是。"大友说完这句话,才终于抬头,"寺尾,你少安毋躁,到底怎么了?"

"你竟然这么沉得住气,要搞清楚时效可不是十五年后。"

"今天从一大早就开始审讯喜多,如果不让他吃晚餐,之后一定会造成麻烦。"

"我当然知道。"寺尾强调,"无论有几个律师上门,我都会出面搞定,不会给任何人添麻烦。"

"寺尾——"

"吃饭的时候最容易招供,这不是审讯的常识吗?"

"真不像你平时的风格。"

姑且不论之前,现在这种方式行不通。一旦逮到小偷,就把炸猪排饭放在小偷面前,让小偷招供一起窃案来换一餐饭,以前的确有这种名为"丼饭招供"的办案手法。但目前,审讯时间是否太长,或是有没有让嫌犯休息吃饭关系到嫌犯人权问题,很容易成为舆论焦点,更何况寺尾在把喜多带来警局时,已经用了险招。

"寺尾——你别忘了,早上是用粗暴的方式带他来警局的。一旦喜多之后提出抗议,后果不堪设想。"

"外行人别插嘴!"

"你说什么……"

听到寺尾说自己是外行人,大友怒目而视。两个人的警衔相同,而且都是沟吕木小组内的主任刑警。

寺尾仍然坚持己见。

"我并不是不让他吃饭,而是要在他吃饭的时间监视他,把他逼入绝境,就只是这样而已。"

"这样会出问题。如果律师出面,要怎么解释?"

"你是律师事务所的人吗?"

"不要转移话题。"

两个人剑拔弩张地互瞪着对方。附近的后闲眼神飘忽起来。

既然提到律师的问题,就属于后闲的职务范围,但他内心面对刑警的自卑,让他无法出面干涉。他假装没有听到,一心祈祷着沟吕木赶快回来。

大友已经不仅是生气而已,更对寺尾的坚持感到惊讶。

寺尾龇牙咧嘴,怒目相向,对大友破口大骂,已经完全失控。喜多出人意料地死守缄默,让寺尾失去冷静。寺尾向来认为审讯是数学,要按照方程式进行。正因为他是坚持这种信念的人,如果是早就料到会保持缄默的对象沉默不语也就罢了,但遇到不可能缄默的人决定保持缄默,寺尾似乎被难以用逻辑解释的焦躁吞噬。而且辖区警局的德丸巧妙地操控龙见,让龙见接连说出直捣核心的供词，无疑导致寺尾的焦躁雪上加霜。他以前应该不曾体会过这么大的屈辱，可见寺尾这个人很脆弱。

"开会时间到了。"

沟吕木的声音和人同时出现。他身上已经不见独行侠的影子，恢复了能够面对所有意见和所有人、身为集体侦查指挥官的表情。

"股长——"寺尾挡住沟吕木的去路，"请让我继续审讯。"

"嗯？"

"现在无法浪费一分一秒。"

寺尾固执己见，不愿退让。沟吕木就像刚洗完澡般一派轻松。

"在会议上集思广益吧。"

"啊？"

"你的工作只有审讯吗？我要你在会议上跟大家一起动脑。"

"但是……"

"寺尾——"沟吕木微笑，"我认为，刑警必须独立办案，只能孤军奋战……有这种想法的刑警聚集一堂，不就是另一个战场吗？"

沟吕木留下这句好像禅学问答的话，走向后方的座位。

"股长——"

寺尾叫道，但并没有再说什么。他狠狠瞥了大友一眼，走向座位。其他侦查员和内勤人员陆陆续续进来。

——会议也是战场。

寺尾格外紧张地拉开椅子。

5

第二次全体侦查会议在七点半准时开始。虽然称为"第二次",但所剩时间不多,所有人都知道这是这起命案最后的全体会议。会议室笼罩在紧张的气氛中,与会者都很严肃。

沟吕木完全没有任何预告,就直接开口。

"我们并不了解这起案件的所有情况。"

会议室内一片寂静。

"我们只靠寥寥可数的事实,和零星的线索展开侦查,更何况是十五年前的案子。我认为遇到这种高难度的案子,必须将已经确认的事实简洁、简单地串联在一起,进而了解命案的主要架构。人类所想的事、所做的事并不会有太大的差异,所以我们不要只看那些零星的线索,而是要将焦点放在人的问题上。"

沟吕木环顾会议室后继续说道。

"好,那就由我先发表自己的看法。希望各位放下成见听我说,然后充分表达意见和看法。"

照理说,侦查会议时,应该听取第一线侦查员的意见,但目前时间紧迫,沟吕木喝了一口茶润喉后,立刻进入正题。

"我认为杀害岭舞子的凶手是日高鲇美。"

会议室内所有锐利的视线都看向沟吕木。

"我做出这样的判断,并没有任何证据,但是用最自然的方式思考,就会知道八点四十分时,在教师办公室的那个白鞋女人就是鲇美。为什么?我们要简单思考。舞子和鲇美是同一所高中的老师，在办公室留到很晚很正常，而且她们曾经一起去迪斯科舞厅，在校外也会见面。她们在办公室做什么？这个问题要简单思考。她们以工作为借口留在学校，真正的目的是打算在校长室交欢。事实上，舞子曾经和太田惠郁在校长室内发生过关系，只是那天晚上的对象是鲇美。"

将近三十名刑警中，有一半人深深点头，另一半人则歪着头纳闷。

"股长——"一名年轻刑警开口，"为什么你认为那个女人是鲇美？换成太田惠郁的话也说得通。"

接着，带惠郁来警局的侦查员举起手。

"我有同感，惠郁是舞子的对象一事已经获得证实，而且她爱上喜多，想和舞子分手也是事实。至少我认为她的可能性比鲇美更高。"

沟吕木听到热烈的反驳，满意地点点头后，再次开口。

"你们说得没错，但是，惠郁在向喜多坦承她和舞子在一起后提到，命案那天晚上，她在舞子家和学校之间来回，而且她说并没有见到舞子，也就是和命案无关。"

几名刑警不满地举起手。

"等一下，你们先听我说完——我曾经怀疑惠郁是不是在说谎，但是，你们想一下惠郁向喜多忏悔时的情况，她哭得泣不成声。因为她喜欢的男生得知了她最不想被人知道的事，她一定痛苦得想死。但是，惠郁毫无隐瞒，坦承所有的事，甚至说了一起去汽车旅馆和被拍私密照的事。我认为她发自内心喜欢喜多。坦白这一切后，她提到命案当晚的情况。在那种状况下，怎么可能坦承同性恋时说真话，但之后说的又是谎言呢？人的感情有连续性,更何况惠郁当时的精神状态,不可能一下子说实话,一下子说谎。"

所有人都沉默不语,刚才反驳的人接连点头。沟吕木一开始说的"把焦点放在人的问题上"就是这个意思。

后闲以佩服的眼神看着沟吕木,然后在手上名单中"太田惠郁"上画了一个叉。

"好,我们继续。"沟吕木加快语速,"舞子和鲇美进入校长室,不知道是因为提出分手而发生争执,还是鲇美之前就已经计划杀人,总之,我认为她们在校长室吵了起来,然后鲇美就杀了舞子,再把她藏在保险箱内。"

"为什么要把她藏在保险箱内?"坐在后方座位的人问道。

"大友,你有什么看法?"

被沟吕木点到名的大友面不改色地回答说:"可能不知道该怎么处理尸体,她知道金古茂吉即将来巡逻,于是就慌忙把尸体藏在校长室的保险箱内——我这么认为。"

"寺尾,你的看法呢?"

即使在这种时候,沟吕木仍然注重团队的协调,不会厚此薄彼。

"不能完全排除是计划犯案的可能性,"寺尾轮流看向沟吕木和大友说道,"我猜想可能是为了伪装成自杀而争取时间,就先把尸体放在保险箱内。"

两种不同的意见都带着紧张感,传遍会议室。这时,响起一个慢条斯理的声音。

"无论是哪一种情况,都不可能一个人完成。"

发言的是鉴定的簗濑,他说话时挖着鼻孔。

"哦，簗哥，请继续说。"沟吕木指名他发言。

"无论是弄到遗书，还是搬运尸体，都不可能由一个年轻女生单独完成。"

会议室内顿时一片哗然。

"我也这么认为。"沟吕木说，"无论怎么想，一个人犯案都很困难。"

在侦查会议上，共犯论很有说服力。所有人都认为，鲇美一个人能够动手杀人没错，但是之后的搬运工作就有困难。

其他侦查员接连表达意见。

"会不会是金古茂吉？供词中提到，他的警卫室有香水的味道。"

"自杀的相马也值得怀疑，那天晚上，他的确在教师办公室内，也许是因为涉入命案很痛苦，才会上吊自杀。"

与会者开始和身旁的人交换意见，后闲看不下去，用洪亮的声音发问，试图借此维持会议的秩序。

"沟吕木，我想知道另一件事。他们三个人溜进办公室时，破窗逃走的男人——不，也可能是女人，你认为那个人是谁？"

沟吕木对这个问题有自己的答案。

"我认为是三寺校长。"

会议室里再度一片哗然。沟吕木等大家安静之后，巡视着室内说：

"考题答案的流向，应该就是三寺——舞子——惠郁。问题在于三寺用什么方式把装在信封里的答案交给舞子。接下来的情况只是我的推测——三寺很担心被人发现他把考题答案交给舞子，如果每次都当面交付，可能会被其他老师发现，因此，我相信他们约好了某个'交付地点'。"

原来是这样。后闲点点头。

虽然是自己的学校,如果每次考试前都把舞子叫去校长室,即使其他老师不会想到泄题的事,仍可能会产生其他联想。既然他们两个人有共同的秘密,当然最好减少接触。

但是……

大友开口,提出包括后闲在内许多人内心的疑问。

"但是,股长,你为什么会认为跳窗逃走的人就是三寺呢?"

"你们还记得惠郁那天晚上曾经打电话给三寺吗?她在电话中问:'舞子老师不在家,你知道她去了哪里吗?'三寺接到这通电话,一定惊慌失措。因为他那天在学校把考题答案交给舞子,但舞子却带着答案失踪,这让他坐立难安。正如橘当时的分析,只有校长知道所有学科考题的答案。一旦这件事曝光,他就饭碗不保了,所以三寺急忙前往学校,在英文准备室内翻找。我猜想他们的'交付地点'就是准备室内的某个地方。"

"三寺悄悄溜进学校吗?"大友问。

"他应该认为海德茂吉很不好对付,而且又是因为不可告人的理由跑去学校,他八成使用了备用钥匙……"

"但是喜多等人在教师办公室。"

"没错,但是三寺只听到动静,并没有看到他们。他做梦也没有想到,竟然会有学生在那里。他以为是海德巡逻,既然他像小偷一样偷偷摸摸溜进学校,当然不可能现身。这时,龙见大叫了一声。三寺不知道那是龙见的声音,但是他慌了神,于是就从英文准备室破窗逃走了。"

"但是,沟吕木,他当时已经五十多岁……"

后闲委婉地提出疑问。

"不,三寺在大学时是体操部,而且他在校长室放着哑铃,夸耀他的体力还很好,在他眼中,跳窗逃走并不是太困难的事。"

"原来是这样……"

后闲和其他人纷纷理解了。但是,寺尾沉思片刻后,自言自语地说:"不过,三寺为什么这么袒护太田惠郁?虽然他们是甥舅关系,但这些行为本身未免太危险了。"

"他们也许是父女。"沟吕木嘀咕,"惠郁家的帮佣不是曾经提过吗?只是因为某种原因无法对外承认——这样就合理了吧?"

"对,如果是这样,似乎就说得过去。"

沟吕木对负责审讯三寺和惠郁的两名刑警说:"你们等等深入确认一下。"说完之后,他又看向整个会议室。

年轻的内勤人员迫不及待地举起手。

"股长,三寺没有看到尸体吗?"

"我认为他没有看到。喜多他们发现尸体时,考题答案还在舞子的衣服口袋里。如果三寺发现尸体,应该会先在她身上找出考题答案,然后处理掉。"

另一名刑警举手。

"我有一个相关的问题。会不会三寺刚好发现尸体,但一度逃离学校,之后又回到学校,把尸体弃置在树丛呢?"

"这么做有什么目的?"

沟吕木说话时语气比较重,那名刑警有点儿语无伦次。

"不,不是……既然他是校长,可能觉得尸体出现在校长室不太妙……"

"我懂，我懂。"沟吕木对着那名刑警伸出手，"但是，你们不要忘记一件事，凶手——或者说凶手们，甚至准备了遗书伪装成自杀。行凶杀人和搬运尸体的确可能是不同的人，但是，不可能意外变成共犯。鲇美有一个和她充分沟通意见的共犯。"

沟吕木斩钉截铁地说，会议室内顿时鸦雀无声。

日高鲇美实际动手杀人，还有共犯——

与会者都开始接受这种可能性，但是，目前仍然缺乏可以证明鲇美是凶手的关键证据。就算想要找出共犯，目前仍完全没有听说鲇美和任何异性有交往关系。

沟吕木认为只能指望正在努力寻找鲇美下落的刑警。无论再怎么推理，必须听到动手行凶的鲇美亲口承认，才能够厘清真相。目前已经是晚上八点多了。好。沟吕木正打算站起来，就在这时——

一只白皙的手举了起来。她是坐在末席的女警——为喜多做笔录的秋间幸子。

"哦，你有什么想法吗？"

沟吕木伸长脖子，稍微提高音量。幸子是侦查会议中的万绿丛中一点红，再加上她貌美如花，比起她发言的内容，与会者似乎更关心她这个人。没想到——

幸子的发言令人惊讶——

"橘宗一可能事先知道保险箱内有尸体。"

沟吕木全身起了鸡皮疙瘩。

其他人听不懂幸子这句话的意思，大家都目瞪口呆。不，寺尾也发现了，他发现幸子即将说出震撼这场会议的发言——

"继续说。"

沟吕木的声音有点儿紧张。

几台暖炉和与会者身上散发的热气,让会议室变得很温暖。会议室内响起幸子清澈的声音。

"那天晚上,橘最先走进校长室,也是由橘打开保险箱的锁;但,奇怪的是,橘先打开了旧的保险箱。"

"是这样没错!"

沟吕木微微起身,探出身体。寺尾的脸色越来越苍白。

"罗宾计划总共持续了四天,第一天、第二天和第三天,都是先打开新的保险箱,但是偏偏最后一天,橘先去打开旧保险箱。原则上,考卷都放在新的保险箱内,放不下的时候,才会放去旧保险箱。三个人在第一天就知道这件事,但是橘那天却先打开了旧保险箱——而且案发的当天晚上,他们准备去偷的是最后一天的考卷,最后一天只考两科。第一天要考四科,所以新的保险箱内放不下所有考卷;但是如果只考两科,新的保险箱完全放得下考卷,根本不需要打开旧保险箱。"

"所以呢?"

沟吕木用沙哑的声音催促她继续说下去。

"也就是说,橘在进去教师办公室之前,就已经知道保险箱内有尸体;他打开保险箱,只是为了确认这件事。鲇美杀了人,橘就是她的共犯。"

幸子淡淡地说。

"对……"

沟吕木抬头看着天花板。

后闲、寺尾、大友……所有参加会议的人都瞪大眼睛,就连搬着装满便当的纸箱进来的年轻内勤人员,也都愣在那里,忘了发便当给大家。

"你说得对……"

沟吕木又重复一次，然后重重地坐在椅子上。

——为什么没有更早发现？

所有的谜团都解开了。

沟吕木终于明白喜多看到的闪光。喜多在那天晚上，在闪光中看到了和幸子相同的疑问。

"为什么先打开旧的保险箱？"——喜多心生疑问，但是，立刻就因看到尸体而吓呆，把保险箱顺序的事抛在脑后，而且怀疑朋友的内疚，让他马上埋葬了那道闪光。应该就是这样。

会议室内议论纷纷。

内勤人员发放鲑鱼便当，沟吕木宣布休息十五分钟。吃饭皇帝大。天塌下来也要吃饭，这同样是刑警的工作。

沟吕木扒着便当，感受着内心的苦涩。

——自己没有看透……

鲇美出现时，橘每次都假装"惆怅病"，避免被喜多和龙见发现他们的关系，完全骗过了沟吕木，没注意到他有值得怀疑的地方。

不，橘曾经一度露出了"真面目"。

鲇美和舞子在迪斯科被美国士兵纠缠时，向来冷静的橘抢先冲出去，勇敢地营救鲇美。

"他们用了暗号……"

寺尾有点儿胆怯地嘀咕。

"暗号？"沟吕木转头看着他。

"就是打麻将诈赌的暗号。鲇美每次去罗宾咖啡，都会对橘说暗号。'下一堂是什么课？'——八成是希望他打电话给自己，或是约在哪里见面之类的意思……"

寺尾说到这里，就像断了发条的人偶般垂下头。

沟吕木在会议室内寻找年轻内勤人员的身影，发现他双手拿着茶壶走来走去，正在为大家倒茶。他刚才在内勤成员的小型会议上提到，他不懂鲇美在命案发生后，为什么非去罗宾咖啡不可。

迷雾散开。终于清楚看到了整起案件的架构。

橘和鲇美是恋人关系。鲇美在那天晚上，在校长室向舞子提分手，想要结束和她之间的关系。两个人发生争执，然后鲇美杀了舞子。鲇美惊慌失措，打电话给橘。于是橘就指示她把尸体"放进保险箱"。因为他们刚好在执行罗宾计划，那天晚上会潜入学校，只要在他潜入学校之前，不要被海德茂吉发现，橘认为就可以搞定这件事。

橘接到鲇美的电话，得知她杀了人。接下来该怎么办？——沟吕木把自己当成橘，思考这个问题。

他立刻得到答案。

"没错，他开始进行伪装成自杀的准备工作。橘赶去舞子家，虽然门锁着……"

一旁的大友似乎进入沟吕木的思考中，他开口说："橘可以用纸箱板把门打开。他之前就用这种方式进了相马家——舞子住的公寓比相马家更旧，他可以轻易进入舞子家，所以，九点半潜入舞子家的是橘。"

"没错……就是这样。"

沟吕木的兴奋感传遍参加会议的所有人。

"橘在舞子家寻找可以成为遗书的内容，然后在垃圾桶内找到她投稿给杂志时写坏的稿件。"

后闲停下筷子，就像福岛会津地区的传统玩具红牛般点头如捣蒜。

"接下来……"沟吕木闭上眼睛。

"就是处理尸体。"大友接话。

"没错，就是把尸体从保险箱移去树丛，但是，橘到底怎么再度进入校长室？虽然他们潜入的窗户并没有锁上，但无法进入教师办公室，难道他一个人又执行了一次罗宾计划？"

这个疑问在会议室内扩散，末席又举起一只纤细的手。

所有说话声和吃饭的声音都安静下来，就像电视突然调小音量。

"秋间，你说。"

"是——他们三个人看到保险箱的尸体后，冲出办公室，但橘在即将离开办公室时跌倒了。橘是故意跌倒的，这样他才能够最后离开办公室。他希望离开时，办公室门把内侧的锁不要锁住。这当然是因为他打算和另外两个人分开之后，再悄悄溜回学校移动尸体。只要教师办公室的门不锁，他要再回去就很简单，而且他也成功了。"

在场的所有人都不再觉得幸子只是一名漂亮的女警。她在审讯室为喜多做笔录的同时，独自分析出命案的真相。

正因如此，寺尾沮丧不已——寺尾和幸子在同一间审讯室，明明就同时听到了同一份供词。其他人都很快吃完饭，再度展开激烈的讨论，但寺尾没有再开口说话。

6

在侦查会议进入尾声时,正在审讯室的龙见说出了重要的供词。

"哎哟!快憋死我了,我就把实话统统告诉你吧。"

"关于什么事?"负责审讯的德丸问。

"就是那通电话的玄机。"

"电话?"

"你也太迟钝了。就是案发当晚,打给肉弹的那通电话。"

德丸用力咳了两三声,暗示四楼对策室的人仔细听喇叭传出的供词。

"你就说来听听。"

"我会说啊,因为是德哥你,我才愿意说,也要让你立点小功。"

龙见一副施恩于人的态度说完,伸手拿了根德丸的烟。

"喜多郎曾经问了我好几次,那天接电话的真的是肉弹吗?我后来也越来越没把握。"

"嗯。"

"没想到——"龙见用德丸的打火机点了烟,吐出一口烟之后,又继续说,"我会有机会确认这件事。"

"确认?舞子老师不是已经死了吗?"

德丸兴趣缺缺,龙见更加口沫横飞地强调。

"我当然知道。所以嘛——这件事说来话长……"

"那你就长话短说。"

"好啦，我会说得简单点。那是毕业之后发生的事，我和住在肉弹家隔壁那个女人有一腿。"

"你——"德丸不禁火大，"你想要炫耀自己的猎艳史吗？"

"不是你想的那样啦，德哥，你听我说嘛。那个女人的儿子没考上私立学校，她不是很难过吗？所以我每次去找她，她就和我上床。"

龙见在脸前摇着手，继续说道，似乎表示自己真的不是在炫耀。

"但是有一天，我和女人在床上打炮时，隔壁的电话铃声突然响了起来。不是肉弹家，而是另一侧的邻居家，结果听得超清楚，简直就像是女人家的电话在响。于是我就问那个女人。"

"嗯？"

"我问她那天晚上一点左右，肉弹家的电话有没有响。"

"原来如此。结果她怎么回答？"

"她竟然说没有听到，说电话铃声绝对没有响。"

"但是，那位太太不是晚上十一点左右打了瞌睡吗？"

"是啊，虽然她打了瞌睡，但十二点左右醒了，然后一直织毛线织到两点左右——你要搞清楚，这可是因为我和她关系这么密切，才能够问到的事。"

"我知道，所以呢……"

德丸很不耐烦。

"你到底懂不懂？真是的，难怪你升不了官——我明明打了电话，但是肉弹家的电话没响，那样的话——那通电话到底打去哪里了？"

德丸歪着头，龙见正经八百，探出身体。

"我的确拨了电话，而且和女人说了话，但是，从校长记事本上抄下 MM 缩写电话号码的人是橘。我看着橘写下的电话号码，拨了那通电话。"

"……橘吗？"

"没错，德哥。"

德丸还没有听说橘和鲇美是共犯这件事，因此对龙见的供词半信半疑。

"无论怎么想，都只有一种可能，那就是橘让我打去别人家，是他坑了我。"

"但是……你不是说，接电话的是舞子老师吗？"

"我当时这么以为，但是声音很小，而且听起来好像睡迷糊了。"

"你的意思是，有可能不是她吗？"

"对啊，那个女人说，肉弹家的电话没有响之后，我开始这么觉得。而且，我和喜多郎一起去肉弹家时，不是用电话簿查了肉弹家的住址吗？虽然上面登记的是她爸的名字，但我觉得那个号码和我在案发当天晚上打的号码不太一样。"

龙见一口气说道，说完想说的话之后，轻轻叹息，又伸手拿了根德丸的烟。

侦查对策室的会议中断，新的惊呼声此起彼落。

沟吕木终于明白了喜多在闪光中看到的一切。

"股长——"大友开口，"龙见打的不是舞子家的电话，橘让他打去了鲇美家。"

"就是这么一回事！"

龙见拨打橘告诉他的号码，但那是鲇美家的电话。鲇美和橘套好招，接起电话后，用带着睡意的声音说话。为了避免说太多露出破绽，于是在接起电话后劈头就问："是不是龙见同学？"龙见一听到这句话，果然马上挂断电话。龙见完全没有起疑，认定电话中的女人就是舞子。

"这是在制造不在场证明。"大友说。

"是啊，橘为警方发现舞子的死是他杀做了准备，到时候，最先遭到怀疑的人——"

"是鲇美，其他老师会证明，鲇美和舞子两个人在办公室留到很晚。"

"鲇美是刚踏上社会不久的年轻老师，可能马上就会招供。"

沟吕木说完，用笔尾敲敲名单上的"日高鲇美"的名字。

一旦警方认为舞子是他杀，就会马上逮捕鲇美。于是，橘想出一个妙计，制造出"舞子在深夜还活着"的状况。只要舞子曾经回到家中，就可以切断"从教师办公室到校长室"的命案连贯性，而且侦查的焦点会集中在校外，还可以为鲇美制造不在场证明。

——不，等一下。

沟吕木突然想到一件事。

橘在电话上的小动作是否根本没有意义？喜多、龙见和橘三个人是罗宾计划的共犯，当时就像是命运共同体。即使警方发现舞子死于他杀，对他们展开侦查，三个人必然会守口如瓶。因为一旦说出舞子的电话，或是保险箱内尸体的事，他们偷考卷的事就会跟着曝光。不仅如此，而且还会像十五年后的今天一样，甚至被怀疑是杀害舞子的凶手。如此一来，橘即使欺骗了喜多和龙见，制造出"深夜还活着的舞子"，不是仍无法为鲇美开脱吗？如果真心想要救鲇美，必须让第三者，比方说学校的其他老师相信，舞子在深夜仍然活着。

侦查会议结束了。

大友立刻带领内勤人员开始影印会议内容，以及分析资料，负责寻找鲇美下落的人员冲下楼梯，审讯官快步走向审讯室。面如土色的寺尾也在其中。

沟吕木叫住了正准备走出会议室的秋间幸子。

"你的着眼点很出色。"

"谢谢。"

幸子鞠躬说道。近距离观察时，发现她近看更漂亮，沟吕木觉得她太耀眼了。但是，她的表情带着一丝阴郁。

"没想到橘是共犯……我大吃一惊。"

"我是因为白鞋的关系才想到的。"

幸子静静地说。

"白鞋？哦，你是说，喜多在教师办公室看到的白鞋。"

"对，喜多供称，命案发生之后，日高鲇美从来没有穿过白鞋去学校。"

"是啊。"

"但是，对女人来说，少了白鞋会很伤脑筋。搭配衣服时，有时候会需要——所以我认为一定有人告诉鲇美，叫她不可以穿白鞋。由于只有喜多、龙见和橘三个人知道喜多在办公室看到白鞋的事，我猜想应该是其中一人告诉鲇美，于是就重新查看笔录，看到了几条线索——喜多在供词中曾经提到'求助的眼神'。

命案发生后,鲇美去了罗宾咖啡,当橘起身准备去打工时,鲇美用求助的眼神看着他——"

"原来是这样,所以你发现了问题。"

"是啊。"

幸子的神色和缓了些。

沟吕木发现解决谜团的突破口是源自女性特有的观察角度,暗自松了一口气。不光是寺尾,沟吕木内心同样为被一个年轻女警超越而感到有点儿不太舒服。

虽然和这件事无关,但他还是决定对幸子说出刚才的疑问。

"但是,橘为什么要设计根本无法发挥作用的电话玄机呢?"

幸子似乎完全理解沟吕木的意思,她想了想,张开樱桃小嘴回答说:"橘很希望舞子的死能够被当作自杀,但是万一警方认为是他杀而展开侦查,橘应该做好了去警局自白的心理准备。"

"但是,这么一来,他们三个人做的事……"

沟吕木说到一半,吞下之后的话。幸子直视着他,双眼炯炯有神。

"橘会招认罗宾计划的事,以及他们在保险箱内发现了尸体,当然也会说出命案当天晚上,打电话去舞子家的事。龙见在无可奈何之下,只能实话实说。他不知道橘骗了他,所以他的供词会加强'舞子那时候还活着'的谎言——警方不会怀疑到他们三个人头上,因为这三名少年为了协助侦办舞子命案,不惜招认自己犯下的罪,这无疑是最值得信任的供词。于是,警方的侦查就会朝向舞子在凌晨一点还活着的方向进行,这样就完全符合橘写的剧本。"

幸子又补充说:"橘可能认为,只要能够救鲇美,抛弃学历和朋友都无所谓。"

沟吕木说不出话。幸子向他鞠躬后走下楼梯，在她的身影消失之前，沟吕木一动不动地站在原地，目送着她的背影。

幸子下楼后，刚才接待访客离开会议的后闲刚好走上楼梯。

"会议似乎已经结束了。"

"是啊……"

后闲顺着沟吕木的视线转头看向后方，小声地说："哦哦，原来是她。"

"这位女警实在太厉害了……局长，她到底是谁？"

哪壶不开提哪壶。

后闲沉吟后说道："你应该知道，是藤原刑事部长介绍她去参加女警考试的。"

沟吕木点点头。这次也是刑事部长藤原提拔她加入这起命案的侦查工作。

"我只知道，她是藤原部长朋友的女儿，但是她真的聪明绝顶，做事干脆利落，工作方面无懈可击。"

"说实话，真想挖她加入我的小组。"

但是，他们两个人都没有时间调查幸子的来历。后闲要抓紧时间向警视厅报告，沟吕木必须思考该如何逼问很可能是共犯的橘。

侦查员又汇报了几条线索。橘在高中毕业后，他打工清扫的大楼有现金失窃了，他因为受到怀疑而辞职。向来对他很严格的父亲自杀身亡，他自责不已——

但是，橘的审讯工作仍然陷入胶着。

负责审讯的曲轮，不时亮出目前的线索，很有耐心地持续审讯，但橘几乎没有任何反应，简直就像认为自己是另一个世界的生物，无声无息，把自己封闭在厚实的壳内。

即将晚上九点时，传令的刑警飞奔到沟吕木身旁，向他报告——橘终于开口了。

"他说了什么？"

"他只说了一句话。"

"快说。"

"他说——只有我没有昵称。"

沟吕木看向天花板。

"喜多郎""让二"，以及"橘"。

橘可能为了救鲇美，不惜抛弃朋友——沟吕木又想起幸子刚才说的这句话。

第七章
时间的巢窝

1

走出巢鸭车站时,谷川勇治发现自己灵机一动的想法,已经渐渐变成强烈的信心。

——日高鲇美就在这一带。

白天时,由于找到已经沦为游民的橘宗一而立下大功,怀着胜利的气势,或者说是第一次产生的自信,让谷川的思考变得大胆起来。他被编入寻找鲇美下落的小组后,立刻凭着直觉,来到巢鸭。

今天第一次搭档的新田同样一脸严肃。将橘带去警局后,完成重大任务带来的兴奋余韵似乎仍然未消,他没有任何浮躁的言行,行动积极利落。新田原本在派出所工作,连续逮到好几个自行车窃贼,于是就被调到警局的刑事课。从他的神情不难发现,他内心已经萌生了迈向漫长刑警人生的决心。

鲇美的老家在埼玉县的所泽,以前在学校当老师时,在板桥租屋而居,目前搬到了日暮里。超过二十名侦查员正在她的住所周围和经常出没的地方追查她的下落。

——不对,日高鲇美并没有逃亡。

谷川这么认为。

鲇美对别人说,今天是"特别的日子"。她留下这句话后就失去踪影。这句话听在办案的警察耳中,具有相当于自白的分量。但是,谷川内心涌起另一种想法。那是一种很像小孩子勾小拇指发誓,充满怀念,但又带着一丝苦涩的感伤。谷川从"特别的日子"这几个简洁的文字深处,看到日高鲇美这个女人纯洁的心。也许鲇美在内心深处,希望有人可以找到她。

鲇美会在什么地方度过今天这个"特别的日子"呢?

谷川最先想到的就是巢鸭。橘以前经常去巢鸭,这里也是以前罗宾咖啡所在的地方。

虽然已经晚上九点多了,但车站前仍十分热闹。之前一度被捧为"小银座"的餐饮街仍然人来人往,大楼反射着重叠交错的霓虹灯光,为夜晚车站前的环形交叉路增色不少。

谷川和新田走过糖炒栗子炒锅冒出的热气,快步走过信号灯即将变灯的斑马线。右转后直走,就到了以"四之日"庙会出名的拔刺地藏商店街。

他们两个人漫无目的地走在街上,四处打量着。人潮推开他们,继续向前移动。

"接下来该怎么办?"

新田闪避人潮,来到店家门口问。

"新田,你觉得呢?"

"什么?"

谷川忙碌地打量着来往的人群,他的自信开始动摇。

"你认为日高鲇美在这些人群中吗?"

"在啊。"新田很干脆地回答,然后在口袋里摸索一下,拿出当时住宅区地图的复印件。

"以前那家罗宾咖啡所在的位置就在前面吧。"

"是啊。"谷川回答后,看向新田手指的方向。他原本想说"十五年前在那里",但立刻把话吞回去。新田也发现了,不禁轻轻叫出声来。

"罗宾三世咖啡店"——

亮着灯的绿色招牌上写着这个名字。他们兴奋地涨红脸,再次低头看着地图的复印件。

"谷川先生,完全一样!就在以前罗宾咖啡所在的位置!"

"是啊,在老地方、老位置。"

罗宾咖啡仍然健在,虽然多了"三世"二字,但十五年后的今天,"罗宾"这个名字仍然存活着。

谷川和新田带着一丝感动和不安,推开咖啡店的门。店面不大,但店很深。昏暗的灯光微微照亮以黑色为基调的雅致装潢。

一个女人坐在一进门就可以看到的吧台前。正把咖啡杯举到嘴边的中年女人侧脸——

谷川停下脚步。新田跟着停下。

不光是运动或是比赛,其实任何领域都有所谓的幸运儿,警方办案也不例外。在办案时,会有好几十、好几百名侦查人员出动,但有时候就会有幸运儿,找到两三条关键线索,转眼间就顺利破了案。在这起命案中,刚满三十岁的谷川,和还没有完全摆脱学生味的娃娃脸新田,就是这样的幸运儿。

两个人克制住内心的激动,在和女人隔了几个座位的吧台角落坐下,点了咖啡。他们手上有鲇美教师时代的照片,也就是十五年前的样子。照片中的鲇美是瘦脸美女,但坐在吧台前的女人侧脸有点儿丰腴。

谷川偷偷观察着女人,在观察的同时,感受到一种奇妙的感慨。

喜多、龙见和橘曾经在这里出没,他们在这里欢笑、咆哮、生气,然后还偷偷讨论了罗宾计划。内海一矢站在吧台内,穿着缩水的麻布围裙洗杯子。太田惠郁和日高鲇美也都曾经光顾这家店——

短暂的时光之旅结束了。

"这家咖啡店的店名真有意思。"

谷川对着和内海完全不像、身材微胖的老板说。

"是啊,经常有客人这么说。"

"一直都是这个名字吗?"

"不,我是六年前买下这家咖啡店的,之前的名字叫'罗宾二世'——我很喜欢那个名字,于是就把二世改成了三世。"

"原来是这样。"

"听说更早之前的名字就只有'罗宾'这两个字,之前的老板说,他也只是加了'二世'这两个字就开始做生意。"

女人浮现微弱的反应。

这个反应发挥了决定性的作用。

——没时间了。立刻采取行动。

谷川向新田使个眼色,当他转动椅子准备站起身时,女人突然转头,看向他们。

"你们是警察吧?"

她的声音很平静。新田忍不住吞着口水。

"我说,你们是警察对吧?"

"是的。"谷川维持着微微弯着腰的姿势回答,"我是搜查一课的谷川。"

"终于来了……"

女人,不,日高鲇美的眼神仿佛凝望着远方。

"我知道你们迟早会出现,请你们带我走吧。"

鲇美用落寞的眼神看着谷川，然后起身。谷川点点头说："我们马上叫车。"

新田抢先冲出去，谷川和鲇美也离开咖啡店，留下一脸错愕的老板，和完全没喝的咖啡。

接到新田紧急传回来的消息，对策室内沸腾起来。晚上九点四十分，所有侦查员翘首等待的日高鲇美终于走进了审讯室。

谷川回到对策室，正准备写报告，但立刻被沟吕木叫过去。

"你来审讯日高鲇美。"

"我……吗？"

"对，你试试看，我会派寺尾协助你。"

站在后方听到这一切的搭档新田比谷川本人更加兴奋。这是难得一见的提拔。审讯的对象是岭舞子命案的头号嫌犯，审讯结果将决定侦查工作的成败。

沟吕木决定孤注一掷。

谷川绝对不是一个精明的人，除了曾经在警局时审讯过小偷，完全没有任何重大案件审讯的技巧。如果论审讯的手腕，没有人能够超越目前在审讯喜多的寺尾，而且寺尾也有无数在短时间内决战的经验。虽然不清楚他冷酷的内心，但他对"认罪"的执着，令沟吕木自叹不如。刚才年轻女警洞悉喜多供词背后的真相，让他承受成为刑警以来的第一次挫折，但越是这种时候，越能够激发他出色的表现，因此沟吕木原本打算让寺尾负责鲇美的审讯。

但是，在听说鲇美落网时的情况后，沟吕木决定换人。

沟吕木认为，鲇美之所以来这里，就是为了说出一切。

既然这样，就不需要逼迫嫌犯"认罪"，只需要提供"环境"。沟吕木认为不说话时，整个人散发出温柔和诚恳的谷川，才是审讯鲇美的适当人选。

"你就用轻松的方式审讯。"

沟吕木目送谷川离开后，对自己的安排很满意，摸着胡子，重重地吐出一口气。

2

鲇美果然对谷川有好感，当他走进审讯室，鲇美看到他温和的脸，神情立刻和缓不少。

"……是谷川先生吧？"

鲇美主动开口。

"是的。"谷川在她对面的座位坐下，注视着鲇美的脸。

她看起来果然比照片上圆润了些，但并不是发福这种令人联想到平凡日常的丰腴，而是带着浮肿；鲇美的气色和皮肤光泽都很差。简单地说，那是一张饱受生活折磨，已经缺乏女人味的脸。

但是，她努力露出笑容。那不像是基于礼貌，而是一种为了激励自己，或是内心希望自己可以更柔和的表现。审讯室内除了他们两个人，还有正在翻阅笔录的内勤人员、传令的刑警，以及坐在鲇美斜后方的寺尾，他靠在墙上，抱着双臂，一脸凝重。但是，审讯室内特有的气氛并没有让鲇美畏缩，她的态度很平静，同时有一种无所畏惧的镇定。

沟吕木对谷川说，由他自由决定审讯方式。

谷川没有多思考，就开口对鲇美说："我想请教你关于十五年前，岭舞子命案的事。"

坐在墙边的寺尾惊讶地看着谷川。

因为谷川的话，太像他今天早上对喜多展开的攻势。

寺尾认为这是吓唬喜多最有效果的王牌，因此单刀直入，但是谷川并不打算运用计谋，而是一开始就用真心对决。也就是说，谷川并不是在预想过审讯的全局后才这么说。谷川这种毫无盘算的审讯，就像是用尖爪胡乱抓挠寺尾已经严重耗损的神经。

——这根本不是审讯。

很快就必须换自己上场了。寺尾心浮气躁地这么想。

不知道是否该说是意料之中，鲇美听到谷川突然切入正题，收起笑容，眨了几次眼睛，显得有点儿不知所措。

"可以告诉我吗？"

谷川重复道。除此以外，他找不到该说的话。鲇美低下头，而谷川的脑袋几乎一片空白。

寺尾在内心咒骂。

——别问这种自以为是法官的蠢问题。

"拜托了，请你告诉我。"

"……"

鲇美没有回答，有如痉挛般频频眨眼。

谷川很想逃离这里。在侦查时，他觉得能够清楚看到鲇美的心情，如今却完全看不到了。鲇美来这里，本是为了说出一切，如今他不知道鲇美为何反而犹豫不决。

——请你告诉我。

谷川用眼神表达内心的期盼。

鲇美注视他的眼眸，过了一会儿，她痛苦地问："橘同学——橘也被带来了吗？"

审讯室内的空气顿时冻结。寺尾离开原本靠着的墙，用手势示意谷川不要告诉她。

"对，他在这里。"

谷川直视着鲇美的眼睛说。

寺尾带着惊叹和愤怒向前探出头。

"然后呢？"鲇美急切地问，"橘说了什么？"

"什么都没说，他只字不提命案的事。"

"喂！"寺尾终于忍不住叫出声。

面对命案的嫌犯，不，即使只是关系人，也绝对不能透露侦查中的状况。虽然有时候会基于战术稍微泄露一点，但如果刑警对嫌犯有问必答，嫌犯就会知道自己目前的状况，很可能会加以利用，成为推托或是保持缄默的借口。审讯的原则，就是打造完美的密室，把嫌犯逐渐孤立在这个密室中。

但谷川却打破这个原则，而且向和橘有共犯关系的鲇美透露："橘还没有招供。"这根本是无可挽回的疏失。

谷川涨红脸，连脖子都发红了。

——不行，他太紧张了。

寺尾离开墙边，准备接手审讯。虽然沟吕木下了指令，但他不能让到手的猎物就这样逃走。更何况如果无法让鲇美招供，岭舞子命案的侦查工作就没戏唱了。

寺尾快步走到谷川身旁，拍拍他的背。但是谷川伸手制止他，似乎在说"等一下"。

——这家伙……

谷川直视着鲇美。寺尾也转头看向鲇美，然后倒吸一口气。

鲇美的脸上有一行泪水。

她的嘴唇微微颤抖，即将以明确的意志开口说话。

——难道她打算招供了吗？

寺尾觉得自己的胃部开始紧缩。

在旁人眼中可以明显发现鲇美的身体突然放松下来。

"对……不起。"

她的声音几乎细若蚊鸣。

"和橘完全没有关系……是我……"

谷川等待着她接下来的话。

寺尾无意识地在心里大喊。

——不要说！

"是我……杀了岭舞子老师。"

寺尾顿时感到强烈作呕。他双手捂着嘴，腹部收缩，发出"呜呃"的声音，摇摇晃晃走到门旁，然后一脚把门踹开，推开好几个惊讶的人，穿越刑事课，冲进刑事课办公室外的厕所。空无一物的胃用力扭拧，他一次又一次把黄色液体吐在洗手台上。他的身体弯成く形，持续骂着"王八蛋……王八蛋！"，在破碎的镜子中，看着那张扭曲的男人脸。呕吐了一次又一次，明明身为刑警，却希望嫌犯不要招供的男人的脸，仍然如此扭曲。

审讯室内一片安静。

鲇美在皮包里翻找着。

她从皮包里拿出一个小型录音机。

"请听一下这个。"

谷川默默接过录音机,看着鲇美。

"这是什么?"

"听了之后就会知道所有事了。"

鲇美双眼坚定有力。谷川轻轻点点头,把录音机放在桌上,按下播放键。

吱吱吱。录音机发出磁带转动的声音。谁都没有想到,那是回到十五年前的声音。

录音带中突然传来一个女人的声音。

"请你放过我。"

那绝对是鲇美的声音。过了一会儿,又听到另一个女人的声音。

"又是因为男人?"

"我真的不想再做这种事了。"

"哼哼……少骗人了。鲇美,你每次不是都乐在其中吗?"

"没有……真的没有。求求你放过我……"

"男人都很自私,很快就会抛弃你。怎么样?"

"……不要。"

"怎么样……呵呵……舒服吗……舒不舒服?"

"住手……住手!"

咔当——

"啊……"

"老师……岭老师……岭……啊啊!"

"喂,橘同学吗?——是我、是我——救救我,救救我!"

"我、我……岭老师死了。啊啊……我该……!"

"在校长室……我推开她,没想到她撞到了头……"

"我没办法,我做不到……"

"不行啦,怎么可能打开保险箱?"

"可是,就算塞进保险箱……"

咔嗒一声,播放键弹起来,录音带停止转动。
谷川说不出话。
那是犯案当时的对话——录音带录下了这一切。
舞子在校长室逼迫鲇美和她发生关系,鲇美在情急之下,把她从沙发上推开。不知道是否撞到要害,舞子当场死亡,鲇美惊慌失措,打电话给橘——一切都清楚地录下来了。从电话的内容发现,橘指示她把尸体藏在保险箱内。
舞子的声音很妖媚,但又盛气凌人。相较之下,鲇美显得很卑微。她拒绝的声音几乎快听不到了,打电话给橘之后,就一直在哭。

对谷川来说，这一切太生动了。刚才听到的两个女人对话的声音在脑海中浮现出鲜明的影像，但他无法将那些影像和眼前的鲇美重叠在一起。录音带轻而易举地回放了十五年前发生的事，这一切破坏了谷川内心对时间和岁月的感觉，甚至迷失了嫌犯和审讯官这种现实的关系。

但是，鲇美清楚认识到自己是嫌犯的现实，而且她的神情也诉说着，她正期待着这个局面。

"这是金古茂吉录下的内容。"

谷川根本没问，鲇美就主动说明。

"他从好几年前，就开始在校长室、教师办公室和更衣室等校内所有的地方都装上窃听器。他的兴趣就是窃听。"

这是谷川应该最先提问的问题的答案。

谷川探出身体，从还有点儿昏沉的脑袋中挤出问句。

"你推开她了吗？"

"是的，"鲇美深深点头，"岭老师的头重重地撞到书架……然后就不动了。"

"于是……你打电话给橘，听从他的指示，把尸体放进了保险箱。"

"是，我把尸体藏在保险箱后，急急忙忙回到板桥的公寓。"

"时间呢？不，命案发生的时间大约是几点？"

"差不多九点。我在十点左右回到家，立刻接到橘的电话……他对我说，龙见同学会在半夜打电话到我家，要我假装是岭老师。我回答说，我做不到，但他说，为了我们，我必须做到。他还说，他会处理尸体的问题，他尽了全力，他为了我……"

鲇美的声音有点儿沙哑。

谷川微微点点头。他发现心情渐渐平静下来。

"所以——你就在家里等电话。"

"不,"鲇美摇摇头,"我一回到家,就发现把徽章弄丢了。"

"徽章?"

"对。我原本放在口袋里,但回家之后发现不见了……我觉得这下子完了,以为是那时候掉在校长室内。于是我急急忙忙回到学校,那时候好像是十一点左右。"

"什么徽章?"

"就是学生的领章。"鲇美想了一下,"我记得是三年F班的领章。白天的时候,我去F班监考时,在教室门口捡到的,于是我就问学生,有没有人遗失领章,但是没有人举手,于是我就放在口袋里。没想到我弄丢了那个领章,于是我很着急,因为F班所有人都知道我有一个领章……"

"原来是这样,后来呢?"

"我到学校后,按了校门旁的门铃叫金古,我们一起走去警卫室拿教师办公室的钥匙,没想到……"

鲇美说到这里打住,看着桌上的录音机,咬着嘴唇。

"金古他……"鲇美的声音发抖,"他把录音带放进手提音响,按下开关,就是刚才听到的那盒录音带,他放给我听……"

谷川不由得绷紧全身。他害怕继续听鲇美说下去。

"……他说他不会说出去,然后就……对我……"

谷川闭上眼睛。

漆黑的世界中响起鲇美没有感情的声音。

302

"那次之后还一直……好几次……他把我找去警卫室，逼迫我和他发生关系。"

——简直岂有此理……

谷川睁开眼睛。

他看到表情僵硬的鲇美。她没有掉泪。为了如此残酷的事悲泣，已经是十五年前了。

"这件事……橘知道吗？"

"怎么可能……"鲇美无法再继续。

她用力按着喉咙，努力克制，但是最后紧抿的双唇还是发出微弱的呜咽。

谷川一阵眩晕。橘的存在——对她来说，那不是十五年前的事，而是"这十五年来"的事。

"对不起，你不用回答。"

"不……"鲇美擦着被泪水湿透的双眼，抬起头，"对不起，我太不理智了……我会实话实说。我没办法告诉橘茂吉的事，现在回想起来，应该全都说出来的，但是，现在才能够这么想，当年根本不可能做到。我真的说不出口……这件事造成我莫大的痛苦，深深折磨着我……"

鲇美再次发出呜咽。

谷川明白了——鲇美已经知道，十五年后的今天，橘不会因为仅仅协助遗弃尸体就被追究罪责，因此，她才会出现在"罗宾咖啡"，想要面对自己犯下的罪——

虽然谷川的审讯技巧很不熟练，但鲇美反而像在引导他审讯般，一五一十地说出实情。茂吉让她的身心严重受创，回到家之后，不会喝酒的她自暴自弃地喝下三杯威士忌，然后倒在床上。

接到龙见的电话后,她假冒"舞子",然后流着泪放声大笑。为了逃避胁迫,趁茂吉不备,偷走当时的录音带……

鲇美的供词解释了金古茂吉所有令人费解的行为——茂吉在那天晚上十二点没有巡逻,是因为他当时正在警卫室蹂躏鲇美。他那台像军队无线通信机一样的手提音响是用来窃听的。喜多带回家的那盒录音带应该是更衣室的窃听录音,而被子上的香水,是鲇美痛苦的痕迹。

鲇美的自白对厘清案件的背景帮助很大。在她带来的几盒录音带中,有录到校长三寺和舞子讨论如何交付考题答案的对话,证实的确是由三寺交给舞子,再转交给太田惠郁。

消息立刻传达出去,矢口否认的三寺终于不得不低头承认。

"岭老师主动找我,说惠郁功课太差,就交由她来辅导……"

当三寺从刑警口中得知舞子和惠郁曾经是同性恋关系后,他发出"呃呃……"的呻吟,无法言语,额头频频撞向审讯室内的桌子。太田惠郁果然是他的亲生女儿。虽然审讯官凭直觉这么认为,但并没有继续追问。

相同的时间,追查金古茂吉下落的一组刑警,终于来到八王子的特别养护老人院。

茂吉明年就将八十岁,他从三年前就卧床不起,听老人院的职员说,他心脏很虚弱,恐怕来日不多了。刑警再三恳求,院方才终于同意他们和茂吉见面。刑警在他的床前质问他关于鲇美的事,茂吉眉开眼笑,从干瘦的身体中费力地挤出声音:"那个女人太棒了,真希望死前还可以再睡到她。"

一切都符合鲇美的供词。

鲇美的审讯内容已经来到和橘之间的关系。

"你什么时候开始和橘交往？"

谷川和鲇美都已经恢复平静，双方都沉浸在完成一项重大任务后的安心感之中。

"我们的交往纯粹是巧合，"鲇美露出凝望远方的眼神说，"我刚进学校当老师时，橘还是高二的学生……有一次，我去内幸町的大楼找朋友，离开的时候，走在一楼的大厅时，听到有人大声对我说，不可以走那里！我转头一看，发现是橘同学，那里的确放着'清扫中'的牌子，我不自觉地向他道歉。"

"照理说，你应该指责他不可以打工。"

"是啊。"鲇美轻声笑了，"所以我们互看一眼，笑了出来——我从小到大，每天都只会弹钢琴，该怎么说，就是很不谙世事。我从来没有打过工，一直以为学生都是去咖啡店、汉堡店这种地方轻松打工。没想到他就像正职人员一样，穿上工作服和工作裤，正用力地擦大厅的地板。我看着他打扫的样子，突然很激动……"

鲇美在提到橘时，对他的称呼从"橘"变成"橘同学"，然后又变成了"他"，谷川默默听着橘在她口中，从一个坏学生渐渐变成她重要的人。

"虽然无法公开，但我们经常约会。一起喝咖啡、看电影，他也曾经骑着那辆小型摩托车载我——啊，但是我们从来没有任何逾矩的行为，一次也没有……他甚至没有牵过我的手，你是不是无法相信？"

"没有。"

"而且，去喝咖啡或是吃饭时，他都会抢着付钱。我的年纪比他大很多岁，而且他是我的学生，所以我说该由我付钱，他就会很生气，表情很可怕……但是，想到他努力打工，用打工赚的钱请客，我就觉得很高兴。"

"我能理解。"

"还有——"鲇美转动着眼珠子，似乎在思考他们之间的相处，但她的思考似乎碰了壁，随即满面愁容。

"就到此为止……那天之后，所有的一切都画上句点。"

谷川低头看着桌上的录音机。

"命案发生后，我曾经和他见过几次面，但我始终六神无主。橘对我说，不必担心，他一定会保护我，但是，我真的没办法告诉橘关于金古的事，不知道该如何是好。我好几次都哭着哀求金古，请他放过我，求他把录音带丢掉，但他每次都反过来逼迫我和他发生关系……我很绝望。当时的我处于那样的状态，所以就渐渐开始和橘保持距离，因为见面只会更加痛苦……当时，我很想死了算了。"

"……"

"橘在毕业之后，还来我家找我很多次，后来我就下定决心搬家，也辞去教职，没有任何人知道我的下落……我知道我这么做很残忍，他为我做了那么多……早知道应该告诉他真相……"

鲇美再次流下泪水，但又随即调整心情，抬起头，挤出笑容。

"他过得好吗？结婚了吗？"

"他还是单身，我相信是因为忘不了你。"

"……"

橘仍然单身是事实，但如果说他过得很好，就成了谎言。谷川没有说谎，但认为橘目前的状况，证明他仍然爱着鲇美，于是说出自己的想法。

——不，事实一定就是如此。

谷川想象着橘这十五年来的生活。

橘一定认为，他们拥有杀人共犯这个终极秘密，两个人应该无法再分开了，不，是没必要分开。没想到因为茂吉，橘在完全不知道原因的情况下失去鲇美。他应该憎恨鲇美，也努力挣扎想要忘记鲇美。但是，橘始终无法放弃对鲇美的感情，独自守着秘密，活到了今天。父亲的自杀，以及他认真打工却被迫辞职这些事，一定对他造成很大的打击。他无法灵活地应对社会的纷扰，于是抛弃家人和朋友，只活在自己的世界里，持续摧毁自己。

到头来，橘只有鲇美。他为和鲇美之间的秘密牺牲自我，隐姓埋名，放弃自己的人生，加入没有话语权的游民行列。他把人生奉献给鲇美，只有保守秘密的时间烙在橘的内心深处。橘太纯情了——

鲇美也同样活在那起命案和对橘的感情中。她每天为喝醉酒的客人弹琴，必定带着寂寞静静地生活。而且她无法忘记自己犯下的滔天大罪，更无法忘记对橘的感情。正因为如此，她决定把十五年后的今天视为"特别的日子"。虽然他们迫不得已分道扬镳，但正因他们之间的感情如此强烈，于是谁都无法走出去。

谷川觉得比他年长将近十岁的鲇美，如果不是运气不佳，一定能够过着幸福的日子。他产生一股冲动，很想用力给她一个拥抱。

橘宗一就在隔壁房间。

他隔着双面镜看着鲇美。他目不转睛，自始至终都注视着鲇美。

不一会儿，橘发出近似野兽般"噢噢噢"的叫声。他的身体紧贴着镜子，用脸颊厮磨着，然后倒在地上，趴着痛哭起来。

年轻刑警探出身体准备向前，负责审讯的曲轮制止了。

"让他去吧，没关系了。"

橘的肩膀起伏着，抬起满是泪水和鼻涕的脸。

"……我喜欢老师……我爱老师爱得无法自拔……"

他的声音像少年。

"我太爱她了……所以……"

橘用颤抖的手指摸着双面镜，抚摸着鲇美的轮廓。

曲轮跟着一阵鼻酸。

"是啊……这些年，难为你了。"

曲轮同样看到了橘度过的十五年。在漫长的岁月中，他坚持闭口不语。日本和整个世界都持续运转，充斥着各种声音，只有橘，独自蜷缩在停滞的时间中。实在太悲哀了。

橘喃喃开口，告诉曲轮命案当天晚上发生的事。

和喜多、龙见两个人分手之后，他又回到校长室。他把舞子的尸体从保险箱内拉出来，从教师办公室的窗户丢下楼。然后，他又来到屋顶，放好舞子的高跟鞋，把偷来的"遗书"塞进她的鞋中……

橘说完后，穿着褴褛衣衫的身体趴在桌上，立刻陷入熟睡。他的脸上写满安详，看起来就像终于摆脱了诅咒。曲轮替他盖上毛毯，温柔地抚摸他的后背。

"记得回去妈妈身边。"

室内只听到时钟的声音。时针指向十点五十分。

3

"结束了。"

沟吕木听完报告后嘀咕道。

"结束"代表两个意思。

首先当然是厘清命案的所有真相。主犯是日高鲇美,橘宗一是尸体遗弃的共犯。但是,这起案件已经无法追究。因为追诉时效已经终止。时效已经终止,就是沟吕木说出"结束"的另一个意思。

事情的来龙去脉如下:

鲇美和橘全面招供后,确定命案发生在昭和五十年十二月九日晚上九点左右,因此,十五年后的今天,九日凌晨十二点,时效就已经终止,如今已经过了将近二十三个小时。如果鲇美的杀人行为再晚三个小时,在凌晨十二点之后再执行,时效的终止就可以晚整整一天,警方的努力便能得到回报。

但是,鲇美和橘的供词完全一致,没有任何相互矛盾的状况。犯案时间是在晚上九点左右,因此时效已经终止。

四楼侦查对策室内,到处可以看到一张张泄气的脸。虽然在着手侦查之前,就已经做好可能会白忙一场的心理准备,但原本以为在和时间赛跑,没想到一开始就输给了时间。有人托腮放空,有人低头坐在那里,也有人瞪着凌乱的笔录复印件……原本不顾一切地冲向逮捕凶手这个山顶,没想到在紧要关头,脚下的梯子消失了。笼罩会议室内的紧张气氛一下子松懈崩解,所有人都感到一片空虚。

——这就是所谓的激情过后。

沟吕木打量着会议室想道。

没错,就算是时效尚未终止的命案,要证明谋杀仍很困难。鲇美并没有打算杀害舞子,只是推开执拗地要求和她发生关系的舞子。如此一来,在法律上最多只能算是伤害致死。双方发生纠纷,不小心导致对方丧命——整件案子会被归类为这种常见的案件。橘是案件发生后的共犯,只犯下遗弃尸体罪。两个人的罪行都不需要等待十五年,早就已经过了追诉时效。

因此,无论事态如何发展,在这起案件中,都无法逮捕任何人。

侦查员纷纷起身,开始整理各自的资料。内勤人员跟着陆续起身,开始整理桌椅和电话。

沟吕木动作缓慢地拿出这一天的第一根香烟。虽然医生不准他抽烟,但在侦破案件,或是功亏一篑时,他都会抽一根烟。沟吕木在口袋里摸出打火机,但他的手停下来。

侦查员就像海水退潮般纷纷离开,只有一个人一动不动。

他是鉴定人员簗濑次作,紧紧抱着穿有标志性黑色袖套的双臂,凝重地注视着正前方的墙壁。

沟吕木把打火机移到香烟前,但他没有点烟,继续看着簗濑。一旦开始在意,就会很不舒服。虽然这起案件的侦查功亏一篑,但他希望可以专心享受最后一根烟。

"簗哥,怎么了?"

簗濑没有回答。

"喂,簗哥——"

"股长!"

簗濑突然大叫一声,所有侦查员都同时看过来。

"这起命案还没有真正结案!"

"你、你说什么?"

簗濑激动地说:"从教师办公室把舞子的尸体丢下去——橘在供词中这么说吧?"

"是啊。"

"办公室不是在二楼吗?"

"是在二楼啊。"

"既然这样,尸体全身的撞伤伤痕是哪里来的?鲇美只是把她推开而已,身上只有一两处伤痕。橘虽然把舞子丢下楼,但并不是从屋顶,而是从二楼的办公室丢下去,不可能造成那么严重的伤势,法医更不可能误以为是从屋顶坠楼。"

"哦……"

沟吕木不小心点燃打火机,火焰烧到他的胡子,发出吱吱的声音。

"接下来才是重点——法医认为舞子的直接死因是颈椎骨折和脑挫伤,又提到全身的撞伤。也就是说,那些撞伤的伤痕有活体反应,这代表造成撞伤的时间和死亡时间相同,但是鲇美和橘都没有在舞子的身上造成撞伤的伤痕,这意味着……"

室内陷入短暂的寂静。

"虽然鲇美以为她杀了人,但其实舞子并没有死。橘以为他把尸体丢下楼,但其实舞子那时候还活着,是在之后才因撞伤造成伤痕——也就是说,这是不是代表,杀了舞子的凶手并不是鲇美和橘?"

室内的寂静顿时转为哗然。

"舞子那时还活着……所以不是鲇美……"

沟吕木嘀咕着，簗濑乘胜追击。

"既然鲇美和橘都没有在舞子身上造成严重的撞伤痕迹，那就只能往这个方向思考——舞子被鲇美推开后撞到头，昏过去。然后她又在保险箱中缺氧，进入生命活动暂停的假死状态，但是她并没有死。只是鲇美和橘当时都惊慌失措，没有发现而已。之后，有人造成舞子全身撞伤的伤痕，也就是杀害了她——"

簗濑大声说道。

这时，鉴定股的年轻鉴定人员战战兢兢地站在沟吕木面前，他就是簗濑耳提面命地教诲"案件都是靠鉴定人员的'伴手礼'才能侦破"的新人。

"还有另一个证据可以判定舞子当时还活着。"

"还不快说！"

沟吕木和簗濑同时叫道。

"就是尸僵！"这名新人涨红脸，"虽然每个人的情况不同，但通常在死亡三四个小时之后，尸体就会开始僵硬。鲇美是在九点推倒舞子，而橘和喜多则是在凌晨两点四十分，于保险箱内发现舞子——前后相差将近六个小时，但是——"

这名新人指着已经破破烂烂的笔录复印件说："就是这里！喜多供称，舞子的身体软趴趴的，无力地垂倒。这代表舞子的身体并没有僵硬。"

"她那时候还活着！"簗濑大叫一声，用力拨弄着新人的头发。

"还不能收队！"

沟吕木吐掉嘴里的香烟。

"大友！立刻派几个人去学校！"

"是！"

"那座保险箱可能还在那里。如果舞子曾经在保险箱内醒来,搞不好里面会有指纹——"

说到这里,他看向簗濑。

"如果保存状态良好,即使是二十年前的指纹,也可以采集到。"

"好,马上派人过去,彻底调查保险箱!"

几名刑警和鉴定人员立刻飞奔出去。大友做事很周到,他已经联络了学校委托的保安公司,请保安人员紧急赶往学校。

深夜十一点零五分——

沟吕木用力拍着自己的脑袋。

——保险箱、保险箱,自己为什么没有更早想到!

虽然他看了当时的侦查报告,但还是带着成见,以为十五年前侦办这起命案时,不可能有任何物证,只能靠关系人的供词侦破这起命案。事实上,听到喜多供称尸体从保险箱内掉出来时,身为指挥官,就应该马上指示手下去现场勘验。

但现在可没时间反省。

橘在凌晨三点半过后回到学校,把舞子丢下楼。舞子当时还活着。这意味着这起命案的追诉时效并没有终止,而且杀害舞子的凶手并不是鲇美,而是另有其人。

沟吕木再次看了手表一眼。

十一点十分。

虽然在紧要关头延长时效,但真正的时效只剩下五十分钟了。

沟吕木闭上眼睛。此刻,他的大脑远离对策室内的喧闹,进入了"六角堂"。

要冷静。

凶手是谁?在哪里?

现在开始找凶手，绝对来不及了。

不，所有关系人都已经带来警局，只要凶手是其中一人……只要凶手目前在警局内，还有机会获胜。

十一点二十分。

他觉得时钟的针就像是人在挣扎。

十一点半。

沟吕木脑海中浮现出一个名字，猛然睁开双眼。他的神情令人生畏。

大友看着他，等待他发出进一步的指示。

"大友……"

"是。"

电话铃声大响。

大友立刻接起电话。是刚才去调查保险箱的警员打回来的紧急电话。沟吕木一把抢过话筒。

"找到了！虽然只是通过简易鉴定的方式，但留在保险箱内侧的指纹中，确实发现了许多和当时从舞子尸体上采集到的相同指纹。"

"好！"

"所有的指纹都同时有掌纹，猜想她是在神志不清的状态下，用力乱推保险箱的内壁。"

这代表指纹并不是在拿文件或是收文件时留下的。舞子果然曾在保险箱内醒来。她当时一定呼吸困难，于是无意识地伸手推向内壁，但随后很快就陷入假死状态。如果她恢复意识，一定会惊恐崩溃，弄得十根手指的指甲都掀起，满是鲜血。

"辛苦了。"

沟吕木清晰地说道，但电话彼端兴奋的声音仍然没有停止。

"股长，并不是只有这样而已，除了指纹，还有更惊人的发现。"

"什么事？"

"保险箱后方藏了一块同色的铁板，结果发现内壁是双层构造。我们拿下铁板之后，发现铁板背面粘了一张小纸片——"

保险箱内侧后方的内壁有一个木框，铁板就贴在木框上，和原本的内壁之间有两三厘米的缝隙。铁板用喷漆喷成和保险箱内侧相同的颜色，侦查员是在敲击内壁后，才发现后方有空洞，然后在那里发现了纸片。

"是什么纸片？"

"不知道，但是……"

"但是什么？赶快说清楚！"

"有可能是纸钞的一部分，但沾到保险箱的铁锈，看不太清楚，不过上面有很像是纸钞号码最前面的两个英文字母……"

"等一下！"沟吕木立刻命令对方，"我来说，那两个英文字母是X和F。"

"没、没错！就是XF！"

"我知道了！辛苦你了！"

十一点三十五分——

沟吕木丢下电话，对着负责无线通信的内勤人员大声说道："赶快准备逮捕令！"

内勤人员大惊失色。

"要、要逮捕谁？"

"内海一矢，涉嫌杀人——快！"

"但是……"大友插嘴道。

"按我说的做！然后打电话给粕川检察官，告诉他要按原定计划，请他舍身相陪！"

沟吕木激动地说完后，走出会议室。负责无线的内勤人员用求助的眼神看向大友，大友点头后，他慌忙对着麦克风说话。

"紧急申请逮捕令，嫌犯的名字叫内海一矢。以下逐字说明——内外的内，山海的海！"

以防万一，他们已经派了一名侦查人员在车上待命，守在离警局最近的法官住所门口。虽然这名法官很难搞，有"惜（逮捕）令如金的富冈"的绰号，但沟吕木和他通过每月一次的游泳课建立交情，而且还传授仰泳的诀窍给他，他也算欠了沟吕木一份人情。只要看到逮捕者的公职姓名栏内有"司法警察警察部　沟吕木义人"几字，就一定会核准逮捕令——

那名侦查员接获命令离开警局后等了五个小时，接到命令时，一度怀疑自己听错。但确实真的收到申请逮捕令的指示。他慌忙拿起笔，用好像蚯蚓扭动般的潦草字迹写下内海的名字，在黑夜中连滚带爬冲向位于街角的法官家。

4

沟吕木站在犯罪防止课的审讯室门前。

内海就在这道门内。

和三亿元抢劫案时一样，他们将再度在时效终止前对峙。

沟吕木顺顺胡子，双手拍拍脸，打开了门。审讯室特有的霉味扑鼻而来，内海转过头，两个人的视线交会。沟吕木眼神凝重,内海的眼神很轻松。

十一点四十分——

二十分钟后,时效就将终止。

不可思议的是,沟吕木的心很平静。

厌倦内海闲聊的审讯官立刻起身,把座位让给沟吕木,但沟吕木并没有坐下,而是走到内海身旁,双手撑在桌子上。

"内海——是你干的吧?"

"你就这样直接叫我的名字?"

内海的眼神很清澈,完全没有一丝阴霾。十五年前也一样。

这并非因为他清白。

沟吕木这么想,他现在终于看透了内海的真面目。

"你听我说。接下来的十分钟,你都不要说话,听我说就好,我会把最后的十分钟留给你,一切就可以宣告落幕。"

内海微微歪着头,随即回答"好啊",摘下圆框眼镜。

沟吕木用力点点头,以淡淡的语气开口。

"从你今天来这里之后,我就一直在思考,你为什么会大刺刺地来这里?你特地从冲绳搭飞机回来,而且一回来就马上过来警局。为什么?答案只有一个——你知道岭舞子死于他杀,不,因为你就是杀害舞子的凶手。"

内海默默擦拭着眼镜。

"我们先聊聊往事,"沟吕木移开放在桌上的手,"三亿元抢劫案——那也是你干的。但是,十五年前的那天晚上,我对你无可奈何。我无法拿出任何证据,只能眼睁睁地看着你逍遥法外。你还记得那一天的报时吗?"

内海没有回答,只是对着眼镜哈了一口气。

"那一天的报时——你不可能忘记。那一天的报时，意味着你打败了成百上千名刑警，终于获得自由——你无法忘记那一刻全身酥麻的快感。今天你一知道警方在找你，你坐立难安，立刻赶来这里。这是因为你想再次体会十五年前的快感。你的工作顺利，也不缺钱，所以你觉得很空虚，无论做任何事，都无法体会到和三亿元时相同的刺激。于是你就来到这里，想要再次听到报时的声音。"

内海低头看了眼手表，重新戴上眼镜，抬起头，目不转睛地注视沟吕木的双眼。

"那就言归正传——"沟吕木低声说，"就是岭舞子命案。十五年前的那天晚上，我去罗宾咖啡时，你把钥匙交给刚好在店里的龙见和橘。我当时没有发现，但那把钥匙是校长室旧保险箱的钥匙。你在三亿元抢劫案成功之后，不，也许是在那之前，在深夜潜入校长室，把保险箱的内壁改造成双重内壁，还制作好备用钥匙。你在三亿元抢劫案时，把普通的摩托车改造成警用摩托车，无论改造还是喷漆，对你来说都很容易。而且，你是那所高中的校友，很清楚学校内部的情况，于是你就把抢走的那三亿元中，警方清查到并且公开号码的两千张五百元钞票，藏在保险箱的夹层中。"

内海轻笑一声。

沟吕木不理会他，继续说道："三亿元抢劫案的时效已经终止，你获得无罪释放，回到店里之后，从龙见手上拿回钥匙，然后按照原定计划，得意扬扬地去学校，准备把那些五百元纸钞带回家。没想到——在学校遇到了意外的状况。你潜入教师办公室时，看到橘从保险箱中拉出舞子，然后从二楼的窗户丢下去那一幕，也看到他伪装舞子自杀的行动。在橘离开后，你走去树丛，发现舞子还活着。你思考之后，决定完成橘的计划。你把舞子扛到屋顶，把她从放了遗书和鞋子的位置丢下去——怎么样？我有哪里说错吗？"

内海听到沟吕木的问题后，看了一眼手表。

十一点五十一分——

已经过了刚才约定的十分钟。内海满面笑容地开口。

"你有证据吗？"

和十五年前说的话完全相同。

"有。"

沟吕木这次的回答和十五年前不一样。

"保险箱双层内壁的铁板背面，夹着一张纸片。"

内海嘴唇一缩。

"纸片？"

"是纸钞的一部分。号码是XF——内海，不用我说，你应该就已经知道了。"

"……"

"XF22701。虽然被锈斑侵蚀，但现在和以前不同，警方的科技也与时俱进，我等下就会收到关于这串数字的报告，包括纸钞上留下的指纹。"

"沟吕木先生，"内海小声说道，然后又拿下眼镜，"这就是证据吗？"

"你从保险箱拿出五百元纸钞时失手了。"

"沟吕木先生，"内海加强语气，"这或许可以成为时效早就已经终止的三亿元抢劫案的证据，但是无法成为这起教师命案的证据吧？而且，把钱藏在高中的保险箱内，听起来是很有趣的故事，但实际上不会太危险了吗？"

笑容再度自内海的嘴角浮现。

沟吕木再次把手放在桌子上，把脸凑到内海面前。

"我原本也这么想。但事实上，那里才是最安全的地方。自从学校买了新的保险箱之后，几乎不再使用旧保险箱。除了用来放新保险箱放不下的考卷，旧保险箱完全成了校长室的装饰品。但因为是你们第一届毕业生赠送的重要纪念品，因此既不会搬去别的地方，也不可能丢弃。而且，你就住在学校附近，可以随时监视。我说错了吗？"

"太荒唐了。"内海一笑置之，"除此以外，还有其他疑问。我只是假设，假设我是三亿元抢劫案的抢匪，为什么要珍藏那些有可能成为证据的五百元？不是有很多可以自由使用的一万元吗？"

沟吕木不假思索地回答："你想留下自己犯案的证据。一旦烧毁，就永远没有人知道那起案子是谁干的。我认为你现在仍然把那些五百元纸钞藏在某个地方。"

"怎么可能？"内海冷笑一声，但他以锐利的眼神看向沟吕木，"那关于老师尸体那件事呢？我特地把女人扛到屋顶上丢下来？有什么目的？那件事和我根本没有关系，我却要变成杀人凶手。沟吕木先生，难不成我疯了吗？"

"你的确疯了——我终于明白了这件事。"

沟吕木从审讯室的窗户看向城市的夜景，明明已经即将午夜十二点，为什么还这么明亮？沟吕木觉得如今的生活节奏、生存方式、人类的常识，甚至是人心都错乱了。

啪嗒！审讯室的门用力打开，简直就像有人踹门进来。

两名年轻刑警脸色大变，拿着一张皱巴巴的纸冲进来。沟吕木一把抢过那张纸,毫不犹豫地打开后,亮在内海的面前。

"内海一矢——你因涉嫌杀害岭舞子被捕,并立刻制作申辩笔录,你要申辩的话,可以写在笔录上。"

深夜十一点五十七分,执行逮捕令——

"开什么玩笑!"

内海一改前一刻的态度,他踹倒椅子起身,瞪大的双眼满是邪恶,鼻孔喷着粗气,抓住沟吕木。

"沟吕木!你回答我!我为什么要做这种蠢事?为什么要杀害和我毫无关系的人?"

"别白费力气了,"沟吕木同样一把抓住内海的领口说,"游戏已经结束。"

"才没有结束,你回答我!"

好几只粗暴的手拉开内海,内海弯成锐角的手指几乎就要扯破沟吕木的上衣,但终究还是被拉开。

"回答我!回答我……请回答我……"

内海被拉到地上,声音也越来越小。不仅如此,被刑警压制在地上的他对着沟吕木合起双手。

"拜托你……拜托你回答我……"

沟吕木弯下腰。

"好,那我就告诉你。"

沟吕木向刑警使个眼色,让他们放开内海。但是,内海仍然在地上没有起来,一动不动地等待沟吕木开口。

"就是民事时效。"沟吕木静静地说,"三亿元案件是抢劫案,刑事案件的追诉时效是七年,但是民事的追诉时效有二十年。也就是说,只要在这期间内逮到抢匪,被抢走款项的银行,可以向抢匪请求损害赔偿。这你当然很清楚。那么会怎么样呢？一旦舞子醒来，被关在保险箱内的事公之于世，你在保险箱内动的手脚也会曝光。万一被人知道和三亿元抢劫案的关联，银行就会要你赔偿三亿元，不，还包括七年份的庞大利息。你不知道橘为什么要伪装舞子自杀，但是，让警方以为舞子从屋顶跳楼自杀的话，对你相当有利。"

内海准备开口，但沟吕木没停下，不让他开口。

"但是，不光是这样而已。这虽然可以成为动机之一，但并不是所有的动机。如果你今天没有大剌剌地来这里，我会以为那就是你所有的动机，但事实并非如此。你并不只是因为这个原因杀了舞子，你最大的动机——"

沟吕木用力吸气。内海眼神写着好奇。

"是为了填补三亿元抢劫案结束之后的空虚——时效终止的确让你产生了快感，但重获自由之后的空虚感更加强烈。你用新的犯罪——而且是杀人这个最严重的犯罪——来填补这份空虚。十五年后的今天，你特地搭飞机回来，就是想要将多年来的乐趣收尾。"

内海眨眨眼睛。

沟吕木把手放在内海的肩上，然后用力一抓。

"你在这里——这个事实，就成为你是岭舞子命案凶手不可动摇的证据。"

审讯室内一片寂静。

"呵呵……"

内海先是抿嘴一笑，但立刻放声大笑。他推开沟吕木的手，倒在地上捧腹大笑。

"哈哈哈哈！沟、沟吕木先生，哈哈哈哈哈！你这个人——你这个人真是，哈哈哈哈哈！"

虽然他大笑不已，但他的脸十分扭曲。有那么一刹那，他充满疯狂的失焦双眼聚焦在沟吕木的脸上，闪过哀求的眼神。

十日凌晨十二点——

报时声响起。

5

——嘭嘭、嘭嘭。

秋间幸子的手表发出轻微的电子声。

原本倚在桌子上的喜多突然抬起头，看着自己的手表。

凌晨十二点。

眼前放着完全没有吃的鲑鱼便当，塑料盖的内侧积满水滴，已经看不清里面的菜色。

审讯室内只有喜多和幸子两个人。负责审讯的寺尾去了日高鲇美所在的审讯室后，这里的审讯就中断了。但是，喜多完全猜不透寺尾离席的原因，更不可能知道鲇美和橘也被带来警局，也不知道内海一矢遭到逮捕。他身心俱疲，甚至没有问为什么会有这段空白的时间，只是隐约觉得，寺尾迟早会回来，然后再次严厉地审讯他。

但是，在等待的时候，喜多内心产生了一个很单纯的疑问。

——是谁向警方告密？

换句话说，是谁害自己承受眼前的折磨？

他用昏沉沉的脑袋思考着。

警方从一开始就知道"罗宾计划"。问题是，只有自己、龙见和橘三人知道这件事，他们两个人不可能告诉警察，唯一的可能，就是其中一人不小心透露给别人，那个别人又告诉了警察。这是唯一的可能。

他立刻得到答案。

——绝对是让二那个浑蛋。

他一定不知道和哪个女人打得火热，然后不小心，不，一定是得意地说起那件事。然后那个女人被甩了之后怀恨在心，于是就向警方告密。一定是这样。

喜多哑着嘴。这时，原本坐在角落桌子前的幸子起身，小心翼翼地抱着纸袋，走到房中央的桌子前，在喜多对面坐下。

她张开樱桃小嘴。

"追诉时效已经终止。"

"啊？"

喜多错愕地张开嘴巴。

"岭舞子命案的追诉时效到十二点就终止了。"

"时效？"

"是的。命案发生至今，已经过了十五年。"

虽然幸子的说明通俗易懂，但喜多仍然搞不清楚状况，只是感受到一丝重获自由的光明。

"你很累吗？"

幸子担心地皱眉，探头看着喜多。她的美貌再次让喜多惊艳。

"请、请问……那我可以回去了吗？"

"对，没问题。刑事课长就在隔壁的办公室，你离开前，去向他打一声招呼。"

"谢谢。"

喜多情不自禁向幸子道谢。他无法认为把自己当成杀人凶手带来这里，然后严加审问的警察，和眼前这名漂亮女警是同一种人。而且喜多累坏了，已经不想计较对警察的恨意，只想赶快回家好好睡一觉。

他站起来时，身体晃了一下。

喜多掐指计算着接受审讯的时间，摇摇晃晃地走向出口。当他转动门把时，听到一个声音。

"请等一下。"

背后传来一个声音。那个声音听起来有点儿紧张。

喜多一颤，转过身。

幸子的脸涨得通红，正从抱在胸前的纸袋中拿东西出来，但因为太紧张了，手一抖，纸袋里的东西全都掉在地上。

"啊……"

无数笔录散落在地上，幸子慌忙捡起。喜多无法袖手旁观，只好蹲下，协助她捡起写满工整字迹的纸。

当他把十张左右的纸交给幸子时，发现纸张下方有一本书。

那本书很旧，而且已经很破了，已经看不清封面的画和书名。书角都已磨损，变得破破烂烂。

"请问……"

喜多开口问道，但幸子没有回答。

喜多猜想幸子刚才打算把这本书从纸袋里拿出来，但她应该发现那本书掉在地上，却完全没有看一眼，默默继续捡笔录，然后叠在一起。她的身影似乎在诉说什么。

325

喜多再次低头看着那本书。

二十三四岁的年轻女生看的书……从厚实封面的装订来看，是诗集之类的书吗？封面上可以隐约看到棕色的图案，到底是什么？

喜多又看了一眼幸子的侧脸，然后翻开厚实的封面。

——啊……

熊的插画映入眼帘。两头、三头……很大的平假名文字描述着熊一家人去野餐的情景。那是给幼儿看的绘本。

一阵痛楚贯穿喜多的大脑。

——我以前在哪里看过这本绘本。

绘本……熊……熊熊一家人……

"啊！"

喜多身体一震的同时，直接跌坐在地上，带着胆怯的茫然眼神，看向身旁的幸子。幸子没有看他，但是她的侧脸肯定了喜多难以置信的想法。

相马的妹妹——高三时自杀的相马。这不是他妹妹很珍惜的绘本吗？十五年前，在麻将馆、在相马家，他妹妹都紧紧抱着这本绘本。

"你是……相马的妹妹吗？"

喜多胆战心惊地问。

幸子停下手。

她的一双大眼睛湿了。

"请你看一下这本书。"

幸子用几乎听不到的声音说。

喜多瞪大眼睛，好像被施了魔法般听从幸子的话。

小熊在半夜跳起来，扑倒在熊爸爸的怀里。它惊讶地说，看到了白天去野餐的山和小河。熊妈妈想要告诉它，那是做梦，但熊爸爸摇摇头，然后告诉小熊，那是回忆。只要累积很多美好的回忆，就可以随时去那里，就算在家里，也可以随时回到那个地方。但是，如果整天做坏事，就不会留下任何回忆，那不是很无趣吗？

　　喜多翻开最后一页，兴奋的小熊脸上，写了很多潦草的字。

　　喜多倒吸一口气。

　　　　我没有杀肉弹。
　　　　是喜多、橘和龙见。
　　　　他们用罗宾计划杀了人。
　　　　是他们，是他们杀的！

　　——这是相马写的！

　　喜多用发抖的手指抚摸着马克笔写下的字。

　　"我恨你们。"

　　幸子幽幽地说。

　　"我痛恨你们，一直都好恨好恨。我在仇恨中长大。"

　　喜多终于知道，是谁向警方告密——

　　"那天……哥哥上吊……"

　　幸子脸色铁青，费力地挤出声音，似乎连呼吸都很困难。

　　"哥哥挂了一条绳子在天花板上……但是，我搞不清楚状况……我半夜醒过来……我以为哥哥在玩。我一直在等哥哥，一直在等哥哥回来……我很高兴，太高兴了……哥哥当时还站在椅子上，我就冲过去抱住他的脚，然后很开心地挂在他腿上玩……结果椅子倒了。哥哥开始呻吟……是我杀了哥哥。是我……把哥哥……"

幸子突然发出悲痛无比的喊叫。

她的声音在狭小的审讯室内产生长长的回音,一次又一次重复回荡着。

喜多的心都快碎了。即使捂着耳朵,即使闭上眼睛,幸子的悲鸣仍然刺进身体。刺进身体、贯穿身体,在身体中弹跳,扯断喜多的神经。

刚才捡起的笔录又哗的一声,从幸子的腿上滑落,散落在地上。

喜多不知道该如何是好。自己完全无能为力。

他们的父母被地下钱庄追债,人间蒸发,相马和妹妹两个人在城市的角落相依为命。成为她唯一依靠的哥哥自杀,而且她认定是因为自己飞扑抱住哥哥,结果害死了他。她带着这种想法活下来,这些年,她到底——

幸子的状态又回到十五年前相马上吊的家中。她扑上去抱住相马的腿,整个人挂在相马腿上。每次回想起相马死去时的冲击,她就发出悲鸣,好不容易平静下来,又再度发出尖锐的悲鸣。她双手捂住耳朵,用力摇着头,拼命抓着头发,然后又捶打地面,身体向后仰。

"是我杀的……"

"不是……"喜多茫然地注视着幸子说,"不是你想的那样。"

幸子瞪着喜多。

"不,是我杀的,我杀了哥哥!那时候,我也这么告诉大家……但是警察和儿童福利中心的人都说不是我想的那样……但是,我说的是实话,是我扑过去抱他,椅子才会倒下……我明明这么说……但大家都说谎!"

"不是——"

喜多情不自禁地搂住幸子的肩膀。

"害死相马的不是你。如果我们……如果我们更关心他……"

喜多不自觉流下泪水,相马自杀时,他都不曾流下泪水……

他紧紧抱着幸子。幸子的身体发烫,但好像受冻般剧烈颤抖。

不知道过了多久,颤抖渐渐平息,喜多静静地感受到她的体温、心跳和酸酸甜甜的香气。

喜多清楚感受到,幸子终于走出了那个相马死去的家——

幸子的手臂用力缓缓推开喜多。她动作缓慢,表达她并没有嫌恶的意思。

两个人的脸靠得很近,可以感受到彼此的呼吸。幸子害羞地低下头,从制服口袋里拿出淡淡印着紫花地丁图案的手帕,遮住半张脸。

露出的一只眼睛仍然眼神空洞。

"你已经很累了,我还……不好意思……"

幸子体贴地说道,然后就自言自语般,娓娓谈起相马死后的状况。

她住在区立儿童福利院直到小学毕业,在经过多次面试后,一对经营舶来品店的夫妇收养了她,她成为他们的养女。为了讨养父母的欢心,她从早到晚都在店里帮忙做生意。在那里过了一段平静的日子。但是在她初中二年级时,养父在半夜溜进她的房间,抚摸她的身体。她无法告诉任何人,觉得离家出走是唯一的方法,于是就离开那里。后来她又回到原来的家。她在已经变成废弃空屋的公寓里,每天晚上都梦见哥哥。她在街头徘徊,失魂落魄地走向铁道口。她想死,但又似乎不想死,只觉得一切都无所谓了。一个上了年纪的男人路过时救了她,那个男人说自己是警察,然后告诉她,不管是要向父母报仇,或是向社会报仇都无妨,但一定要活下去。

在那个警察的介绍下,她被一位运营"寄养父母协会"的慈善家收留。新的养父母很善良,她发誓要忘记抛弃自己的亲生父母和经营舶来品店的那对夫妻,成为新养父母的女儿,但是,她仍然偷偷珍藏着亲生母亲买给她的唯一绘本。她随时都带在身边,去学校上课时也都放在书包里,每天回家的路上都会去公园看绘本。她很好奇哥哥潦草的字迹写的内容,虽然不知道是什么意思,但可以感受到哥哥的不甘和怨憎。她当时的年龄已经可以感受到这些事。

"我后来报考了和哥哥……和你们同一所高中。"

喜多说不出话。荒凉的风景中响起幸子的声音。

"进入高中后,我才知道当年的案子。我去图书馆翻查,知道了哥哥那些涂鸦的意思。我也向老师打听了很多事,哥哥的事,还有你们的事。老师说你们吊儿郎当、自甘堕落,浑浑噩噩过日子——我渐渐产生了恨意……我开始痛恨你们。哥哥当时应该也和你们一样,但为什么只有哥哥非死不可?我整天想着这件事,觉得你们现在仍然开心过日子……从那个时候开始,我就下定决心,有朝一日要复仇。"

但是,幸子在说话时的双眼很清澈,完全看不到丝毫的憎恨。喜多真心希望幸子发自内心狠狠指责他。

幸子的话似乎告一段落,审讯室内又恢复了寂静。

"对不起……"

喜多脱口而出。

幸子惊讶地抬起头,以探询的眼神看着喜多的双眼。喜多抬起头,把眼前漂亮的幸子,和十五年前那个面无表情的小女孩重叠在一起。

"……真的很对不起。"

非向她道歉不可。

相马潦草的涂鸦中提到罗宾计划。相马自杀的那天晚上,和龙见在咖啡店见过面,那是他第一次听说罗宾计划。他草草写下的内容,形同他在上吊前的遗书。他在遗书中写下喜多等三人怀疑他杀害舞子而产生的不甘。虽然文字的内容是如此,但相马真正的意思恐怕并非如此——相马痛恨他们三个人,这是因为他们四个人在学校都遭到排斥,但相马一个人承受了更强烈的疏远,因此相马痛恨他们,胜过学校或是社会上的任何人。

只不过事到如今,已经无法得知真相了。也许真的如当初所想的那样,相马遭到退学,深受打击,以及已经找到的工作泡汤,这些成为他自杀的导火线,也可能太早熟的相马已经活得很累很累了。

喜多之所以道歉,还有另一层理由。

他不知道自己到底什么时候开始忘记了相马的死。当初曾经为他的死叹息、懊恼,以为自己内心的创伤永远无法愈合……久而久之,忘得一干二净,忘记内心的伤痛,也忘记了独自一人留在绝望黑暗中的女孩——

不,并不是只忘记了相马和幸子而已。高中时代的自己自私狂妄,自以为是一段闪闪发亮的岁月,但高中时代的种种,都已褪色消失,沉淀在意识之外的内心深处。那时候故意和父母、学校作对，想要给那些靠着谄媚讨好、靠小聪明过日子的家伙一点颜色瞧瞧，自认为反骨叛逆，得意扬扬地认为，自己的青春、人生和别人不一样。

但，什么都没有留下。自己和别人根本没有不一样。每天的生活，就只是为了保护和妻女相依相偎的安乐窝，彻底沉浸在身为社会齿轮的安心感之中，甘于成为普罗大众的一分子。

"对不起……"

喜多重复。他的心已冻结，觉得这好像不是自己说出的话。

"……别这么说。"

幸子痛苦地摇摇头。

喜多看着幸子。

除了道歉，他找不到任何该说的话。

他再次看向幸子的双眼，然后将视线移向门口。

"我可以走了吗？"

他很想念微不足道的安乐窝，只想回到那里，深深沉入其中。

幸子没有回答。

喜多缓缓起身。他低头看着幸子的脖颈，微微鞠躬，转头看向门的方向。

幸子抱住他的后背。

"对不起……"

十五年前，当时的小女孩抱住自己——喜多产生了这样的错觉。

"只有一天。我只想用这一天，为哥哥报仇……"

幸子努力克制呜咽，用力喘息着。

"但其实不是这样，这不是我真正的目的……我只是想再见你一次。我那时候是不是很脏？整天顶着臭脸，说一些莫名其妙的话，也不洗澡。但是……你对我很温柔，你真的很温柔。你是一个温暖的好人……我没有忘记那次在我家时，你请我吃的叉烧拉面。我忘不了……我是不是吃得精光？我当时真的很饿，是不是狼吞虎咽？我觉得很丢脸，我……一直觉得很丢脸……"

喜多推开门，慢慢走出审讯室。他无法再回头看幸子一眼，因为新的泪水已然涌出。他得救了。十五年前的小女孩，勉强留下了一张老旧底片般的回忆。后背感受到的温暖没有消失，似乎渗进他的身体深处。

——如果整天做坏事，就不会留下任何回忆，那不是很无趣吗？

他在嘴里念着熊爸爸说的话，抬头仰望着只有寥寥几颗星星的夜空，用力深呼吸。

6

四楼侦查对策室灯光暗下，走廊上的灯光变成光束，照在昏暗的地板和墙上。

坐在堆满文件桌子前的大友放下电话，后方传来一个慵懒的声音问："是男是女？"

寺尾把四张铁管椅排在一起，躺在上面休息。

"是女儿。"大友回答。

"以后会有操不完的心。"

"是啊。"

"名字呢?"

大友听到寺尾这么问,转过头回答说:"我们只想了儿子的名字。"

寺尾对着天花板呵呵一笑。

大友低头看着他的脸,重新系好领带。

"寺尾——"

"嗯?"

"要不要出去吃点儿东西?"

寺尾仍然躺在椅子上,摇摇头。

"我已经连胃都快吐出来了……"

"既然这样——"大友在说话的同时起身,"就去把胃吃回来。"

寺尾又呵呵一笑,然后抬起头。

"大友——"

"什么事?"

"要不要去医院看看?"

"医院?"

"新生儿室。"

这次轮到大友发出轻轻的笑声。

"你今天真的有点儿不太对劲。"

"要去吗?"

"不,要去拉面店。刚才簗濑先生已经带鉴定课的新人和谷川出去吃东西了。"

"簗哥出门时,是不是踩着舞步?"

"不是哦——"大友笑道,"他可是踩着类似桑巴舞的华丽舞步。"

"哈哈。"寺尾轻笑一声,坐起身来。

"真是拿你没办法,那就陪你去吃叉烧拉面。"

两个人同时看了一眼喇叭。喇叭没有再发出任何声音。

"我也想吃叉烧拉面。"

大友说完,把寺尾的上衣丢向他的肚子。

警局一楼灯火通明。

"是——不,不敢当。是——是——我了解了,那就恕我失礼了。"

后闲深深鞠躬,恭敬地放下电话。对方是警视厅的刑事部长藤原严,虽然已经通过搜查一课向藤原部长报告了相关情况,但接到部长亲自打来的电话,还是让后闲感到惶恐不已。

沟吕木坐在沙发上,目送内海一矢被送去警局内的拘留室后,后闲局长请他来局长室坐一下,沟吕木正喝着局长为他倒的咖啡。

"局长啊——部长说什么?"

"他说我们辛苦了,同时提醒我们要严加监视,避免内海有任何自伤行为。"

"有没有提到秋间的事?"

几分钟前,秋间幸子还在这里。她来局长室道歉,同时表明自己就是提供线报的人,也简单说明了和藤原部长之间的关系。

"部长完全没有提起。"

"是吗?"

沟吕木认为很像是藤原的作风,他可能到死都不会主动提这件事。

藤原当年在平交道救了幸子一命，在她成为秋间家的养女之后也好，在她成为女警之后也罢，仍在各方面照顾她。当他从幸子口中知道十五年前的事，便下达了侦查命令，但并没有让她曝光，避免她承受压力。

"这就是所谓的父母心。"后闲说，"他可能觉得秋间很可怜，不忍心让她面对痛苦的往事……而且一旦警局所有人都知道这件事，多少会影响到她日后的工作。"

"是啊，但是身为警视厅的长官，竟然亲自来到警局，这已经不是父母心而已，而是属于'女儿奴'了吧。"

"女儿奴吗？真是太贴切了。"

后闲轻声笑笑之后，肥胖的身躯沉入沙发中。

他全身感受着舒畅的疲劳感。包括眼前的沟吕木在内，侦查办案都交给警视厅的刑警，自己并没有发挥太大的作用，只是满头大汗地在警局楼梯走上走下而已，但他的心情很舒畅。

沟吕木沉浸在温馨的气氛中。被称为"侦查之鬼"的藤原令人生畏，至今仍然是第一线办案人员敬畏的对象，他因为顾虑到年轻女孩的心情，明知道不利于办案，仍然坚持隐瞒提供线报者的身份。这种"女儿奴"太令人欣慰了。

——有这种事也很好。

沟吕木心想。刚才那支烟没抽到，于是他点燃这天的最后一根烟——虽然说，十二点已过，是新的一天了。

"话说回来——"后闲说，"粕川检察官这次真是帮了大忙。"

"确实是。"沟吕木点头。

刑事诉讼法第二五五条。"因其他理由停止时效"——桌上放着内海的护照,在执行逮捕令的同时,侦查员进入他家搜查,带回这本护照。

"但是,没想到内海游山玩水的韩国之旅,竟然适用于逃亡国外的规定。我们倒是因此赚到三天。"

"我会好好感谢粕川检察官,如果没有他的宝贵意见,这起案件恐怕就会停留在逮捕的阶段。"

"但是——"后闲探出身体,"时效只延长了三天,必须在三天之内完成起诉手续。你认为内海会招供吗?"

"我不知道。"

"喂喂喂,沟吕木……"

"啊,不好意思,"沟吕木笑着在脸前摇着手,"但是,我认为经过这一次之后,我充分了解了内海这个人。"

"这样啊……"

"应该说,我看到了创造出内海这种人的社会……要怎么说呢?"

沟吕木的表情说明,他已经想到该如何表达。

"橘宗一在高中时代不是有一句口头禅吗?天底下没有比阿波罗登月看到月球表面时更失望的事了,感觉已经没有任何事值得期待——就是这句话。我之前都专心工作,从来没有考虑过这种问题,但是听到这句话之后,就觉得在无论战争还是战后的气氛都越来越淡薄的昭和后半期,的确就是这样的时代,所有的事物都膨胀、扩张,扩张到了极点……虽然已经很富足,但仍然产生疑问。为什么会富足?我们如何变富足的?大家渐渐有点儿搞不清楚了。虽然对阿波罗的构造或是技术一无所知,却整天在电视上看到那些航天员在月球表面跳来跳去。我觉得在昭和年代后期，一直有这种奇妙的感觉。"

沟吕木觉得手指发烫，立刻捻熄只剩下滤嘴的香烟。

"虽然内心有这种感觉，但每个人都努力成为现代人。在战争中死了不少人，学生运动也让很多人流血，但大家都认为这些事已经过去，身处没来由的富足之中，整个社会都摆出一本正经的成年人表情。人们不再当面冲突，更不可能流血抗争，取而代之的是规定和规矩大行其道，用善行或是为他人着想这种正确言论的过滤器来衡量世上所有的一切，但是，所谓成熟社会终究只是不现实的幻想，所以会留下无法被这种正确言论过滤的、充满矛盾的杂质。该怎么说呢，就是混杂着对这个'正确言论社会'的疑问和憎恶的、难以对付的杂质——"

沟吕木突然回过神，就此打住。

后闲用力吐出一口气。

"你认为内海就是这种杂质吗？"

"内海是，橘也是。我只是突然产生这样的想法。"

"充满正确言论的社会太拘束了……"

"我有预感，邪说异端很快就会大行其道，妖魔鬼怪等级罪犯将接连出现，他们对所有正确言论免疫，无论使用多么强大的过滤器，都无法过滤掉。"

"希望你的预感不会成真。"

咚、咚。局长室响起敲门声后，门扉打开一条缝。

过了一会儿，一个学生头发型的年轻女人探头进来。她就是在昨晚的年会上说后闲是"性骚扰局长"的"大小姐"国领香澄。

"局长好。"

香澄调皮地打招呼后,打量着局长室。

"原来是大小姐啊,进来吧。"

香澄听到后闲轻松的招呼声,走了两三步进入局长室,但看到坐在背对着门口沙发上的沟吕木后脑,便停下脚步。

"有客人啊?"

"不——"沟吕木转过头说,"我不是客人。"

香澄不解地注视着沟吕木,然后又将视线移回后闲身上。

"我宿醉还没有醒,原本打算今天早点回家,但经过警局门口时,看到局长室还亮着灯,我以为发生了什么大案,急忙跳下出租车——是不是真的有什么大案子?"

"哦,大小姐,你变机灵了,可能真的有哦。"

"哎哟,这下可好了。"

不知道是否因为家境不错,虽然她直觉敏锐,也很有行动力,只不过她似乎不太相信自己的直觉和行动力,也没有那种非要抢到独家的拼劲,因此每次都能察觉到状况,却也都白白放弃大好机会。

沟吕木一眼就发现她对警方来说,是危险度很低的记者,但他并不是因为这份从容,而是基于其他原因对香澄露出笑容。

一方面是由于过了半夜十二点,双方都还在为工作奔波的共鸣,而且沟吕木很欣赏她为了查明警局的"不寻常"状况,毫不犹豫跳下出租车的果决。这么晚的时间,并不容易拦到出租车。每天晚上,都有夜访的记者守在沟吕木家门口,他们都会搭和自家公司签约的出租车,完全不必担心没车回家。

香澄偷瞄带着神秘笑容的沟吕木。如果她之前有警视厅驻场记者经验的话,一看到胡子脸沟吕木,也许就会马上打电话回报社,向报社报告"有大案子"。不过现在,即便警视厅搜查一课的杰出股长就坐在她面前,她也完全搞不清楚状况。

"但是,今天这里好安静。"

香澄嘀咕着,试图掩饰尴尬。她还没在沙发上坐下,就向他们鞠躬,走向门口。

沟吕木忍着笑,向后闲使个眼色。后闲心领神会,回以笑容,对着香澄的后背叫了一声:"大小姐。"

"嗯?"

"现在赶得上最终版的截稿时间吗?"

"啊?"

"要颁给你一个奋斗奖。"

后闲说完,把写了案件概要的便条递给香澄。

香澄瞪大眼睛,看完便条上的内容,捂着嘴,轮流看着他们两个人。

后闲用夸张的语气说:"标题就这样写——追诉时效喊'咔'!全面侦破十五年前的女教师命案——怎么样?"

香澄兴奋的脸上扬起笑容,她道完谢,转身跑向玄关的公用电话。

这将会成为早报的特大独家新闻。

不难想象,被香澄抢走独家的其他报社记者怒目相向的脸,明天一早,他们就要承受各家报社记者的攻击。警视厅也会开始猎巫,追查是谁走漏消息。

后闲后悔自己的多嘴,然后调皮一笑,对沟吕木说:"你也是共犯。"递上第二杯咖啡给他。

改稿后记

《罗宾计划》是我作家生涯的起点。那是十五年前,初生之犊不畏虎的我写下的第一部作品,这是改变我人生的作品,成为我辞去报社记者工作的契机,更是我迄今为止所写的小说中,唯一未出版的"秘密武器",因此让我当年无法以推理作家的身份踏入文坛。正因如此,这次为了出版而改稿时,既高兴,又充满怀念,同时带有淡淡的苦涩。为了避免这部作品成为《新·罗宾计划》,在改稿过程中,并没有过多修改故事情节和故事中的角色,删改着重于让故事整体更有深度和厚度。在改稿过程中,对当初写作时的热忱和粗糙感到惊讶,同时对十五年的岁月深有感慨。当初颁给这部《罗宾计划》佳作奖的"三得利推理大奖"已经不复存在,让我有一种好像母校废校般的惆怅,很担心《罗宾计划》就这样被人遗忘。难以置信的是,《罗宾计划》这个故事在整整十五年的"追诉时效即将终止"之际,又得以再度问世。不禁感叹,这部作品和我的缘分太深了,同时借此机会,向长期以来,一直期待"这部作品何时出版"的广大读者表达衷心感谢。谢谢你们,托各位的福,这部作品终于问世了。

二〇〇五年五月五日
横山秀夫